El sacrificio de Basandere

Los crímenes de Getxo

El sacrificio de Basandere

Los crímenes de Getxo

Haizea López

Título original: El Sacrificio de Basandere
Autor: © Haizea Martínez
Revisión: Novae Editorial
Diseño de cubierta: @ Haizea Martínez
Maquetación de interior: Ulzama digital
Maquetación de cubierta: Ulzama digital

Colabora: Aula de Cultura de Getxo

Primera edición: octubre de 2025

ISBN: 978-84-19948-68-7
Depósito Legal: NA 1920-2025

Imprenta: Ulzama Digital. Pol. Ind. Areta, C/ Altzutzate N.º 51 - 31620 Huarte. Navarra (España)

Ninbe,
nombre nacido del nimbo y de la ninfa,
un resplandor que camina entre la luz y el bosque.

PRÓLOGO

El sol caía de lleno sobre el Puerto Deportivo haciendo destellar el agua como si alguien hubiera volcado miles de cristales rotos sobre la superficie. Apretó el paso, pero fue consciente de que había llegado demasiado tarde. Sí, muy tarde.

Suspiró y se quedó mirando cómo se la llevaban. Caminaban por la pasarela, avanzando con paso tranquilo mientras charlaban en voz baja. Desde esa distancia no podía escuchar lo que estaban diciendo, pero fuera lo que fuese, debía de ser algo divertido porque la niña se reía a carcajada limpia.

Era una escena anodina, invisible para los que pasaban a su lado. Excepto para quien miraba.

Se acomodó tras una pequeña estructura de hormigón, encogiendo su cuerpo y quedándose inmóvil. Mantenía las pupilas tan fijas en la niña, que incluso se le olvidaba parpadear. Tenía los ojos secos y llevaba unos minutos aguantando la respiración, pero ni siquiera era consciente de ello porque la rabia que ardía en su interior engullía todo lo demás sin piedad.

Se quedó mirando cómo saltaban al otro lado, hacia las rocas.

Primero, la silueta. Después, la pequeña. Cogió una bocanada de aire, maldiciendo para sus adentros mientras se deslizaba un poco a la izquierda para no perder visibilidad. No distinguía las palabras que pronunciaban, pero podía ver los gestos. Un dedo índice señalaba en dirección al horizonte y la pequeña miraba en esa dirección.

Con cierto temblor, se deslizó hacia un lado para ganar aún más visibilidad. Se estaba arriesgando, pero…, merecía la pena.

Y entonces, sin previo aviso, sucedió. El movimiento fue rápido y preciso, demasiado silencioso y calculado. Un par de falanges alargadas rodearon el cuello de la niña con brutalidad. La pequeña comenzó a patalear y sus zapatos golpearon la piedra desnuda y resbaladiza. Pero las manos no aflojaban y cada vez apretaban más y más. El color de su piel, poco a poco, comenzó a palidecer para después amoratarse. Y, después… Un quejido. Y ya está.

Abrió aún más los ojos mientras contemplaba el cuerpo quieto, inerte, apagado. La silueta se mantuvo inmóvil, respirando hondo. Después tiró del cuerpo para arrastrarlo hasta las rocas y encajarlo en una grieta cubierta de algas y musgo. Lo hizo con calma, sin prisa; con la certeza absoluta de que desde el paseo nadie podía ver lo que estaba haciendo a plena luz del día. Después acomodó a la niña con cuidado, como si esta simplemente estuviera dormida. Y luego se irguió, miró hacia ambos lados, y se esfumó como una sombra, sin dejar rastro alguno a su paso.

Con las manos temblorosas, abandonó su escondite y se aproximó hasta la valla. No se lo pensó dos veces antes de saltar al otro lado. Necesitaba hacerlo, necesitaba ver su cadáver con mayor precisión.

Se acercó hasta la niña con una reverencia casi sagrada y se quedó observando sus labios amoratados y sus ojos cerrados, carentes de vida. Una gota casi imperceptible de sangre le salía del orificio izquierdo de la nariz.

Miró al frente con cierta vacilación. El mar seguía respirando, el sol seguía brillando, y..., nadie, absolutamente nadie, había visto nada.

El sol caía con suavidad tiñendo el agua del Puerto Deportivo de Getxo de un azul casi traslúcido. Era verano y hacía uno de esos días en los que la brisa marina no conseguía alcanzar la fuerza suficiente más que para atraer consigo un leve rastro del olor a salitre.

El calor había hecho que el paseo se abarrotase de gente y que las terrazas contiguas estuvieran a rebosar. Blanca levantó la mirada hacia las pequeñas que caminaban despreocupadamente, adelantándose unos pasos a sus padres mientras lamían los helados que habían comprado junto al paseo de la playa de Ereaga y que ya habían comenzado a derretirse en sus manos.

—Mirad, ahí hay una mesa vacía —propuso, señalando el único rincón libre que quedaba en la zona.

Su marido, Víctor, se adelantó con paso acelerado para asegurarse de que nadie les quitase la mesa. Estaba en un rincón privilegiado con vistas despejadas al puerto. Los cuatro adultos tomaron silla, acomodándose.

—¿Qué queréis? —preguntó, antes de dejar la cartera sobre la mesa.

Blanca levantó la mirada, disfrutando de las vistas. Desde allí se podían divisar algunas embarcaciones con sus velas plegadas y los cascos relucientes bajo aquella luz que empezaba a dorarse anunciando el incipiente atardecer. A lo lejos, un velero con la bandera izada se alejaba hacia mar abierto, deslizándose con elegancia sobre las aguas tranquilas.

—Yo una caña —dijo Josu, inclinándose hacia atrás con aire relajado.

—Lo mismo —secundó Karmele, mientras su mirada se desviaba hacia las niñas para mantenerlas controladas.

June y Ninbe se habían sentado en un bordillo cercano y se chuperreteaban los dedos, limpiándose el helado derretido mientras se contaban secretitos entre risitas, totalmente ajenas a sus padres.

—Míralas —señaló Karmele, dirigiéndose a Blanca—. Vaya dos.

Ella desvió la mirada hacia las niñas. Sonrió. «Son buenas chicas», pensó, observando cómo se reían a carcajadas, con inocencia. Se dijo a sí misma que, a pesar de todo, algo estaban haciendo bien como padres. Aquella última temporada las cosas con Víctor no habían sido fáciles precisamente, pero estaban procurando que las discusiones familiares afectasen lo menos posible a Ninbe. Y parecían haberlo logrado. Se la veía feliz, plena.

Se quedó mirándolas un rato más. June era más bajita. Tenía el pelo castaño y liso, y aquel vestido lavanda que llevaba resaltaba sus ojos verdes. Sus piernas colgaban en el bordillo, balanceándose con esa calma que tanto la caracterizaba. Sin duda, nada que ver con el torbellino de su hija. Ninbe era pura energía. Su cabello cenizo se había revuelto tras tantísimas horas de juego y sus ojos grandes, inmensos y marrones, brillaban con su habitual picardía. Aquel día había sido ella quien había escogido su ropa; llevaba una falda blanca con dibujos de estrellas y una camiseta azul celeste con restos de helado de fresa en el borde de la manga. A pesar de ser más alta que June, se inclinaba con atención sobre ella, gesticulando con entusiasmo y contándole algún secretito al oído.

El camarero llegó con una bandeja y pidieron las cañas. Unos minutos más tarde, regresaba con los vasos rebosando espuma blanca.

—¿Qué os parece si cenamos por aquí? —propuso Josu.

—Me parece buena idea —respondió Víctor.

Comenzaron a charlar sobre el tiempo y sobre los planes del fin de semana. Un poco sobre todo y sobre nada. Blanca intentó relajarse, disfrutando de aquel momento de paz. «Necesitábamos esto», pensó. Salir con amigos, relajarse y olvidarse de todos los problemas que tenían en casa.

—Han empezado una obra junto a la playa de Ereaga —comentó Víctor—. ¿La habéis visto?

—Dicen que podría ser un nuevo hotel —apuntó Karmele, removiendo la espuma de su caña con el dedo.

—He oído que hay inversores interesados. Quieren atraer turismo de lujo.

—No sé si eso es bueno o malo —reflexionó Josu—. Ya tenemos bastante con el Tamarises y el Igeretxe. Con esos ya se nos llena la playa de guiris...

—Igual traen buenos restaurantes.

—O igual nos echan a los de siempre —dijo Víctor, mirando hacia el mar con semblante pensativo.

Blanca no participaba en la conversación, simplemente disfrutaba. La brisa había cambiado. Un aire más frío se deslizó entre las mesas, levantando servilletas y sacudiéndole el flequillo. Con el vello de la piel erizado, se apresuró a sacar las chaquetas.

Se abrochó su suya propia mientras echaba un vistazo hacia las niñas. June seguía en el bordillo, terminando su helado. Pero Ninbe...

—¡Ninbe! ¡Ven a ponerte la chaqueta! —llamó.

Josu también sacó la de June y le hizo un gesto para que se la pusiera.

—Ponte esto, hace frío —le dijo a la cría que, obediente, se acercó a la mesa.

Blanca se puso de pie en busca de su hija. Sus ojos recorrieron la zona con inquietud. ¿Dónde narices se había metido?

—¿Dónde está Ninbe, cariño? —preguntó a June mientras sentía un nudo apretarle el estómago.

—Ha ido a tirar el papel del helado —respondió la pequeña sin darle importancia.

Blanca levantó la vista, escrutando el paseo. Había varias papeleras cerca, pero no veía ni rastro de su hija.

—¿Voy a buscarla? —preguntó Víctor, relajado—. Ya sabes que se despista hasta con una mosca.

—No, ya voy yo —dijo ella, apartándose de la mesa.

Las voces de sus amigos y su marido, retomando el tema del hotel, se fueron disipando a medida que ella se alejaba por el paseo, rastreando con su mirada cada rincón y a cada grupo de personas.

—¡Ninbe! —gritó—. ¡Ninbe!

Pero nadie contestaba.

Llegó a la primera papelera y miró a su alrededor. Nada. Por puro instinto, echó un vistazo a su interior para comprobar si dentro estaba el papel del cucurucho del helado de fresa de su hija. Pero nada.

Caminó angustiada hacia la siguiente papelera mientras llamaba a voces a la pequeña y sentía cómo su pulso se aceleraba. «Seguro que se ha distraído», se dijo a sí misma, intentando tranquilizarse y no perder los nervios.

—¡Ninbe! —gritó más fuerte, notando cómo su voz se iba volviendo cada vez más temblorosa—. ¡Ninbe!

Víctor siguió con la mirada la trayectoria de su mujer antes de levantarse de la mesa precipitadamente.

—¿Qué pasa? —preguntó, alarmado, llegando a su altura.

Ella se giró con los ojos desorbitados.

—No la encuentro.

El miedo en su voz hizo que a Víctor se le helara la sangre.

—¡Ninbe! —gritó, sumándose a la búsqueda.

Los minutos comenzaban a alargarse y la angustia, a crecer. De pronto, la brisa del mar ya no parecía tan cálida y, en medio de todo el bullicio, solamente parecían escucharse los gritos desesperados de Blanca y Víctor.

Karmele también se levantó de la mesa.

—Tú no te muevas de aquí —le dijo a June mientras sentía una extraña opresión en el pecho—. Quédate con aita y pórtate bien.

La niña, que había empezado a asustarse, asintió con los ojos verdes titilantes. Karmele le acarició el cabello con un gesto suave y fugaz, agradeciendo al universo porque aquel susto no se lo estuviera dando su hija y se tratase de la de otro. Después se alejó rápidamente en la dirección contraria a Blanca en un intento de abarcar aún más la zona mientras su mirada iba saltando de un rostro a otro, entre todos los niños de la zona.

Pasaron diez minutos.

Después veinte.

—¿Has visto a una niña rubia? Llevaba una falda de estrellitas...

Blanca repetía la pregunta una y otra vez a cada persona con la que se cruzaba.

—¿Has visto a mi hija? Llevaba una falda de estrellitas... Tiene cinco años....

Algunos la miraban con gesto de extrañeza, pero después todos se mostraban alarmados. Había quienes negaban con la cabeza y quien se implicaba un poco más, sobre todo eran las mujeres las que parecían empatizar con la angustia que estaba viviendo aquella madre. Estas últimas eran las que preguntaban por más detalles o se unían a la búsqueda. Pero nadie, absolutamente nadie, parecía haber visto a la pequeña.

—¡Ninbe! ¡Ninbe! —gritaba, una y otra vez, con la voz cada vez más desgarrada y el aire atascado en su garganta.

Le temblaban los labios y la desesperación había ido, poco a poco, convirtiéndose en pánico.

Media hora.

Los murmullos de la zona habían cambiado. Varias personas habían dejado sus mesas o abandonado sus paseos para ayudar a aquellos padres desesperados. Una persona gritó con fuerza el nombre de Ninbe. Luego otra. Y así, la búsqueda comenzó a expandirse como una ola creciente de incertidumbre que inundaba el Puerto Deportivo de Getxo.

—¡NINBE! —gritó Karmele con la voz rota, mientras la pequeña June lloraba en la mesa, nerviosa.

El nombre de la niña se perdía entre el leve oleaje del puerto.

—¡Ninbe!

Blanca sintió un latido atronador en sus oídos. Su cuerpo se movía por inercia, con la sensación de que, a esas alturas, sus piernas apenas le respondían.

Desesperada, se desvió hacia el embarcadero. Los barcos se mecían con suavidad, indiferentes a su angustia y a la opresión de su pecho. Entonces lo vio.

Un trozo de papel, junto a los amarres. Solamente era un envoltorio arrugado y atrapado entre dos tablas del suelo. Un envoltorio que podía pertenecer a cualquier cosa y que, tal vez, llevaba allí sujeto desde la mañana. O desde el día anterior. Aun así, caminó al frente con decisión y se inclinó para recogerlo con manos temblorosas. Era de un helado. Lo giró. De fresa.

—¡NINBE! —su alarido rasgó el aire, cargado de terror.

Víctor la vio desde la distancia.

—Voy a llamar a la Ertzaintza —gritó, ya con el teléfono en la mano.

Iker se pasó la mano por la nuca mientras sentía el calor pegajoso de aquel agosto adhiriéndose a su piel sin piedad. La oficina de la Ertzaintza de Getxo se había convertido en un horno desde que el aire acondicionado se había estropeado. Levantó la mirada y contempló el cielo azul, que se extendía sin una sola nube burlándose de él. Pensó en Maitane y en las niñas, que a esas horas debían de seguir correteando por la arena de Ereaga. Cerró los ojos y se imaginó en la orilla, hundiendo los pies en la fresca espuma salada con los gritos de su hija pequeña de fondo, chillando al notar el agua fría antes de salir corriendo tras sus hermanas. Abrió los ojos. Sonrió con cierta nostalgia y luego frunció el ceño, contemplando la maldita pantalla de su ordenador. Joder, qué calor, pensó.

El timbre del teléfono rompió el pesado letargo, cortando el murmullo lejano del tráfico que se filtraba a través de la ventana entreabierta. Iker miró a Etxaniz, que tenía la vista clavada en la pantalla de su ordenador y los dedos inmóviles sobre el teclado. Estaba concentrado y no parecía, siquiera, escuchar la llamada.

El teléfono siguió sonando, insistente.

—¿Es que nadie quiere trabajar hoy? —gruñó Amaia, resoplando con fastidio antes de alargar el brazo y descolgar el auricular—. *Getxoko Ertzaintza. Esan.*

El suboficial le devolvió un guiño de agradecimiento a su compañera y se quedó mirándola mientras su rostro, poco a poco, se iba transformando. Primero una leve tensión en la mandíbula, después una sombra oscura en su mirada. Los labios de Amaia se entreabrieron, pero no salió de ellos ninguna palabra.

Iker no necesitaba escuchar la conversación para saber que algo iba mal.

La chica asintió un par de veces con los dedos crispados alrededor del teléfono. Finalmente, colgó.

—Venga, nos vamos —instó, dirigiéndose a sus compañeros—. Ha desaparecido una niña en el Puerto Deportivo.

Iker Ibarguren sintió un nudo apretándole el estómago. Desaparecida y niña. Dos palabras que nunca deberían ir juntas en la misma frase. En cuestión de segundos, la envidia por Maitane y las crías jugando en la playa se disipó para ser reemplazada por un intenso frío.

Etxaniz también parpadeó, despertando de su ensimismamiento.

—¿Hora? —preguntó, ya incorporándose.

—Hace cuarenta minutos. Los padres la han perdido de vista cuando se ha ido a tirar un envoltorio —comentó con rapidez—. Ninbe Gutiérrez. Cinco años.

Amaia se apresuró a coger las llaves del coche patrulla mientras sus compañeros la seguían.

Cuarenta minutos.

Cada segundo, contaba.

El mar, en calma, reflejaba las luces de las farolas del paseo mientras las terrazas de los bares se iban abarrotando cada vez más. El morbo siempre había conseguido sacar lo peor del ser humano, y en aquel preciso día se podía respirar entre la brisa salada que traía consigo el rumor de las olas.

—¡Ninbe! ¡Ninbe! —gritaba alguien entre las filas de coches del aparcamiento.

La tensión flotaba en todas las esquinas y el nombre de la niña se repetía una y otra vez, sin respuesta.

—¡Ninbe!

El oficial Iker Ibarguren aparcó el coche patrulla frente a la hilera de restaurantes. Se retiró el cinturón y echó una mirada rápida a su equipo: Amaia, Etxaniz y los demás agentes esperaban instrucciones para actuar. A aquellas alturas, la Policía Local ya había acordonado parte del paseo, pero aún no había un perímetro controlado.

—Procedemos con el protocolo —dijo con voz firme mientras recorría con la mirada la zona y se ajustaba el auricular en la oreja—. Amaia, tú coordina el perímetro de búsqueda. Que las patrullas peinen toda la zona. Muelles, aparcamientos y accesos al puerto. No quiero que quede un solo rincón sin revisar.

—Entendido —asintió la agente, sacando una libreta.

—Etxaniz, coge un par de hombres y céntrate en las cámaras de seguridad. Revisad los bares, los paseos, el acceso desde la carretera y los muelles. Y si hay testigos, camareros, clientes... quiero saber qué han visto. Quiero saberlo todo.

Gonzalo Etxaniz asintió, sin esperar un segundo más, y se alejó de la zona de los coches patrulla acompañado por un par de agentes.

Iker consultó su reloj antes de activar la cuenta atrás. 59 minutos. Faltaba poco para que tuvieran que pedir refuerzos.

Caminó un par de pasos al frente, intentando encontrar a la madre de la criatura entre la multitud que inundaba la zona. Algunos clientes de los restaurantes observaban a la policía con el rostro inquieto, otros susurraban entre sí y otros, en cambio, miraban furtivamente a la mujer que no dejaba de llorar en una de las mesas de la terraza. «Pobrecita», murmuraban unos. Pero había quienes, incluso, se atrevían a criticarla. «En vez de estar ahí, llorando, debería estar buscando a la niña...», decían.

Blanca Gutiérrez estaba sentada en una de las mesas de un restaurante con el rostro oculto entre las manos. Sollozando, temblando. Por un instante, levantó la cabeza y su mirada se clavó en la de Ibarguren. El oficial se mordió el labio al ver el estado de angustia que invadía a la mujer. Tenía el rostro descompuesto y la piel pálida, casi enfermiza. Los mechones revueltos de cabello le caían desordenadamente por los hombros. Su aspecto era deplorable. Los tirantes del vestido se le habían deslizado por los hombros y la falda del mismo estaba embarrada y mojada, como si hubiera estado arrastrándose por el suelo.

Iker avanzó hacia ella con lentitud para concederse el tiempo necesario para analizar la situación que tenía frente a él. Había varias personas junto a Blanca. Frente a ella, de pie, se erguía un hombre de complexión fuerte que contenía la mandíbula en tensión y las manos en la mesa. Daba la impresión de que, en su interior, se estaba desatando una tormenta. El oficial bajó la mirada a la libreta que tenía entre sus manos. Víctor Larreta. Ese debía de ser el padre. Parecía estar ido y a punto de estallar. A un lado, una mujer de expresión contenida y gesto protector sujetaba la mano de Blanca. Por la edad, Iker supuso que podía tratarse de la abuela materna de la niña. Su rostro era una máscara de control, y sus dedos, apretados con fuerza sobre la piel de Blanca, delataban la presión con la que la retenía, como si estuviera sosteniéndola para evitar que se quebrara del todo.

Cada segundo era vital, pero cada detalle de gran importancia.

Iker se acercó sin perder la calma.

—Soy el oficial Ibarguren, de la Ertzaintza de Getxo —se presentó con voz grave—. Voy a necesitar que me cuenten qué ha pasado.

Blanca Gutiérrez alzó la mirada con los ojos hinchados, rojos y vacíos. Sus labios temblaron, delatando el horror que la consumía por dentro.

—Se ha llevado a mi nieta —susurró la mujer rubia con un tono bajo y controlado—. Alguien se ha llevado a Ninbe.

Iker sintió cómo la brisa marina se volvía más helada. Sí, aquella era una opción. Y de ser así…, el tiempo se agotaba y jugaba cada vez más en su contra. El oficial pestañeó, mirándola fijamente. Ella, por supuesto, le sostuvo el pulso visual con la misma frialdad con la que acababa de hablar.

—¿Es usted la abuela materna?

Asintió.

—¿Me puede decir su nombre?

—Marije. ¿Para qué necesita mi nombre? —inquirió con cierto desdén.

Iker tomó nota e ignoró la pregunta. No pensaba perder el tiempo en explicar cosas que resultaban obvias.

—¿Estaba usted aquí en el momento de la desaparición?

La mujer se acomodó en una silla antes de cruzar los brazos sobre su regazo, con calma.

—No —respondió, sin una sombra de duda en la voz—. He llegado hace unos minutos, en cuanto me he enterado de lo sucedido. Me ha llamado mi hija llorando y he venido lo más aprisa que he podido.

El oficial apretó la mandíbula, sin pasar por alto que la voz de Marije era tan serena que parecía estar relatando una declaración ensayada. No había rastro de prisa en ella, ni siquiera de alteración. Y si algo le decía su instinto de policía era que aquel control excesivo no era normal, y mucho menos en un caso como aquel, de una abuela cuya nieta acababa de desaparecer.

—¿Cómo es posible que haya llegado antes que la policía? —espetó sin ocultar un deje de incredulidad.

Un tic se dibujó en la comisura de la boca de Marije.

—Por supuesto, mi hija me ha llamado a mí antes de llamar a la policía. Soy su madre.

Iker sintió cómo su propia respiración se volvía más tensa.

—Yo sí estaba aquí —señaló otra mujer, una que debía de tener una edad bastante similar a la de Blanca.

El oficial volvió a bajar la mirada a las anotaciones. Debía de ser Karmele Huerta, amiga del matrimonio.

—Mi marido y yo estábamos tomando algo con Blanca y Víctor. Nuestras hijas estaban jugando juntas.

Un sollozo ahogado hizo que todas las miradas de los presentes se girasen hacia Blanca, que en aquellos instantes se deshacía en un llanto más profundo mientras mantenía su rostro escondido entre las manos. Su pecho se agitaba tembloroso con respiraciones entrecortadas; parecía a punto de sufrir un ataque de nervios. Iker pensó que, en cuanto terminase con las preguntas más básicas, solicitaría asistencia médica para esa mujer. Necesitaba un tranquilizante. O un sedante.

—Cuénteme lo que ha ocurrido, Karmele —pidió con voz más pausada.

La mujer de cabello corto y cobrizo asintió, pero fue incapaz de llegar a decir ni una sola palabra.

—¿Por qué no estás buscando a mi hija? —rugió Víctor Larreta, acercándose demasiado—. ¡JODER! ¡Mi hija ha desaparecido y la policía está perdiendo el tiempo en estas tonterías!

Había caminado al frente, encarándosele.

Ibarguren se recordó que ese hombre de mirada desorbitada tampoco estaba en sus cabales y que debía tener paciencia con él. Su hija había desaparecido. Y, por supuesto, los años de experiencia le habían enseñado a reconocer cuándo un hombre estaba al borde del colapso. Resultaba evidente que Víctor iba directo hacia él.

Iker se adelantó, manteniendo su postura imperturbable.

—Cálmese y siéntese —ordenó con voz firme, pero serena—. Tengo a todo mi equipo peinando la zona y revisando las cámaras de seguridad —continuó, sin apartar la mirada de Víctor—. La vamos a encontrar. Pero ahora mismo mi prioridad es saber lo que ha sucedido y cómo ha sucedido.

Víctor apretó la mandíbula con tanta fuerza que una vena culebreó su sien, como si estuviera conteniéndose solo porque su cuerpo se lo exigía. Su cuerpo y, por supuesto, la policía. Al final, se desplomó en la silla, hundiendo la cabeza entre las manos con una respiración jadeante. Estaba al borde de la desesperación.

—Creo que deberíamos considerar... —comenzó Marije, interviniendo de forma inoportuna.

—Si no ha estado presente en el momento de la desaparición, mejor quédese callada —cortó, sin darle espacio para más réplicas. Había algo en aquella mujer que no le gustaba.

La señora apretó los labios con la expresión endurecida, visiblemente disgustada.

—Las niñas estaban jugando cerca de las mesas. Se reían, corrían de un lado a otro, como siempre...—continuó Karmele, retomando la pregunta anterior—. En un momento, Ninbe se alejó para tirar el envoltorio de su helado a la papelera. Y... no volvió...

33

Víctor soltó una risa amarga, cargada de rabia.

—Y de repente desapareció. Así, sin más.

Iker se inclinó levemente hacia él.

—¿En qué momento os disteis cuenta de que no estaba?

Karmele tragó saliva.

—Fueron solo unos minutos. Al principio pensamos que se había entretenido con algo. Ya sabe, los niños se distraen… Pero Blanca empezó a inquietarse. Se levantó, la llamó una vez, luego otra… Y…—musitó con la voz rota—, Ninbe ya no estaba.

Iker apretó los labios. Un minuto. Dos minutos. Y un niño desaparecía. Así de fácil. Así de simple. En cuestión de segundos, Ninbe ya no estaba. Frente a él, Blanca temblaba. Seguía llorando y se abrazaba el cuerpo a sí misma como si el frío de la noche le calara hasta los huesos.

—Que alguien encuentre a mi pequeña, por favor… —balbuceó, totalmente rota.

El oficial sintió el peso de cada una de esas palabras en su pecho mientras se enderezaba y echaba un vistazo rápido a su alrededor.

Iker consultó su reloj. Las primeras tres horas eran las horas clave, por eso se las conocía como las horas oro. Y por desgracia para aquella familia, el tiempo comenzaba a esfumarse y las probabilidades de encontrar a Ninbe con vida se iban volviendo cada vez más limitadas. El ochenta por ciento de los menores secuestrados eran asesinados en ese rango, lo que significaba que si la abuela estaba en lo cierto...

Iker suspiró.

Desde aquel punto se podía ver el agua, que reflejaba los destellos dorados de las farolas en su superficie. El puerto estaba abarrotado de barcos que se balanceaban discretamente entre las sombras, como meras siluetas adormiladas. Otros yates, en cambio, permanecían iluminados. Tenían que revisar cada rincón oscuro del muelle. Extendió su mirada entre el recorrido de la hilera de las terrazas y bares, donde las mesas aún estaban repletas de gente que contemplaba el despliegue policial, cuchicheando. Resultaba evidente que la tensión había alterado la cadencia natural de la noche.

Inhaló despacio, intentando visualizar el recorrido de la niña en su mente. ¿Y si se acercó demasiado a algún barco y terminó cayéndose al agua? Pero no. No tenía mucho sentido. Si hubiera caído, alguien habría oído un chapoteo, un grito. Las aguas del puerto no eran profundas en esa zona. Podría haberse sujetado de un cabo o de un saliente del muelle. Además, si hubiera caído, su cuerpo ya habría aparecido flotando.

¿Y si alguien se la había llevado? Pero, ¿cómo? ¿A pie? La zona estaba demasiado transitada. Cámaras, testigos, terrazas llenas. Solo un profesional o alguien muy desesperado se atrevería a hacer algo así a la vista de todos.

Así que, descartadas aquellas dos opciones, solamente le quedaba una tercera: que la niña se hubiera ido voluntariamente con alguien. ¿Y si se había subido en un coche? O en una furgoneta, o en un barco. Iker clavó la vista en los barcos. Joder. Tenían que peinarlos, y eso iba a llevarles mucho tiempo. Muchísimo. Y muchísimo personal también…, así que lo mejor que podía hacer era ir pidiendo más refuerzos.

—Mi pequeña… Tienen que encontrar a mi niña… —sollozaba Blanca, totalmente descompuesta.

Iker entrecerró los ojos unos instantes, concentrándose. Pensó en el tiempo. En los minutos exactos en los que la niña desapareció. Demasiado rápido para que hubiera salido del puerto sin ser vista. Demasiado calculado…, como si supiera exactamente dónde llevarla sin levantar sospechas. Como si alguien hubiera estado esperándola.

Algo no encajaba. Iker revisó la fotografía de Ninbe que se había enviado para la búsqueda y comprobó que en su libreta estaba anotada la ropa que llevaba puesta en el momento de su desaparición.

—Tengo anotado que la niña iba vestida con una falda blanca con dibujos de estrellas y una camiseta azul celeste. ¿Es correcto?

Esta vez fue el padre quien respondió.

—Sí, eso es —respondió, nervioso.

Y entonces, el chasquido del walkie rompió la densidad del aire.

—Tenemos algo.

Era Amaia. Iker la conocía lo suficientemente bien como para saber que el tono de su voz no presagiaba nada bueno. Suspiró, alejándose de la mesa antes de llevarse la mano al dispositivo que tenía enganchado en su hombro.

—¿Dónde?

—Zona de los muelles. Ven rápido.

El oficial sintió que le faltaba el aire. Echó un último vistazo a aquellos padres rotos, descompuestos, heridos. Se imaginó que Blanca podía ser Maitane, y que la niña, Ninbe, una de sus hijas. Tal vez Nikole, o Ane. Joder…

—Joder —suspiró en voz alta.

Un escalofrío le recorrió de pies a cabeza, haciéndolo temblar. Después se giró sobre sus talones y echó a caminar con rapidez, sintiendo cómo su respiración se aceleraba. Su instinto le decía que no era un hallazgo cualquiera. O, al menos, no uno bueno.

Avanzó con paso acelerado por el paseo marítimo mientras las botas de su uniforme resonaban contra el empedrado. Tenía la sensación de que el aire salado se había espesado y cargado de una tensión opresiva, una que engullía el bullicio habitual de aquel lugar.

No necesitó preguntar adónde debía dirigirse porque las luces azuladas de los coches de sus compañeros indicaban perfectamente la zona de mayor aglomeración, junto a las rocas. Llegó y comprobó que también Etxaniz ya estaba allí. Y, en efecto, lo encontró a pocos metros de su compañera, de pie, con el rostro tenso y la mirada clavada en la orilla rocosa que había sido acordonada por seguridad.

Iker sintió que el pecho se le oprimía mientras se acercaba a ambos. No quería hacer la pregunta, pero no le quedaba más.

—¿Qué tenemos?

Más allá, a varios metros de distancia, una pequeña silueta se distinguía entre las piedras. Iker tuvo la sensación de que la calidez de aquella noche de verano desaparecía para dejar paso a una gelidez invernal.

Amaia tragó saliva antes de contestar.

—Un pescador nos ha dado el aviso cuando ha visto que había algo entre las rocas.

—¿Es ella?

Amaia sostuvo la mirada de Iker un segundo antes de asentir.

—Sí.

Joder.

El oficial se pasó una mano por la cara.

—Que vengan el forense y la científica —ordenó con voz firme y la garganta seca—. Quiero fotos, muestras y que revisen la marea de las últimas horas.

Etxaniz asintió y sacó el móvil del bolsillo para hacer las llamadas pertinentes. Él, en cambio, avanzó con precaución hasta el borde de la cinta policial para posar sus ojos en aquel pequeño cuerpo que yacía encajado entre las rocas y ligeramente sumergido entre la espuma salada.

—Mierda… —murmuró, sin apartar la vista.

Podía escuchar el rumor del mar rompiendo contra las piedras, como una canción de cuna que acompañaba en aquel sueño eterno a la criatura. Tragó saliva. Había algo en esa imagen que le crispaba los nervios.

—No parece haber signos evidentes de violencia —comentó Amaia, como si necesitara llenar el silencio con información objetiva—. Pero hasta que el forense llegue, no podemos confirmar nada.

—Ya —respondió él con poca convicción.

Sus ojos recorrieron el contorno del cuerpo en busca de algo que estuviera fuera de lugar. Había visto demasiados cadáveres en su vida; demasiadas muertes inexplicables que luego, al final, adquirían un sentido demasiado macabro como para pertenecer a la vida real y no a un thriller de televisión.

—La colocaron aquí —afirmó Ibarguren con una certeza total—. No la trajo la marea, sino que la dejaron ahí adrede. Seguramente tenían prisa por deshacerse del cuerpo.

Amaia lo miró de reojo.

—¿Por qué dices eso?

Iker señaló los alrededores con gesto serio.

—Mira la posición del cuerpo. Está totalmente encajada en las rocas, como si alguien la hubiera dejado justo ahí. Si hubiese flotado hasta este punto, su colocación sería diferente. Y lo mismo si se hubiera caído.

Amaia asintió lentamente, como si tratara de procesar y entender lo que quería decir aquello.

—Entonces, tenemos un homicidio.

Iker no respondió. Sabía que era demasiado pronto para una afirmación semejante y que aún cabía la posibilidad de que el forense dijera lo contrario.

El aullido de una sirena anunció la llegada del equipo de criminalística. Cada vez había más personas alrededor de la escena e Iker sabía que debía prestar atención a cada uno de los curiosos que se mantenían tras el cordón policial.

—Saca fotos de los cotillas —le pidió a Amaia—. Procura que se les vea bien. Por si acaso.

—Claro —respondió ella.

Pero aún no se había dado la vuelta cuando un grito ensordecedor rasgó la tensión instaurada, alimentándola aún más.

—¡NO!

Iker reconoció la voz antes de girarse. Era Blanca Gutiérrez.

—Joder…

El alarido atravesó la brisa marina como un puñal. Era un lamento crudo y primitivo, el dolor de una madre. Iker observó cómo forcejeaba con un agente, intentando hacerse paso al frente.

—¡No puede ser ella! ¡Tiene que haber un error! ¡Dejadme verla!

Blanca forcejeaba, pataleaba y arañaba con las uñas el aire, pero no tenía la fuerza suficiente en su cuerpo destrozado como para soltarse de la sujeción del agente.

—¡Ninbe! —sollozaba, de rodillas—. No puede ser mi niña… No puede ser ella…

El marido se arrodilló a su lado, sujetándola con fuerza. Iker comprobó que procuraba mantener una cierta entereza. Una que en realidad no poseía. Le delataba la palidez de su rostro y el gesto apretado de sus labios, que contenían una silenciosa mueca de dolor. Abrazaba a Blanca con la mirada fijamente clavada en las rocas, como si su cerebro también se negara a aceptar la realidad.

Iker no se movió. No había nada que hacer. Nada que pudiera decir para añadir paz a esa escena tan... cruel.

A su alrededor, sus compañeros trabajaban en un silencio eficiente y medido, siguiendo cada paso que marcaba el maldito protocolo que todos los presentes tan bien conocían. Nadie parecía perturbado por los gritos de la mujer porque, en el fondo, todos los presentes estaban demasiado acostumbrados al dolor y a la maldad humana.

—Llamad al fiscal que esté de guardia —ordenó Etxaniz a través de la radio.

El sonido del walkie rebotó en la noche, interrumpiendo por un instante el murmullo bajo de los agentes que terminaban de acordonar la ampliación de la zona para mantener alejados a los curiosos que, por supuesto, cada vez eran más y más.

Ibarguren se alejó unos pasos, dispuesto a poner distancia con aquellos padres. No soportaba la angustia que desprendían, porque de alguna forma no podía evitar ponerse en su situación.

Nervioso, levantó la mirada hacia los pabellones más cercanos, fijándose en sus fachadas en busca de alguna posible cámara de seguridad. Encontró un par que apuntaban al paseo, pero ninguna que señalase en dirección a donde estaba el cuerpo de la niña.

—Qué puta mierda...

Había un vacío en la vigilancia. Un maldito punto ciego. El oficial enarcó las cejas y apretó los puños. Si alguien hubiera empujado a la niña, si la hubieran hecho bajar a las rocas a propósito... no habría quedado registrado.

La radio volvió a sonar.

—Vamos a trasladar a la familia a comisaría.

Iker giró la cabeza y, desde la lejanía, observó a Blanca, que seguía derrumbada y con el cuerpo hecho un ovillo sobre el suelo del paseo. Su marido aún la sostenía, pero ya no tenía fuerzas para contener sus sacudidas.

Y, por supuesto, ahí estaba la abuela. Marije. Hierática. Impasible. Desde luego, había algo en ella que no le gustaba nada y que le provocaba escalofríos. ¿Cómo era posible aquella actitud tan... comedida y fría? Si sentía algo, no lo demostraba. Iker contempló cómo dos agentes se acercaban a la familia para decirles algo. Blanca no reaccionaba. Parecía ida.

—Que pidan asistencia psicológica —murmuró a través del walkie mientras sus dedos se crispaban sobre la radio.

—Recibido.

44

—No puede ser ella… No puede ser mi niña… —gritaba, mientras los agentes conseguían a duras penas ponerla de pie.

Iker los vio marcharse…, pero su mirada se quedó en Marije. Seguía sin derrumbarse. No temblaba, no lloraba. No hacía nada.

Parecía un puto maniquí.

Lentamente, se pasó una mano por la nuca y sintió el sudor frío que se había pegado a su piel. Uno de sus compañeros discutía con un periodista local que había intentado saltarse el cordón policial para acercarse más al cuerpo. Un imbécil, por supuesto, porque el perímetro estaba claramente cerrado. Nadie, salvo los agentes y el personal forense, tenía acceso a la zona de las rocas para preservar la escena al milímetro.

Se quedó un minuto pensando mientras el zumbido de las radios intercalaba órdenes secas y respuestas breves. Había que encontrar a alguien que hubiera visto algo.

—Etxaniz, haz un barrido por los bares.

—Ya lo he hecho, y nada.

—Pues hazlo de nuevo, joder —ordenó Ibarguren, tenso—. Pregunta a los camareros si habían notado algo raro antes de la desaparición. Cualquier cosa. Lo que sea.

Etxaniz suspiró antes de alejarse con paso firme hacia la zona de las terrazas.

Miró a su alrededor en busca de Amaia, que estaba en el paseo hablando con un grupo de ciclistas que se había quedado en la zona. Un par de adolescentes meneaban la cabeza, otro se encogía de hombros mientras ella apuntaba en su libreta.

Joder. El lugar estaba abarrotado de gente, hasta arriba. ¿Cómo era posible que nadie hubiera visto nada?

Iker avanzó hasta donde dos agentes mantenían retenido al pescador que había dado el aviso. El hombre esperaba sentado en el borde del banco, encorvado como si el peso de la tragedia lo hubiera aplastado. Vestía un pantalón vaquero gastado, con las rodillas descoloridas por el sol y el roce de las rocas, y una camiseta sin mangas de algodón, color crudo, que dejaba ver unos brazos flacos pero curtidos, con la piel tostada y surcada de manchas por el sol. Sobre la camiseta, una camisa de cuadros, abierta, colgaba como una capa ligera, desabotonada.

—¿Quién es? —preguntó Ibarguren a uno de sus compañeros.

—Martín Goenaga, sesenta y cinco años. Suele pescar en la zona, aunque formalmente está jubilado.

Lo escrutó con más detenimiento y reparó en que tenía la ropa manchada de sangre seca. Seguramente de pescado.

—¿Le habéis tomado declaración?

—Dos veces —respondió su compañero mientras Ibarguren continuaba con los ojos clavados en él.

Había algo inquietante en su inmovilidad: no era la calma del que no tiene nada que ocultar, sino la del que ya ha aprendido que todo lo que diga puede volverse en su contra. Ibarguren titubeó, pero al final se dirigió hacia él. Tendría que declarar una tercera vez.

—Cuénteme exactamente lo que vio, Martín.

El hombre tragó saliva mientras aferraba con fuerza el paquete de tabaco.

—¿Puedo?

Iker asintió y él se apresuró a sacar un cigarrillo liado del interior.

—Yo… yo estaba recogiendo la caña cuando vi algo entre las piedras. Al principio pensé que era una bolsa… o un animal. Pero no lo era.

Iker observó su expresión.

—¿Estaba flotando en el agua cuando la vio?

El hombre negó con la cabeza.

—No. Estaba atrapada entre las rocas. Tal y como está ahora… Yo…, yo no la he tocado. Ni siquiera me he acercado.

Iker sintió un escalofrío recorrerle la columna vertebral.

—¿Vio a alguien cerca del puerto antes de encontrarla?

—No.

El oficial apretó la mandíbula. Algo no encajaba.

No tenían testigos. Solo un cuerpo y una escena demasiado limpia.

El oficial Iker Ibarguren se frotó la cara con ambas manos, dejando escapar un suspiro tenso. El Instituto Forense de Bilbao tenía ese aire frío y aséptico que parecía amplificar el peso de la espera.

Eran las 2:47 de la madrugada y el pasillo estaba vacío, a excepción de los técnicos que caminaban de un lado a otro con carpetas e informes. Iker estaba acostumbrado a esperar pacientemente los resultados de la autopsia, pero en aquella ocasión el caso era distinto. Joder. Se trataba de una niña pequeña. Una niña de la edad de su hija.

Escuchó unos pasos firmes y supo que se trataba de Iñaki Varela. Se levantó enseguida, atento.

—Necesito que me dejéis mi tiempo para trabajar, Ibarguren —bufó, irritado, antes de frotarse la nuca con impaciencia—. ¿Qué es esto? ¿Una carrera para ver quién consigue los resultados antes?

—Necesito respuestas, colega.

Iñaki le lanzó una mirada cansada y negó con la cabeza.

—Hostia, Iker… Te conozco y sé que estás metiendo más presión de la que deberías. ¿Qué pasa?

—¿Y qué esperas que haga? Es una cría...

El forense chasqueó la lengua. Conocía a Iñaki lo suficientemente bien como para saber que su mal humor no se debía solamente a las prisas, sino a lo que acababa de ver en la sala de autopsias.

—Mañana por la mañana tendrás en tu correo el preliminar.

Iker negó.

—Son las tres de la madrugada. Ya es «mañana por la mañana».

Iñaki, resignado, apoyó las manos en su cadera antes de suspirar largo y tendido.

—No fue un accidente.

Lo sabía. Lo había sabido desde un primer momento.

—¿Estás seguro?

—Más que seguro. A esta niña la han asesinado.

Iker tardó un segundo en reaccionar mientras sentía que todo el cansancio de la noche se le clavaba en la nuca. Una cosa era una corazonada y otra cosa, información fiable.

—Explícame lo que tenemos, por favor.

Iñaki asintió con la cabeza, resignado. Sabía que, si no le proporcionaba información, seguiría ahí, inmóvil, acampando frente a su laboratorio.

—Primero, la asfixia. Ninbe no murió por ahogamiento. No tenía agua en los pulmones. Eso significa que ya estaba muerta cuando su cuerpo llegó al agua —comentó con voz pausada y precisa.

Iker cerró los ojos un instante. Lo había sospechado, pero escucharlo lo hacía real.

—¿Cómo la mataron?

—Por sofocación manual. No hay signos de estrangulación con un objeto ni fracturas en la tráquea. No la ahorcaron.

—¿Manos?

—Eso parece. Pero quien lo hizo sabía lo que hacía —comentó, antes de entrar en más detalles—. No dejó moretones evidentes en el cuello. La presión fue controlada. Su muerte no fue rápida. La asfixiaron hasta que perdió el conocimiento y después la mantuvieron así hasta que su corazón se detuvo.

Un nudo se formó en la garganta de Iker. El asesino no solo la mató, sino que se aseguró de que fuera lento.

—Joder.

Iñaki suspiró.

—Y hay más.

Iker alzó la cabeza.

—Había signos de que la niña había sido movida post mortem. Pequeñas abrasiones en la piel, restos de algas y sedimentos en zonas del cuerpo donde no deberían estar si simplemente hubiera caído al agua. Eso significa que alguien la dejó en las rocas después de matarla.

Joder. Había sido intencionado. Frío. Calculado.

Ambos hombres se quedaron allí, en silencio,
bajo la luz artificial del pasillo. Ibarguren tenía la sensación de que el aire se había vuelto demasiado pesado
para respirar.

—Mándame el informe cuando lo tengas.

Iñaki asintió, pero no dijo nada más.

Iker giró sobre sus talones y salió del Instituto
Forense con paso acelerado y la cabeza martilleándole.
El frío de la madrugada lo golpeó como un puñetazo,
pero no consiguió despejarle la mente.

¿Quién cojones podía ser capaz de matar así a
una niña pequeña? ¿Qué clase de trastornado había podido asfixiarla de esa forma, con esa lentitud?

Encendió un cigarro en cuanto cruzó la puerta y aspiró el humo amargo mientras dejaba caer sus
hombros, derrotado. Después lo lanzó al vacío y se subió al coche patrulla, pero no arrancó. No tenía fuerzas
para conducir. Permaneció con las manos en el volante,
sintiendo la respiración pesada y el cansancio que le
arañaba hasta el alma. Joder. Joder. Alguien la había
sostenido con las manos hasta que dejó de respirar. Y
quien lo había hecho, seguía libre.

Al final, encendió el motor. Condujo como un
autómata hasta llegar a Algorta, y ni siquiera se dio
cuenta de la hora que era cuando cruzó el umbral de su

hogar. Al abrir la puerta, el olor del incienso de Maitane lo devolvió a la realidad, apartando de golpe la imagen del pequeño cuerpo de la niña, inerte entre las rocas. Y entonces la vio. Maitane estaba sentada en el sofá con las piernas recogidas bajo una manta y con un libro abierto en su regazo. Alzó la vista cuando lo oyó entrar.

—Llegas tarde.

Iker se quitó la chaqueta y la dejó caer en una silla antes de desplomarse en el sofá.

—Lo sé —por un instante, se sintió aliviado de haber salido de la morgue. —¿Qué lees?

—Un thriller. Quería esperarte despierta.

Iker sacudió la cabeza, dejando escapar un resoplido. Debían de ser, por lo menos, las cuatro de la madrugada.

—Deberías leer comedia.

—Deberías dormir más —señaló ella.

No hubo respuesta.

Maitane dejó el libro a un lado y encaró a su marido, cuya expresión de derrota le partía el alma.

—¿Quieres contarme qué ha pasado?

Iker desvió la mirada hacia el techo.

—Te lo contarán mañana los telediarios.

Suspiró.

Sintió el temblor en su propia respiración antes de darse cuenta de que sus ojos se habían empañado.

En realidad, le costaba entender por qué reaccionaba así. No era la primera vez que se enfrentaba a un caso de homicidio, ni la primera vez que veía un cadáver. Pero había algo en este que le removía por dentro, que le dolía en las entrañas. Quizás porque tenía tres hijas. Quizás porque su mayor miedo en aquella maldita vida era que una de ellas desapareciera y nadie pudiera hacer nada para traerla de vuelta.

—Eh, ¿estás bien? —se interesó Maitane, acariciándole el rostro con los dedos, y recorriendo con ternura su barba incipiente.

Iker cerró los ojos un instante, absorbiendo el calor que desprendía aquel gesto.

—No. Creo que no.

Maitane no insistió. No hizo preguntas. En lugar de ello, simplemente se inclinó y lo besó. Fue un roce lento y suave, repleto de la calidez de quien conoce todos los rincones del otro lo suficientemente bien como para ser hogar y consuelo. Y, en ese preciso instante, Iker sintió cómo el peso del día se desmoronaba poco a poco y cómo el aire volvía a entrar en sus pulmones, oxigenándole el cuerpo. Maitane era capaz de conseguir que el mundo entero desapareciese y que las sombras de la noche se quedaran fuera de aquella casa.

—Te echaba de menos —murmuró él, apretándola contra su cuerpo.

La calidez de los labios de Maitane contra los suyos encendió algo en Iker. Algo primitivo, algo necesario. Y de pronto, ya no quedaba rastro de la tensión y del cansancio. Solamente su aliento entrecortado y sus manos, deslizándose por su nuca para enredar sus dedos en el cabello alborotado.

Iker la recorrió con las manos, sintiendo la suavidad de su piel bajo la tela fina del pijama. Sus dedos viajaron por su espalda, su cintura y sus caderas; explorando la familiaridad de su cuerpo y al mismo tiempo redescubriéndolo. Y poco a poco, los besos fueron volviéndose más urgentes. Más hambrientos. Y la ropa comenzó a sobrar entre ellos. Primero la suya. De un tirón, se deshizo de la camiseta dejando su torso al descubierto. Y después, la de ella. La piel de Maitane se erizó cuando los dedos de Iker se deslizaron por su espalda desnuda, recorriendo cada curva, cada vértice de su cuerpo.

Se pusieron de pie, sin dejar de besarse; entregándose el uno al otro con caricias torpes, apresuradas y desesperadas. Podían pasar los años, pero Maitane seguía despertando en él lo mismo que el primer día que se conocieron paseando por la playa de Sopela. Iker cerró los ojos y sintió las manos de su mujer aferrándose a su cuello y a su pecho, arañando su piel mientras los restos de su ropa caían al suelo.

La levantó con facilidad mientras sentía su cuerpo ceñirse contra el suyo y sus piernas envolviéndolo con la misma necesidad con la que su boca buscaba la suya. La llevó hasta la pared, apoyándola contra la madera fría del mueble del salón. Ella jadeó, clavando sus uñas en la espalda del oficial con el que estaba casada.

—Iker... —jadeó.

Suspiró y cerró los ojos un instante para poder absorber en su totalidad la sensación de su cuerpo desnudo contra el suyo, de su respiración entrecortada, de la forma en que sus caderas se movían instintivamente buscando más. Mucho más. No había prisas, pero tampoco pausas.

Sus labios recorrieron su cuello y su clavícula, descendiendo lentamente mientras sus manos seguían explorando, descubriendo, encendiendo.

Maitane se arqueó contra él con la piel caliente, entregándose al instante. Y en ese momento, el salón se llenó de susurros entrecortados, de jadeos y de caricias profundas y conocidas. Por muchos años que pasaran, por mucho tiempo que compartieran, nada cambiaba. Sí, la conocía bien. Sabía cómo tocarla, cómo besarla, cómo hacer que el cansancio y la preocupación se disiparan entre sus cuerpos. Y lo mismo sabía ella. Maitane, sin duda, sabía hacer que el mundo de sombras que rodeaba la vida de Iker se desvaneciera, que desapareciera. De pronto, ya no había casos abiertos. Ya no había muertes. No quedaban sombras en su cabeza ni dolor... Solamente ella. Solamente la forma en la que la noche se desvanecía entre su piel y la de ella.

Contemplaba las gotas de lluvia que golpeaban el cristal de la cocina mientras el aroma a café recién hecho iba envolviendo la cocina con lentitud. Se quedó observándolas, ensimismado, mientras estas resbalaban lentamente, formando a su vez pequeños caminos irregulares. Ibarguren alzó la mirada al cielo plomizo y tuvo la sensación de que este se desvanecía en suspiros sobre los tejados de Getxo; parecía llorar por la pérdida de Ninbe.

Un grito captó su atención y desvió la mirada hacia la mesa, donde las niñas desayunaban enzarzadas en alguna absurda discusión. Las tres hablaban a la vez, discutiendo sobre quién tenía más cereales en el cuenco. Bueno, en realidad, la pequeña Leire solo lloriqueaba y protestaba eclipsada por las abusonas de sus hermanas mayores.

—¡Aita, mira! —dijo Nikole, la mediana, con la boca llena de ColaCao.

Tenía un bigote de chocolate y sonreía con orgullo, como si aquello fuera un logro digno de ser fotografiado. Iker sonrió, pensando que, dedicándose a lo que se dedicaba, la única forma de no perder la cordura era medir la vida en pequeños momentos como ese.

—Eres un monstruo de chocolate —dijo él, limpiándole la cara con una servilleta mientras ella se reía y trataba de escapar de su agarre.

Maitane, desde el umbral de la puerta, los observaba con una sonrisa suave.

—Ten cuidado, que en cualquier momento te declaran en busca y captura por robo de galletas —le dijo Iker a Nikole, que se echó a reír antes de abrazarse a su hermana mayor en busca de protección.

Todo era ruido y risas, aunque el oficial sabía bien que de ahí al llanto podía transcurrir un solo minuto.

Iker volvió la vista hacia la ventana, pensativo, justo antes de que su teléfono móvil comenzase a sonar, explotando la burbuja. Suspiró con pesadez y se dispuso a responder aquella llamada que sabía bien que lo arrastraría de vuelta a la vida real.

—Oficial Ibarguren —respondió.

—Ya tenemos el informe preliminar del forense.

La voz de Etxaniz sonaba seca y directa, con ese tono profesional que usaban cuando las noticias no eran buenas. Iker miró de reojo a sus hijas. La más pequeña intentaba quitarle un trozo de tostada a su hermana mientras la mediana contaba algo que le había pasado el día anterior en la ikastola.

Él se levantó de la mesa en busca de un poco de paz, apoyándose en la encimera. Debía prestar atención a lo que Gonzalo iba a decirle.

—Dime.

El suboficial empezó a leer en voz baja.

—Ninbe no murió por ahogamiento. La sofocaron con las manos hasta que perdió el conocimiento. Después la dejaron en las rocas.

Iker cerró los ojos. Eso ya lo sabía. Iñaki Varela se lo había adelantado la noche anterior.

—El forense ha confirmado que no hay signos de agresión sexual, ni drogas en su sistema. El asesinato fue limpio.

—Demasiado limpio —murmuró Iker.

—Sí. No fue un arrebato. No fue alguien que perdió el control en un momento de ira. Quien lo hizo sabía exactamente lo que hacía y por qué lo hacía.

Ibarguren sintió un escalofrío reptando por su espalda.

—Voy a casa del matrimonio a darles la noticia —dijo Etxaniz tras una pausa.

Él giró la cabeza y miró de nuevo la mesa. Sus hijas seguían allí, en su propio mundo, sin imaginar siquiera el horror con el que él tenía que lidiar cada día. Y mejor era así, por supuesto. Esperaba poder protegerlas de la maldad humana todo el tiempo que fuera necesario y más.

—Mejor déjamelo a mí —respondió—. Me encargo yo.

Etxaniz no discutió.

—Buena suerte, amigo —dijo, antes de colgar.

Se pasó una mano por la cara, como si así pudiera espantar la sensación de pesadez que se le había instalado en su pecho.

Maitane se acercó con su taza de café aún caliente y se la tendió sin decir nada. Él la aceptó y, en ese instante, sus dedos rozaron los de ella cariñosamente. Era un gesto sencillo, pero más reconfortante que cualquier palabra que pudiera decir en voz alta.

—¿Trabajo? —preguntó ella, aunque ya sabía la respuesta.

Iker asintió justo antes de darle un largo sorbo al café sin saborearlo.

—Tengo que irme.

Ella suspiró al ver el gesto descompuesto de su marido, pero no dijo nada más. Iker, nervioso, besó la frente de cada una de sus hijas e intentó armarse de valor para enfrentarse a lo que le esperaba en la calle.

—Portaos bien.

—¡Bai, Aita! —gritaron al unísono.

Se giró hacia Maitane, dispuesto a despedirse de ella, pero incapaz de decir una sola palabra en voz alta. Ella lo besó con suavidad y él le respondió con la misma ternura, con la misma certeza de que cada vez que cruzara el umbral, no sabría cuándo volvería.

Cogió la chaqueta, y abrió la puerta de su casa para adentrarse en el abrigo frío y gris de aquella mañana. La lluvia seguía ganando intensidad y no parecía dispuesta a amainar.

Sí, el cielo de Getxo lloraba a Ninbe Gutiérrez.

Iker subió a su coche, activó el limpiaparabrisas a la máxima velocidad y avanzó por la carretera con la mirada fija en el horizonte plomizo mientras su monovolumen serpenteaba en las curvas que recorrían Urduliz en dirección a Plentzia. Unos minutos después, el humedal de Isuskiza se extendía a su derecha; era una extensión de vegetación espesa que se alzaba entre el agua y la tierra, salpicada de juncos y chopos que se mecían bajo la brisa húmeda de aquel triste día de agosto. El paisaje era gris, frío, desolador. En otro contexto, le habría parecido un rincón apacible o un santuario natural. Pero en aquel instante, no. Todo se le antojaba mucho más lúgubre de lo que quizás era en realidad.

El coche de Iker dobló la última curva y entró en la urbanización de El Abanico. Era un conjunto de chalets amplios, de fachadas blancas y ventanales generosos, con jardines cuidados y setos recortados al milímetro, con enormes casas individuales que salpicaban la zona. Era un barrio de tranquilidad, de bien. Uno de esos vecindarios donde nunca pasa nada y donde los niños abandonan las bicicletas en las aceras, sin candar. Uno de esos donde, cada sábado, padres y vecinos solían reunirse para charlar en el club social o para jugar un partido de pádel.

Y, sin embargo, allí estaba él. Adentrándose en aquella paz para comunicar la peor de las noticias.

Aparcó frente a la casa de la familia Gutiérrez Larreta y apagó el motor. Durante unos segundos, aspiró e inspiró, armándose de paciencia y, sobre todo, de fuerza.

A través del parabrisas vio la puerta principal cerrada mientras una pequeña luz cálida que provenía del interior se derramaba sobre el porche. Pensó en el contraste entre la calma que transmitía desde fuera esa casa y la pesadilla que se debía de estar viviendo dentro.

Bajó del coche y cruzó el jardín con paso firme, intentando no echarse atrás. Aquella era la parte que más detestaba de su trabajo, la que más le carcomía las entrañas. El crujir de la grava bajo sus botas fue el único sonido que rompió el silencio antes de que Ibarguren golpease la puerta en un par de ocasiones. El sonido del pestillo girando se le antojó eterno, pausado. Como si las personas que esperaban al otro lado también estuvieran dilatando el momento de enfrentarse a la verdad.

Iker trató de ignorar el nudo en su garganta antes de enfrentarse al escenario.

Marije abrió la puerta y habló primero.

—Oficial Ibarguren, ¿no?

Su voz era firme. Sin titubeos.

—Lamento molestarlos a estas horas.

La abuela se apartó con la elegancia contenida que la caracterizaba.

—¿Quiere tomar algo? —se ofreció, aunque no esperó respuesta—. Voy a preparar café.

Iker caminó tras ella unos pasos hasta el salón y contempló la escena. El ambiente estaba cargado, pesado. Blanca estaba en el sofá con el cuerpo hundido entre los cojines, como si pretendiera desvanecerse dentro de sí misma. Tenía la piel pálida, demacrada y unas ojeras violáceas delataban el insomnio y el llanto de las últimas largas horas. Se fijó en su mirada, que estaba vacía y seca de tanto llorar. A Víctor, en cambio, se le veía destrozado de otra manera. Se sostenía la cabeza entre las manos con la respiración entrecortada, como si el peso de la realidad lo estuviera aplastando lentamente. El oficial se fijó en que la televisión estaba encendida. No tenía volumen, pero las noticias estaban puestas y desfilaban en silencio por la pantalla con el nombre de Ninbe parpadeando constantemente.

Esperó.

No podía dar la noticia hasta que Marije regresara porque era consciente de que, una vez que lo hiciera, ya no habría vuelta atrás. El sonido del café goteando en la cafetera llenó la estancia. Nadie decía nada, nadie se atrevía a preguntar. Cuando Marije regresó con la bandeja, la colocó sobre la mesa con la precisión de quien ha hecho lo mismo miles de veces. Después se sentó junto a su hija.

—¿Y bien? —preguntó la abuela, observándole con calma—. ¿A qué se debe su visita, oficial?

Iker carraspeó, aclarándose la garganta para asegurarse de que su voz no se desvaneciera en mitad de la frase.

—La autopsia ha confirmado que Ninbe no murió ahogada.

Blanca frunció el ceño, como si no hubiera entendido una sola palabra de lo que estaba diciendo.

—¿Qué...?

Ibarguren tragó saliva.

—Fue asfixiada antes de caer al agua.

Blanca se llevó las manos a la boca para ahogar un grito mientras sacudía la cabeza con violencia. El sonido ahogado de su alarido inundó todo, como si el mundo entero se hubiera detenido un solo segundo antes de partirse en dos.

—No...

Negó. Una y otra vez. Como si decirlo en voz alta pudiera cambiar la realidad. Como si pudiera despertarse de la pesadilla que le estaba tocando vivir.

—No. No. No...

Víctor levantó la cabeza para contemplar al oficial. Su expresión era pálida, atónita. Tenía la mandíbula desencajada y el rostro pintado de horror.

—Dios…

Iker los dejó asimilar la noticia, consciente de que unos padres jamás deberían escuchar algo así. Unos minutos después, Blanca se inclinó hacia adelante, temblando.

—¿Están seguros? —susurró con un ahogado hilillo de voz.

Iker asintió.

—El forense ha sido claro… —comentó en voz baja—. Dada la nueva información, bueno…, necesitaría poder haceros unas preguntas.

Silencio.

La televisión seguía encendida con la imagen congelada de la foto de Ninbe en la pantalla. Iker sintió que los ojos se le empañaban mientras contemplaba aquella sonrisa que nunca volvería a repetirse en la vida real. Los minutos comenzaron a avanzar, pero nadie dijo nada más durante un buen rato hasta que Marije alzó su voz neutra y calmada.

—¿Eso significa que somos sospechosos? —preguntó, con cierta rabia—. ¿Para eso ha venido? ¡Por Dios, acaban de perder a su hija!

Iker mantuvo la calma. Aquella mujer le resultaba tan desagradable que hubiera preferido no habérsela encontrado en el domicilio familiar.

—Hacer preguntas no significa acusarlos de nada —explicó con calma y con cautela. Sabía que aquella mujer cogería cada palabra y la modificaría a su antojo—. Necesitamos entender qué ocurrió esa tarde, y para eso tenemos que empezar desde el principio.

Marije no dijo nada más, pero su mandíbula se tensó mientras Blanca se aferraba a su propio cuerpo, como si temiera desmoronarse por completo. La escena era totalmente desoladora.

—Dios mío —murmuró Víctor, levantándose con torpeza, totalmente ido.

El oficial apretó los dientes y guardó silencio, concediéndoles espacio. Sabía que necesitaban cierto margen de tiempo para procesar aquello.

—Mi niña… Mi pequeña… —gimoteó Blanca, totalmente rota—. Mi niña pequeña…

Había mujeres que lloraban con ruido, rasgando el aire con su dolor. Pero Blanca, en cambio, lloraba como si su cuerpo se estuviera consumiendo desde dentro. Como si su alma, poco a poco, lentamente, estuviera evaporándose con cada sollozo mudo. Tenía los ojos enrojecidos y sus mejillas aparecían surcadas con lágrimas nuevas. Su cabello, antes bien recogido en una coleta alta, ahora caía suelto, desordenado, con mechones pegados a su piel sudorosa. Estaba totalmente rota y a Iker se le antojaba insoportable observarla durante demasiado tiempo.

Nervioso, tragó saliva. Sentía una opresión en el estómago, como una náusea sorda que se mezclaba con el amargor del café frío en su lengua. Tenía ganas de vomitar.

No era la primera vez que se veía obligado a dar una noticia así, pero siempre tenía la misma sensación al hacerlo, el mismo malestar. Daba la sensación de que el aire, de pronto, se volvía espeso y pesado, imposible de respirar.

—Lo siento muchísimo, de verdad... —murmuró Ibarguren, tragando saliva de nuevo—. Sé que esto es muy difícil, pero...

Blanca se balanceaba levemente en el sofá, conteniéndose a sí misma mientras abrazaba su cuerpo.

—No... No... No... Mi niña, no...

Las palabras salían de su boca en un murmullo ahogado, en una plegaria vacía. Iker bajó los ojos por un segundo mientras el asco le subía por la garganta. Cerró los párpados mientras a su mente acudía la imagen del cuerpo de la niña entre las rocas. Su piel húmeda, sus labios amoratados, su vestido mojado y pegado al pequeño cuerpecillo inerte. Tuvo que tragar saliva para que el ácido de su estómago no le quemara la garganta. Mientras tanto, Blanca seguía en su trance de negación, inmersa en su propio dolor. En su angustia.

—No. No. No... —suplicaba al aire, a la nada—. Mi niña, no... No puede haberse ido... Mi pequeña...

Iker se percató de que Víctor, a su lado, parecía un espectro. También estaba en trance, en un trance tan profundo que ni siquiera reaccionaba. No lloraba. Ni siquiera parpadeaba. Como si solamente quedase una cáscara vacía, un cuerpo carente de sentimiento.

—Lo siento mucho, Blanca… Lo siento muchísimo —repitió Iker—. No puedo imaginar el dolor que estáis pasando, pero es de vital importancia…

Y entonces, de repente, Blanca empezó a jadear, a hiperventilar. Ibarguren se percató de cómo su pecho subía y bajaba en sacudidas descontroladas mientras sus manos temblaban sin control y su boca se abría sin poder tomar aire. El ertzaina se apresuró a dar un paso hacia ella, pero Marije se adelantó.

—Respira, Blanca.

No era una orden. Ni una súplica. Era un mandato frío, seco, como si no pudiera permitirse ver a su hija desmoronarse del todo. Ibarguren sopesó la idea de llamar una ambulancia, pero decidió esperar unos minutos y concederle a la mujer cierto margen de tiempo para recomponerse.

Blanca dejó caer la cabeza hacia adelante y su cuerpo entero convulsionó en un espasmo de angustia. El oficial miró hacia otro lado. No podía soportarlo. Entonces sintió las náuseas que regresaban con fuerza, apretándole el estómago y subiéndole hasta la garganta. Dio un paso atrás y respiró hondo, obligándose a sí mismo a mantenerse firme. Joder. Una niña de la edad de su hija había sido asesinada y el autor del crimen seguía fuera, libre, y, mientras, él tenía que mantener la calma. Sabía que era de vital importancia si pretendía hacer que el responsable pagase por su crimen, pero aquella puta escena que tenía ante él... ¡Dios!

Iker bajó la mirada, notando cómo el temblor de sus manos comenzaba a hacerse evidente. El dolor de cabeza había regresado y sentía la sangre golpeándole las sienes como una alarma silenciosa que no sabía cómo detener. Pum, pum, pum. Le martilleaba el puto cráneo. Nadie hablaba ya. Víctor seguía de pie, con la mirada perdida en un punto indefinido y Marije permanecía inmóvil junto a Blanca con la mandíbula apretada como si toda su vida dependiera de no dejar escapar ni una sola emoción de más. Sí, sin duda detestaba con toda su alma a aquella mujer tan fría, tan calculadora.

El oficial apretó los puños. No podía soportarlo más. Lo sentía en la piel, en la lengua, en los huesos. Y por más que quisiera mantener la compostura, supo en ese instante que, si se quedaba un segundo más, él también terminaría rompiéndose frente a aquella familia.

Se aclaró la garganta.

—Voy a concederles un poco de intimidad —murmuró, esforzándose por no dejar temblar su tono de voz—. Lo siento... Volveré en otro momento.

—Sí, mejor que se vaya —espetó Marije con frialdad, sin quitarle los ojos de encima—. Ya ha ayudado bastante por hoy.

«Bruja desalmada», pensó.

Pero, en su lugar, no respondió. No quería, no podía. Salió sin mirar atrás, con pasos tensos y con el corazón atronándole en el pecho. Al cruzar el umbral y cerrar la puerta tras de sí, sintió que por fin podía respirar. Cogió una fuerte bocanada de aire y dejó que la humedad de la lluvia se infiltrase con un efecto analgésico en sus pulmones. Pum, pum, pum. El cráneo aún le martilleaba mientras le ardía el pecho y apenas podía pensar.

—Joder —escupió, esta vez en voz alta.

Una lágrima caliente e inesperada se deslizó por su mejilla. Iker se la secó de un manotazo, con brusquedad, como si no pudiera permitirse ese gesto de debilidad. Después se obligó a calmarse y miró el reloj, consciente de que debía llamar a Etxaniz.

Blanca estaba muerta en vida.

El dolor ya no era un latigazo, ni una herida abierta, ni siquiera un puñal clavado en el pecho. Era un peso denso, como un veneno que le recorría las venas, llenando un vacío insoportable que poco a poco le devoraba desde dentro. Al principio, lo había sentido como una punzada constante en el pecho, como un maldito nudo que la asfixiaba. Había tenido la sensación de que se le había quedado un grito atrapado en la garganta, pero.... Pero todo había empeorado. Todo iba a peor porque el tiempo pasaba y la pesadilla cada vez era más real.

Sentía en su interior un vacío tan profundo, tan doloroso… El mundo, de pronto, se había vuelto gris y borroso. No podía desprenderse de la sensación de que aquello no era más que un sueño turbio, algo irreal.

No comía. No dormía. No hablaba.

El hambre había dejado de existir y el sueño se había convertido en una tortura, porque cada vez que cerraba los ojos…, la veía. La sentía. Si estiraba la mano, casi podía acariciar la perfecta piel de su pequeña congelada en el tiempo con su camiseta azul, su falda de estrellitas y sus ojitos chispeantes, llenos de vida. Podía verla frente a ella corriendo por el puerto, girándose para mirarla, llamándola con su vocecita aguda. Y, luego, de repente, la veía en el agua. Y esa chispa desaparecía de su mirada. Sus párpados se cerraban, sus labios estaban amoratados y ella... Dios, ella flotaba como una muñeca rota.

Y cada vez que cerraba los ojos, volvía a ocurrir. Una y otra vez, el sueño se repetía machacadamente. Y en cada nueva ocasión, Blanca se despertaba con un nudo en el estómago y con el pecho apretándole mientras el corazón le latía en la garganta.

¿Por qué a su hija? ¿Por qué? ¿Por qué a ella? ¿Por qué se la habían arrebatado? ¿Quién podía querer hacer daño a un ser tan inocente? ¿Tan lleno de luz?

El mundo seguía girando. La luz entraba por la ventana y los días transcurrían sin pausa mientras la vida, simplemente, seguía. Y aquello era lo peor de todo... Que todo seguía su curso, como si su hija nunca hubiera existido... Como si la tierra no se hubiera abierto para tragárselo todo, para destruir su mundo.

Blanca no quería seguir. No quería respirar sin Ninbe... No quería despertarse un solo día más.

En más de una ocasión se había quedado sentada en el borde de la cama, con la mirada perdida en la nada mientras imaginaba qué pasaría si simplemente se dejase ir. Si cerrara los ojos y no los volviese a abrir. Si se hundiera en la ría de Butrón y dejara que el agua la llevara hasta donde estuviera su hija, o hasta el mismo fondo. Cualquier cosa con tal de dejar de sentir aquel dolor que la mataba poco a poco, como un veneno. Sería tan fácil. Tan simple. Solo dar un paso. Solo dejarse caer.

¿Y si aquella era la única salida? No, no era una locura. En realidad, era la única salida válida que contemplaba... Porque así..., así estaría siempre con ella. Así volvería a ver a su hija. A su pequeña.

Si su madre se marchase, si regresara a su casa y la dejase a solas por unas horas, entonces..., entonces podría hacerlo. Porque en aquellos instantes, ella siempre estaba ahí. Siempre. Siempre aparecía con un plato de comida que ella no tocaba o con un vaso de agua que le obligaba a beber a sorbitos. Sí, su madre siempre tenía un «vamos, Blanca», un «no puedes quedarte así» o un «tienes que seguir adelante» preparado para ella. Pero Blanca no la escuchaba. No quería escucharla. Sabía que solo estaba sosteniéndola, asegurándose de que no se desmoronase por completo. Porque eso era lo que debía hacer una madre, ¿no? Quizás. Nunca lo sabría del todo, porque ya no era madre. O, en realidad, sí. Era una madre eterna, vacía, rota. Una madre sin hija.

Marije siempre estaba, totalmente ajena a sus ojos. Quizás su pasividad se debía a eso; a que debía ser fuerte para poder sostenerla de verdad a ella. Nunca hablaba de Ninbe. Nunca demostraba dolor.

Nunca.

Podía hablar del funeral, de las visitas de los vecinos, de la investigación... pero nunca decía su nombre. Nunca mencionaba a su nieta. La primera vez que Blanca se dio cuenta, pensó que era su forma de protegerse. Sí. Ella siempre había sido fría y contenida. Siempre había sido tan distante y tirante. Pero nunca, nunca hasta ese momento se había dado cuenta de cuánto. De cómo. Era como si Ninbe nunca hubiera existido para ella, como si no pudiera llorar a su nieta. Y, si debía ser sincera, Blanca no entendía por qué. No entendía cómo era posible aquella actitud tan agria, tan inhumana. Porque, si alguien debía haber amado a Ninbe tanto como ella, esa debía de ser Marije... ¿no?

Blanca la miraba de reojo cuando pensaba que ella no la veía; cómo recogía los platos con una calma meticulosa, cómo pasaba la bayeta por la encimera, una y otra vez, como si todo tuviera que estar pulcro y perfecto. La veía sentarse en el sofá con el café entre las manos y la mirada fija en la ventana. Con calma. Siempre tan serena, tan entera...

¿Terminaría por derrumbarse? ¿Terminaría por romperse?

En realidad, le daba igual. Lo único que quería Blanca era que su madre se marchase muy lejos para poder meterse en el río Butrón y cerrar los ojos para siempre.

Para poder morir en paz.

Iker cruzó la puerta de la sala de vigilancia y percibió el zumbido ronco de los monitores que se acompasaba con el toc-toc constante de las teclas del ordenador. Un azul mortecino iluminaba la estancia y en el aire flotaba el olor a café barato de máquina. Hacía calor. Mucho calor. Los ordenadores, tras tantas horas de uso continuo, habían sobrecalentado la estancia más de lo habitual.

Amaia y Etxaniz estaban sumidos en la revisión de las cámaras de seguridad del puerto y cada uno de ellos mantenía la mirada fija en una pantalla distinta. Iker se acercó con sigilo, dispuesto a no distraerles de su tarea, antes de contemplar aquello que se reproducía frente a él. Cada imagen se sucedía a una velocidad diferente: algunas avanzaban en tiempo real y otras, en cambio, se rebobinaban o se pausaban en momentos clave. Agudizó la vista. Unas mostraban la explanada del puerto, otras los muelles, y, las últimas de todas, los accesos y los callejones que rodeaban la zona.

—Ahora que te casas, tendrás que acostumbrarte a dormir poco —bromeó Etxaniz, sin apartar la vista de la pantalla.

Amaia giró la cabeza hacia él con una mirada de advertencia.

—No me caso.

Iker alzó una ceja y desvió la mirada de la pantalla en la que un grupo de turistas paseaba por el puerto en cámara rápida.

—¿Te casas? No lo sabía —musitó con cierta sorpresa.

Amaia se sonrojó al instante.

—Gorka y yo nos hemos comprado una casa. Cerca de aquí… —comentó con un tono neutro, como si quisiera pasar el tema por alto—. Y firmar una hipoteca es peor que el matrimonio, al parecer.

Iker permaneció en silencio por un segundo. Ni siquiera sabía que Amaia tenía novio.

—Me alegro mucho —dijo, antes de volver la vista a la pantalla.

La conversación quedó suspendida en el aire mientras continuaban rebobinando y adelantando las grabaciones. Había cosas más importantes en lo que mantener la atención. Ibarguren suspiró, procurando desprenderse de la imagen de Blanca, rota y descompuesta, para poder despejar la mente y concentrarse en lo importante. Frente a él, las imágenes nocturnas del puerto se veían granuladas y teñidas de ese tono verdoso y sucio de las cámaras de seguridad. En algunos ángulos, las siluetas de los transeúntes se veían deformadas y pixeladas.

—¿Tenemos ya los interrogatorios de los testigos?, —preguntó Iker tras un rato de silencio, mientras revisaba las notas que Amaia había dejado sobre la mesa.

Su compañera asintió y le pasó una carpeta con los informes. Iker la abrió y fue pasando las hojas rápidamente hasta que una declaración en particular llamó su atención.

—Aquí —comentó, colocando el informe en la mesa y señalando con el dedo índice—. Esto es un poco raro, ¿no?

Etxaniz, que ya había vuelto con los cafés de la máquina, se inclinó sobre su hombro.

—¿Qué pasa?

—Un testigo menciona haber visto a una mujer con abrigo oscuro alejándose rápidamente de la zona.

Amaia frunció el ceño.

—¿Y qué? ¿Qué le ves de raro? —murmuró—. Podía ser alguien con prisa...

Iker sonrió, sacudiendo la cabeza.

—¿Un abrigo? Pero si esa tarde hacía un calor infernal...

El oficial dejó caer los papeles sobre la mesa y masajeó su sien. ¿Alguien con un abrigo negro una tarde de agosto? No cuadraba.

—Vamos a revisar nuevamente las grabaciones en busca de esa mujer —ordenó—. A ver si encontramos alguien que lleve un abrigo y desentone.

Amaia y Etxaniz comenzaron a adelantar y retroceder las grabaciones. Él, en cambio, se entretuvo repasando un rato más las declaraciones. Corroboró, leyendo en diagonal, que ningún otro testigo se hubiera fijado en la mujer del abrigo. Minutos después, levantó la cabeza. Las imágenes pasaban veloces en la pantalla, mostrando a clientes entrando y saliendo de los bares y a camareros llevando bandejas cargadas de botellas. Hasta que la vieron.

Una silueta oscura, difusa, caminando apresuradamente por el paseo marítimo. No corría, pero su manera de moverse era tensa, como si quisiera alejarse sin levantar sospechas.

—Ahí está, —susurró Amaia.

Iker se inclinó hacia la pantalla. Era difícil distinguir rasgos más específicos a esa distancia y con ese zoom.

—Es demasiado borroso. ¿Hay otra cámara que la haya captado desde un ángulo mejor?

Etxaniz movió el ratón y saltó a la siguiente grabación. Ahí estaba de nuevo. Y en aquella nueva ocasión se la veía con algo más de claridad, aunque no la suficiente. Tenía el cabello oscuro recogido en un moño e iba vestida con un abrigo negro, grueso, que le bajaba casi hasta las rodillas.

—Amplía la cara.

80

Etxaniz obedeció, aunque había poco que sacar de ahí. Su rostro quedaba parcialmente oculto por la capucha que llevaba subida, pese al calor.

—¿Dónde va? —murmuró Iker.

Etxaniz avanzó la grabación.

—Sigue andando hasta aquí.

Las imágenes mostraban cómo la mujer doblaba una esquina y se dirigía a un cajero automático.

—¡Para ahí! —ordenó Iker.

Etxaniz pausó el vídeo en el momento exacto en que la mujer sacaba el dinero de la rendija.

—Que revisen las transacciones de ese cajero durante ese intervalo de tiempo. Quiero saber quién es.

Afuera, en la plaza, los *pilotaris* golpeaban la pelota con una cadencia hipnótica.

—¿Qué? —preguntó de repente, sin apartar la vista de su plato.

¡Tac! El sonido seco contra la pared del frontón resonó con fuerza. Iker levantó la cabeza.

—Nada.

¡Pac! El rebote contra la mano enguantada del jugador retumbó.

—Mientes fatal.

¡Tac! ¡Pac!

Era un ritmo constante, envolvente, que se mezclaba con el murmullo del bar y el repiqueteo de los cubiertos contra los platos de porcelana gastada.

Iker enredó los espaguetis en el tenedor, sumido en sus pensamientos, mientras a su lado, Maitane removía la pasta con aire distraído.

Él sonrió, pero no dijo nada. Su mujer lo conocía demasiado bien.

—Apuesto a que sigues dándole vueltas a lo de la niña del puerto incluso ahora… ¿No? —preguntó ella, curvando las cejas—. Tienes que desconectar. Aunque sea diez minutos.

Iker dejó el tenedor sobre el plato mientras sentía su mandíbula tensándose.

—No es fácil —dijo, pasándose la mano por la barba y rascándose la barbilla con un gesto pensativo, distraído—. Se supone que deberíamos protegerlas.

Maitane suspiró antes de beber un largo sorbo de agua. Estaba agotada.

—*Laztana*… ¿Tú crees que yo no lo veo todos los días? —preguntó cansada, pero sin ningún ápice de reproche—. Turno de noche en Urgencias. Un par de accidentes de tráfico, un infarto, una madre de treinta años que ha tenido un derrame cerebral. Y aquí estoy, con una cerveza y un plato de pasta, intentando que todo esté bien.

—Agua.

—¿Qué?

—Estás bebiendo agua. Yo soy el que bebe una caña.

Ella sacudió la cabeza, riéndose, e Iker deslizó la mano sobre la mesa para acariciarle el antebrazo.

—A veces no sé cómo lo haces.

Ella sonrió, aunque con cierta tristeza.

—Supongo que igual que tú… —murmuró ella—. Es lo que hemos elegido, *laztana*. Nuestro trabajo… Lo que se nos da bien.

—A ti seguro —comentó él—. Pero yo no tengo claro que esto se me dé bien.

—No seas mentiroso —le regañó ella—. Esa falsa modestia no va contigo.

El oficial carraspeó.

—¿Y qué hago, Maitane?

—Seguir adelante. Aunque duela.

Iker iba a responder, pero su móvil vibró en el bolsillo de su chaqueta. Cansado, decidió ignorarlo. No quería que nada interrumpiera aquel momento. No quería que el trabajo lo devorara siempre todo.

—¿No lo coges? —preguntó su mujer, enarcando una ceja.

—Si es importante, volverán a llamar.

Ella giró los ojos divertida y volvió a su plato. Y justo un segundo después, el teléfono móvil del ertzaina volvió a vibrar.

Maitane dejó el tenedor con un golpe seco en el plato.

—Cógelo ya, anda. Será del trabajo.

Iker sonrió con resignación y deslizó el dedo por la pantalla para descolgar.

—Dime, Amaia.

La voz de su compañera sonaba seria, sin rodeos.

—Ya tenemos el análisis de la transacción bancaria del cajero.

El nudo en el estómago de Iker se tensó aún más.

85

—¿Y bien?

—Pertenecía a Ainhoa Larreta. La tía de Víctor…, el padre de Ninbe.

El ruido del bar pareció amortiguarse mientras sentía un escalofrío que le recorría, desagradable, la espalda. ¿La tía de Víctor? ¿Del padre de Ninbe? Joder. Demasiada casualidad. Cerró los ojos un segundo y se pasó la mano por la nuca. No le gustaba aquello.

—¿Qué hacemos ahora, jefe? —preguntó Amaia al otro lado de la línea.

No. No le gustaba nada.

Maitane lo miraba, apoyada en la mesa, con una extraña mezcla de resignación y ternura que había aprendido a dedicarle cuando el trabajo lo arrancaba de su lado. Negó con la cabeza, pero en sus labios se dibujó una media sonrisa.

—Nos vemos en veinte minutos en la urbanización El Abanico —murmuró, antes de colgar.

Apuró la cerveza de un trago y se puso de pie. Había dejado el anterior interrogatorio a medias, con demasiados cabos sueltos. Así que, le gustase o no, debía regresar a donde los Gutiérrez Larreta. No tenía otra opción si pretendía cerrar todos los posibles cabos sueltos.

—Tengo que irme —dijo, sintiéndose culpable.

Maitane recogió su plato y se inclinó para darle un beso en la mejilla.

—Siempre lo haces. Y aun así… te quiero —comentó ella—. *Ez ahaztu inoiz, Iker. Maite zaitut.*

Él sonrió antes de desaparecer por el umbral de la taberna.

En el exterior, los *pilotaris* continuaban inmersos en el partido, totalmente ajenos a la lluvia. Iker pasó de largo el frontón de San Nicolás y se subió al coche, pensativo, mientras las preguntas se iban amontonando en su cabeza. Ainhoa Larreta. Nadie la había mencionado en ninguno de los interrogatorios, y eso que habían repasado lo que ambas parejas habían estado haciendo a lo largo de ese día. Si Ainhoa hubiera acudido a visitar a su sobrina al Puerto Deportivo, ¿por qué nadie lo había mencionado?

Condujo distraído mientras las interrogantes se iban amontonando en su cabeza. Al llegar, apagó el motor y apoyó las manos en el volante, sin prisa por moverse.

En el ambiente flotaba una humedad pegajosa que lo envolvía todo y que se adhería a él, a sus huesos. La lluvia seguía cayendo en un sirimiri constante, pero ni siquiera con eso se conseguía apaciguar el aire espeso de aquel agosto. Un mosquito se posó en su rostro e Iker se apresuró a aplastarlo con un manotazo sonoro.

No creía en las casualidades. Jamás. Y, sin embargo, allí estaba, intentando encajar una pieza que no tenía sentido. Ainhoa Larreta, la tía de Víctor… ¿había estado en el Puerto Deportivo a la misma hora en que desapareció Ninbe?

Demasiada coincidencia. Y las coincidencias, en su experiencia, siempre ocultaban algo. Los faros del coche de Amaia iluminaron la entrada de la urbanización antes de apagarse. Escuchó el crujido de la grava bajo sus neumáticos, el motor que se detenía, el portazo al cerrar y los pasos firmes de su compañera que se acercaba con lentitud hacia él. La escena se le antojaba tan rutinaria que le costaba recordar que estaban allí porque una niña pequeña había sido asesinada.

—¿Has dormido algo? —Amaia se detuvo junto a él, cruzándose de brazos.

Iker resopló y se pasó la mano por la nuca.

—Lo justo para recordar que sigo vivo.

No estaba de humor para charlas innecesarias.

—Fantástico. Otra vez en modo ogro —respondió con cierto tono divertido.

—Vamos.

Por supuesto, fue Marije quien les abrió la puerta en cuanto tocaron el timbre.

Ibarguren la repasó de hito a hito. Estaba perfecta, tan impecable como de costumbre. Estaba claro que esa mujer nunca perdía el control… jamás.

Con un gesto mecánico, los invitó a pasar e Iker y Amaia caminaron al frente. No sonrió, ni fingió que debía ser agradable. Aquella vez, por alguna razón que el oficial desconocía, la mujer no trató de aparentar ninguna normalidad.

—Qué raro —comentó Iker entre susurros.

—¿El qué?

—Que no pregunte si queremos café.

A veces, los detalles más pequeños eran los que más pesaban.

Se sentaron en el salón, en el sofá. El aire olía a madera húmeda y a tisanas frías. Ibarguren suspiró. Podía sentirse el luto en cada rincón de aquella casa. Un libro abierto, boca abajo, descansaba sobre la mesita de café y en la pantalla de la televisión, que alguien había dejado en pausa, se veía un informativo con imágenes del Puerto Deportivo de Getxo. ¿Por qué se torturaban con aquellas noticias repetidas? No tenía sentido. ¿Para qué las veían una y otra vez? De nada servía que entrasen en bucle, aunque la única explicación lógica era que estuvieran repasándolas en busca de alguna posible nueva información.

Víctor y Blanca bajaron las escaleras con paso lento y la mirada vacía. Ninguno de los dos dijo ni una sola palabra al llegar al salón. Ni siquiera un saludo. Víctor tenía la piel cetrina y los pómulos marcados por la falta de sueño. Ibarguren no pasó por alto sus hombros caídos, de esos que parecían señalar que apenas podía sostener su propio peso. Y Blanca..., bueno, Blanca era otra historia. Pálida, ojerosa, con el cabello recogido de cualquier manera y los labios cuarteados por la falta de hidratación. Llevaba puesta una sudadera gris que le quedaba grande y mantenía los puños cerrados en los extremos de las mangas, aferrándose a la tela con el cuerpo tembloroso.

Iker tragó saliva.

—¿Conocéis a Ainhoa Larreta?

El ambiente, que ya de por sí era tenso, se espesó un grado más. Blanca parpadeó, desconcertada, y Víctor frunció el ceño.

—Sí… es mi tía…

—¿Por qué lo preguntáis? —inquirió la mujer, poniéndose en alerta—. ¿Le ha pasado algo?

Iker y Amaia intercambiaron una mirada rápida. Amaia abrió la libreta y empezó a tomar notas con ese aire mecánico, eficiente, como si fuera una extensión natural de su mano. Ambos habían pasado juntos los suficientes interrogatorios como para saber cómo complementarse a la perfección.

—Ha sido grabada por las cámaras de un cajero en el Puerto Deportivo. —comentó Iker con cierta cautela—. A la misma hora, aproximadamente, en la que desapareció Ninbe.

Un silencio confuso inundó la sala. Blanca abrió la boca, pero tardó un segundo en encontrar las palabras adecuadas.

—¿Qué?

—¿Sabíais que estaba allí? —preguntó Amaia, sin levantar la vista de la libreta.

—¿En el puerto? —Víctor negó con la cabeza de inmediato—. No. Ni idea. No teníamos ni idea.

Blanca cruzó los brazos sobre el pecho en una actitud defensiva.

—No nos hablamos con ella desde hace… —suspiró—, años, supongo.

Iker entrecerró los ojos.

—¿Por qué?

La mujer, pálida, soltó una risa amarga y seca.

—¿Cuánto tiempo tenéis? Es una larga historia.

Víctor resopló y se pasó una mano por la cara.

—Ellas siempre han chocado.

—Chocado es poco —aclaró Blanca antes de desviar la mirada hacia su marido con un gesto duro—. Siempre tuvo algo en contra de mí. Nunca le pareció bastante lo que hacía. Nunca fui suficiente para su familia.

Amaia anotaba cada palabra sin levantar la cabeza.

—¿A qué te refieres?

Blanca tensó la mandíbula.

—Ainhoa tenía una obsesión enfermiza con la forma en que criaba a Ninbe. Siempre tenía algo que decir. Siempre estaba criticando.

Iker se inclinó ligeramente hacia adelante.

91

—¿Qué tipo de críticas?

A priori, todo parecía señalar una disputa familiar sin importancia… Pero en el fondo su instinto le decía que merecía la pena profundizar aún más.

—Todas las que os podáis imaginar —gruñó Blanca, mirándole directamente a los ojos—. Si le daba la cena, decía que era poca comida. Si la castigaba, decía que era muy dura. Si la dejaba hacer algo, decía que la tenía consentida.

Se notaba que recordar todo aquello la enfurecía, pero no tampoco parecía motivo suficiente como para señalar a Ainhoa Larreta como posible sospechosa.

—¿Había más?

—Ainhoa siempre creyó que yo no tenía instinto maternal. —dijo, y su tono se volvió más áspero, casi dolido—. Me lo dejó claro muchas veces. En las reuniones familiares, en las cenas de Navidad —resopló—. Siempre estaba con indirectas y siempre tenía un comentario hiriente para que me sintiera fuera de lugar. Supongo que terminé cansándome de ir y estar en un sitio donde, claramente, no era bienvenida.

Víctor negó con la cabeza, como si reviviera aquellas escenas en su mente.

—Eran comentarios fuera de lugar. Pero Ainhoa siempre ha sido así…, en fin, en general, con todo el mundo. No era algo exclusivamente contra Blanca.

Iker la observó detenidamente.

—¿Cuándo fue la última vez que hablaste con ella?

Blanca se encogió de hombros.

—Hace meses. Igual años... No lo sé —respondió con cautela, procurando retroceder en sus recuerdos—. Lo cierto es que procuro mantenerme lejos de mi familia política.

Amaia tomó nota de aquello. Quizás no era nada, pero merecía la pena ahondar en el asunto un poco más.

—¿Y tú? —preguntó Iker, dirigiéndose a Víctor.

El hombre vaciló.

—Hace un par de semanas.

El ambiente pareció volverse más pesado mientras Blanca, sorprendida, clavaba la mirada en su marido.

—¿De qué hablasteis?

Víctor se removió en su asiento, incómodo.

—De dinero.

Iker sintió cómo Amaia dejaba de escribir por un instante.

—¿Le debías dinero?

—No. Ella quería pedírmelo.

—¿Para qué?

—No lo sé. No me lo dijo.

Blanca frunció el gesto, sorprendida.

—No me lo mencionaste... —titubeó, confusa y sorprendida—. ¿Por qué no me dijiste nada?

—No me pareció importante.

Iker tomó aire y cerró la libreta de golpe.

—Vamos a necesitar hablar con ella.

Blanca se pasó una mano por la frente, visiblemente agotada.

—Si os sirve de algo… Ainhoa no tiene ni una pizca de amor en su cuerpo.

Iker miró a su compañera con cierta cautela. Algo en todo aquello le olía mal.

—Vamos a verla —murmuró, justo en el instante en que Marije regresaba al salón.

El oficial suspiró, nervioso, y a su vez agradecido por haberse librado de aquella arpía en, al menos, esa ocasión. Salieron de la casa mientras la llovizna se intensificaba sobre el asfalto y cada uno, en silencio, subió a su vehículo. Iker encendió el motor y conectó la radio mientras una certeza se instauraba en su mente: lo que habían descubierto hasta el momento no era más que la punta de un puto iceberg.

Bilbao estaba cubierto por un tapiz gris pesado que parecía querer desplomarse sobre la ciudad. Un conjunto de nubes densas se apelmazaba sobre los tejados de los edificios de forma amenazante y la humedad se colaba entre la ropa y se pegaba a la piel mientras el tráfico de los vehículos avanzaba denso por las avenidas mojadas.

Iker aparcó el coche en una calle secundaria de Indautxu, junto a una hilera de plataneros cuyos troncos pelados brillaban con la llovizna. El viento arrastraba por las aceras restos de hojas y bolsas de papel empapadas por las aceras.

Apagó el motor y permaneció con las manos en el volante, observando el edificio que se alzaba frente a él. Era un bloque de pisos con fachada de piedra y balcones de hierro forjado. Luego salió del coche para reunirse con Amaia mientras se fijaba en que todas las ventanas estaban cerradas a cal y canto, sin excepciones. Clavó la mirada en el piso de Ainhoa.

—No sé si estará en casa.

—Eso o... No sé, tiene pinta de que no quiere que la vean —respondió su compañera.

Iker asintió, revisando la dirección en su móvil.

—Las persianas están medio bajadas. No le gusta la luz.

Cruzaron la calle bajo el paraguas de su compañera, avanzando con rapidez sobre el suelo resbaladizo. La entrada al edificio tenía una puerta de hierro negro con cristales biselados que lucían aparentemente desgastados por los años.

Iker pulsó el timbre y esperó pacientemente. Un minuto, dos…Un largo silencio que no auguraba nada bueno inundó la calle. Finalmente, cuando ambos agentes estaban a punto de darse media vuelta para regresar a la comisaría, la voz de Ainhoa sonó a través del interfono.

—¿Quién es?

—Ertzaintza. Oficial Ibarguren y suboficial Mintegui.

Otro silencio. Después, el chasquido eléctrico de la cerradura liberándose resonó y ambos pasaron al interior.

El ascensor era de los antiguos, uno de esos con paredes de madera barnizada y un espejo envejecido con pequeñas grietas en las esquinas. El techo crujió cuando se movieron dentro.

—Odio este tipo de ascensores… —susurró Amaia.

Iker sonrió con una sonrisa de medio lado.

—No te muevas demasiado si no quieres que sea lo último que hagamos hoy.

Amaia le pegó un codazo, nerviosa, mientras rezaba porque el maldito trasto no se quedase encajado en mitad de la nada.

Salieron al rellano sin incidentes un instante antes de que la puerta del apartamento se abriera, dejando a su paso un olor espeso a incienso, papel envejecido y naftalina. Iker y Amaia pasaron al interior con lentitud.

La primera impresión que se llevaron del piso fue inquietante. Tenía las paredes altas y oscurecidas por el tiempo, los suelos de madera antigua crujían con cada paso, las estanterías estaban atiborradas de libros y una lámpara de pie lanzaba una mortecina luz anaranjada que teñía todo de sombras a su paso. Pero lo que más llamó la atención de Iker fue la ausencia de fotos. Ni una sola. Ni de familia, ni de amigos, ni siquiera de ella misma. Recorrió la estancia con la mirada en busca de algún objeto personal, pero nada. No encontró nada.

Ainhoa los observaba desde la puerta del salón. Su figura menuda estaba envuelta en un jersey de lana desgastado, de color morado. Iker se fijó en su rostro afilado y en sus ojos oscuros, impenetrables.

—Joder —gritó Amaia, sobresaltándose cuando un gato enorme pelaje gris y ojos dorados apareció de improviso en el umbral.

El felino se quedó mirándolos fijamente con cierta desconfianza antes de restregarse contra las piernas de su dueña. Mientras tanto, Ibarguren seguía repasando todas las estanterías con la mirada.

—Tiene demasiados libros.

—Es lo que tiene ser historiadora —respondió Ainhoa, encogiéndose de hombros—. Algunos coleccionan tonterías. Yo prefiero acumular conocimiento.

—Curioso —comentó Amaia en tono neutro.

Iker no perdió el tiempo.

—Necesitamos hablar con usted de un asunto importante.

Ainhoa ladeó la cabeza.

—¿Sobre qué?

—Sobre lo que pasó en el Puerto Deportivo de Getxo en el momento en que desapareció Ninbe Gutiérrez.

Los músculos de Ainhoa se tensaron levemente. Fue un gesto apenas perceptible, pero Iker lo notó.

—Yo no estuve en Getxo ese día…

Amaia cruzó los brazos, divertida. ¿De verdad se pensaba que iban a presentarse para interrogarla si no tenían pruebas sobre su paradero? ¿De verdad la gente podía llegar a ser tan imbécil? O peor aún, ¿de verdad podía la gente creerlos a ellos tan imbéciles?

—Eso no es cierto, Ainhoa.

El gato de la mujer se enroscó en los tobillos de Iker. El oficial sintió el roce del pelaje en su pantalón y supo que acabaría cubierto de pelos aquel día.

—No sé qué están insinuando —apremió ella, cada vez más nerviosa.

—No insinuamos nada —respondió Ibarguren con serenidad antes de sacar el teléfono móvil de su bolsillo para mostrarle una de las imágenes captadas por las cámaras de seguridad—. ¿Esta no es usted?

El color desapareció un poco del rostro de Ainhoa.

—Quizás… salí a despejarme. No sé. Puede ser.

—¿Se despeja en Getxo? —preguntó Amaia con sorna—. ¿Tan lejos de Indautxu?

—Es un sitio bonito para pasear.

Iker entrecerró los ojos.

—¿Y qué hizo exactamente para despejarse?

—Nada. Pasear. Pensar… Ya sabe, caminar —explicó, tartamudeando levemente—. Es lo que hace la gente para despejarse.

Amaia la miraba fijamente, sin pestañear.

—¿Sacar dinero de un cajero automático también le ayuda a pensar?

Ainhoa Larreta guardó silencio; un silencio que su gato rompió al saltar sobre la mesa, derribando así un par de libros que cayeron al suelo estrepitosamente. Iker notó cómo más pelos se adherían a su ropa y carraspeó, incómodo.

—No vi nada —dijo, cruzándose de brazos—. No vi a la niña. No vi nada extraño.

—Entonces, ¿por qué acaba de mentirnos?

—Porque no quería verme envuelta en esto... —respondió—. No sé si lo saben, pero no resulto del agrado de Blanca. Esa mujer me detesta.

Iker intercambió una mirada rápida con Amaia. Estaba claro que Ainhoa Larreta estaba a la defensiva. Era evidente.

—¿Dónde estaba exactamente cuando desapareció Ninbe?

—En Getxo, pero no vi nada.

—En Getxo, ¿dónde?

—¿Para qué quieren que responda a algo que ya saben? —preguntó, encogiéndose de hombros—. No me hagan perder el tiempo y no se lo haré perder yo a ustedes.

Ambos policías se miraron de reojo.

—¿Por qué nos ha mentido?

—¿Otra vez? Porque no quería que me señalaran.

Amaia golpeó levemente la mesa con la palma de la mano, haciendo saltar al gato.

—Mentir no la ayudará en nada, Ainhoa.

La mujer apartó la mirada e Iker supo que, de ahí en adelante, no obtendrían nada de ella. Se estaba cerrando en banda.

—No tengo más que decir.

Ibarguren apretó la mandíbula.

—De momento…

—¿Estoy detenida, agentes? ¿Es un delito pasear por Getxo?

—No está detenida, pero le aconsejamos que los próximos días esté localizable —comentó Ibarguren, esforzándose por no perder los estribos con aquella mujer—. Es probable que se la cite en comisaría para un interrogatorio oficial.

Ella sonrió antes de señalar la puerta.

—Ya saben cómo salir de mi casa —masculló, decidida a echarlos cuanto antes.

Salieron del apartamento bajo la llovizna persistente mientras un mal presentimiento se instauraba en ellos.

—He venido en metro desde casa, así que vuelvo a comisaría contigo —dijo, antes de girar hacia él para subirse al coche—. ¿No la vamos a detener?

Ibarguren encendió el motor y suspiró.

—No tenemos nada contra ella, Amaia. No podemos detenerla sin nada sólido…

—¡Pero nos está mintiendo a la puta cara!

—Lo sé.

Su compañera cerró los ojos un segundo, intentando calmarse.

—Joder…

—Si ha sido ella, la pillaremos. Daremos con algo que la señale directamente.

La chica no tuvo más remedio que asentir y resignarse, consciente de que su superior tenía razón.

Ambos, pensativos e inmersos en el caso, guardaron silencio mientras se alejaban del edificio en el que vivía Ainhoa Larreta. A Iker le borboteaba en la cabeza la idea de que aquella mujer ocultaba algo más, algo sombrío... Algo que no le gustaba ni un puto pelo.

La iglesia de Andra Mari se alzaba con su piedra oscura como un guardián silencioso que había visto pasar demasiados siglos de plegarias, bodas y entierros. El aire traía consigo el crujido de las hojas secas arrastradas por el viento infiltrándose en el interior sobrio, ese que contaba con gruesos muros de piedra gris que parecían absorber la tenue luz de las velas. Las vidrieras representaban escenas religiosas en colores apagados y, en el altar, las flores blancas destacaban con un brillo fantasmal.

Pero lo peor de todo, era el banco de la primera fila. Parecía un abismo. Blanca y Víctor estaban allí, rotos, descompuestos, con los rostros desfigurados por el dolor. Ella apenas parecía presente. Iker se fijó en que la mujer mantenía la mirada fija en el suelo, quizás por miedo a levantarla y terminar viniéndose abajo.

Marije, en cambio, estaba entera. Iba vestida de un negro impoluto con un abrigo perfectamente colocado sobre los hombros y un pañuelo de seda atado al cuello. Ibarguren pensó que parecía más una anfitriona que una abuela de luto. Desde la entrada, recibía a cada asistente con la misma inclinación de cabeza, el mismo «gracias por venir» con voz neutra y con la compostura de quien no puede permitirse flaquear. No pasó por alto que su maquillaje estaba perfecto.

Suspiró, pensando que aquella mujer no le gustaba en absoluto. Tenía algo capaz de erizarle la piel y de poner sus sentidos en alerta.

Iker y Etxaniz se adelantaron un poco para echar un vistazo a los asistentes.

—Ainhoa Larreta no ha venido—murmuró Etxaniz—. No está.

El oficial escaneó la iglesia, recorriendo cada rostro con la mirada.

—No.

No se sorprendía. Demasiadas coincidencias. Demasiadas excusas. Pero ya se ocuparía de ella después.

El sacerdote comenzó a hablar y todos los cuchicheos se extinguieron al instante para dejar paso a la misa.

—Nos reunimos hoy en el dolor, en la pérdida, pero también en el recuerdo de una vida corta, pero llena de luz.

Las palabras del sermón flotaban en el aire, mezclándose con los sollozos ahogados de algunos de los asistentes. El incienso quemado dejaba un rastro espeso en la garganta y el pesar... el pesar impregnaba cada rincón. Blanca se levantó del banco y, con una lentitud pasmosa, caminó hasta el altar. Daba la sensación de que le costaba mover cada articulación de su cuerpo, como si sus extremidades estuvieran agarrotadas o petrificadas.

—Ninbe era... —comenzó, frente al micrófono, mientras se aferraba al papel que llevaba en la mano como si fuera su bote salvavidas—. Ella... Mi niña...

Se detuvo. Su voz se quebró antes de siquiera poder comenzar. Después tragó saliva e intentó recomponerse. Pero no había manera.

—Ninbe era lo mejor que me había pasado...

Los primeros sollozos comenzaron a escapar de su garganta y el papel cayó de sus dedos al suelo muy lentamente.

Víctor se levantó de inmediato para sujetarla por los hombros, pero Blanca ya se doblaba sobre sí misma, incapaz de seguir. El llanto la ahogaba, la destrozaba.

La iglesia entera contuvo la respiración mientras contemplaba, estupefacta, la dolorosa escena. ¿Acaso existía peor dolor que el de una madre?

—Tranquila, Blanca... tranquila, cariño —susurraba Víctor, acompañándola suavemente en dirección al banco.

Y entonces, fue Marije quien se puso de pie. Caminó con la elegancia de quien sabe que todas las miradas están sobre ella y cogió el micrófono del altar, sosteniéndolo con calma y con seguridad antes de dirigirse al público.

—Gracias, Blanca. Descansa.

Hizo una pausa exacta, la justa para que el peso de su presencia llenara la iglesia. Luego, miró a la multitud con esa compostura hierática que la hacía parecer hecha de mármol. Víctor se apresuró a llevarse a su mujer a un lugar más apartado, uno menos expuesto a las miradas.

—Cuando Dios nos pone a prueba, lo hace de formas que a veces no comprendemos.

Su voz era firme, sin un atisbo de temblor. Un tono contenido, mesurado, tan calculado como cada uno de sus movimientos. Ibarguren pensó que, en efecto, en esa mujer no se atisbaba nada de una abuela rota de dolor... Más bien daba la sensación de ser una actriz que acababa de ganar un óscar por su actuación y que se subía al escenario para dar las gracias a su público.

—Perder a un hijo es lo más terrible que puede vivir una madre. Y perder a un nieto... —continuó, antes de dejar que la frase flotara en el aire—. Pero debemos recordar quién era Ninbe. No solo nuestra pérdida. No solo nuestro dolor.

Iker se percató de que no lloraba y de que la voz no le temblaba ni un ápice.

—Ninbe era alegría. Risa. Luz... —continuó con calma—. Una niña llena de vida, que no querría

106

vernos así, consumidos por la tristeza. A ella, sin duda, le hubiera gustado que la recordásemos con una sonrisa en la cara…

Ibarguren sintió un escalofrío mientras Marije hablaba de fortaleza, de resiliencia y de seguir adelante; pero no hablaba de su nieta. Al menos, no de ella en profundidad. No mencionaba cómo sonaba su risa, cómo correteaba por la casa, cómo abrazaba a su madre. Lo que decía de ella podía describir a cualquier niña de la edad de su nieta. Era un discurso vacío, carente de sentimiento. En su lugar, hablaba de duelo. De imagen. De cómo debían mostrarse al mundo.

—Tenemos que ser fuertes. Por ella… Y, por supuesto, por mi hija, Blanca —afirmó con rotundidad—. Ahora nos necesita más que nunca. Nos necesita a su lado.

Iker miró a Blanca; su expresión era una mezcla de humillación y resignación. No tenía fuerzas para enfrentarse a su madre, aunque era evidente que no se sentía cómoda con el discurso que acababa de pronunciar. Marije terminó con la misma pausa medida con la que había empezado y, por supuesto, con la misma entereza que la representaba tan bien.

—Gracias a todos por acompañarnos en este día tan importante. En este adiós tan especial…

La gente se puso en pie, conmovida, y todos los asistentes comenzaron a aplaudir.

Iker se revolvió, incómodo. No, Marije no era fuerte, qué va. Era fría, calculadora y maquiavélica. No sabía si Ainhoa Larreta guardaba algo de amor en su interior, pero aquella mujer... Ibarguren se levantó y salió antes de que la ceremonia terminara. Necesitaba aire.

Fuera, Gonzalo fumaba junto a la pared de piedra de la iglesia mientras el humo de su cigarro se disipaba en lentas espirales. Se había marchado en mitad del discurso y no había regresado a la iglesia.

Iker se acercó, con las manos en los bolsillos de su abrigo.

—Bonito discurso.

Gonzalo resopló, soltando el humo con una sonrisa torcida.

—Sí. Muy bonito.

Iker apoyó el hombro contra la piedra fría.

—¿Tú crees en las casualidades, Ibarguren?

Iker lo miró.

—No.

Gonzalo tiró el cigarro al suelo y lo aplastó con la punta del zapato.

—Yo tampoco.

El aire de Getxo estaba saturado por la humedad y por el eco de los pasos de los asistentes que iban abandonando la iglesia de Andra Mari, cruzándose con ellos. El luto impregnaba el ambiente haciéndolo aún más lúgubre.

—¿Puedo pedirte un favor?

Iker lo miró. Los ojos de su compañero estaban apagados, como si hubiera una preocupación latente en su interior que lo mantenía distraído y ajeno a la escena. Estaba allí, de pie, junto a la pared de piedra de la iglesia. Tenía los hombros hundidos y la cabeza baja, encorvado sobre sí mismo de una forma que a Iker no le gustaba nada. Parecía derrotado...

—Claro.

La gente comenzó a abandonar la iglesia con mayor fluidez. Las expresiones de pésame, las palmaditas en la espalda y las miradas vacías que decían más de lo que las palabras podían expresar inundaron a ambos agentes.

Su compañero tragó saliva y se pasó una mano por la nuca, como si intentara encontrar el modo adecuado de continuar. Suspiró, nervioso mientras Ibarguren cada vez se iba poniendo más y más nervioso. Pocas veces había visto así a Gonzalo Etxaniz.

—¿Podría Maitane pedir una segunda opinión en Cruces?

Iker frunció el ceño.

—¿Una segunda opinión? ¿De qué?

Etxaniz sonrió. Pero era una sonrisa torcida, amarga, una que no terminaba de llegar a su mirada.

—Me han diagnosticado cáncer.

Joder.

Iker sintió aquellas palabras como un mazazo seco contra su pecho. Como un jodido puñetazo frío y certero en mitad de su estómago.

—¿Cáncer? —consiguió repetir—. ¿En serio?

Etxaniz dejó escapar una risa áspera, sin alegría.

—Sí, joder. Qué ironía, ¿eh?

El viento les revolvió el pelo y se llevó el sonido de la misa que aún resonaba en la iglesia. Las campanas habían dejado de tocar, pero el eco de la última campanada aún flotaba en la calle.

—¿Cáncer de qué?

Etxaniz sacó un cigarro, lo giró entre los dedos y se lo llevó a los labios. La brasa parpadeó en la penumbra, iluminando su cara con un destello rojizo.

—Cáncer de pulmón —dijo con una risita, antes de expulsar el humo en un suspiro largo, como si intentara exhalar junto con él el peso de la noticia—. Pero ya es metástasis. No me dan muchas esperanzas y ni siquiera me proponen un tratamiento.

Iker sintió un escalofrío recorrerle la columna.

—Vale… Pues entonces hay que luchar —murmuró con escasa convicción. No tenía ni la menor idea de qué era una puta metástasis, pero no sonaba bien—. Maitane hará lo que haga falta. Vamos a buscar opciones y a más profesionales.

Etxaniz soltó una carcajada seca, pero no había rabia en ella. Solo resignación.

—Claro. Tú sigue pensando como un jodido poli. Como si esto fuera otro caso que resolver —dijo, antes de tirar la colilla al suelo. Después la pisó con la punta del zapato y luego se giró hacia él con una mirada capaz de helar la sangre—. No todos los casos se pueden cerrar, Ibarguren. Pensaba que esa lección ya la tenías aprendida.

El viento sopló entre ellos, arrastrando hojas secas y envolviéndolos en un silencio pesado. Iker sintió un nudo en la garganta y una opresión en el pecho que poco tenía que ver con el trabajo, ni con el caso de Ninbe, ni con las sospechas que aún lo devoraban por dentro. Era algo más grande. Más jodidamente injusto. Era el puto destino riéndose en su cara.

Etxaniz suspiró y se metió las manos en los bolsillos.

—¿Vamos a tomarnos una copa?

Iker asintió.

Porque lo único que podían hacer ahora era eso. Beber y…, esperar a ver quién caía primero.

La pesadilla la había dejado con el cuerpo tenso. Estaba empapada en un sudor frío y tenía una extraña sensación como si la misma muerte le hubiera rozado la piel con sus dedos huesudos. Una opresión en el pecho le impedía respirar. Era como si, desde que Ninbe ya no estaba, se la hubiera condenado a vivir con un peso aplastante sobre ella, sobre su cuerpo. Cerró los ojos y pudo ver la imagen de su hija difuminándose entre la bruma del Puerto Deportivo de Getxo. La desesperación, el grito sofocado, la impotencia absoluta de verla desaparecer sin poder hacer nada.

Se incorporó en la cama con movimientos torpes mientras se llevaba las manos a la garganta. Luchaba por llenar sus pulmones de aire, pero no lo conseguía porque un maldito puño invisible le golpeaba las costillas, impidiéndole respirar, caminar, pensar... Impidiéndole vivir con normalidad.

A su lado, Víctor dormía sumergido en un profundo sueño artificial que los somníferos le habían regalado. Blanca lo miró, intentando distinguir sus facciones entre la penumbra. Las pastillas lo habían dejado fuera de juego de tal manera que parecía haberse librado de su angustia, del temblor de su cuerpo. Se llevó las manos al pecho con los dedos crispados, procurando arrancarse la asfixia que la devoraba desde dentro mientras las lágrimas estallaban sin control en su rostro.

No podía despertarlo porque sabía que él también estaba roto.

Se deslizó fuera de la cama con los pies descalzos y cruzó la habitación en completo silencio. Las escaleras crujieron bajo su peso cuando bajó hacia la cocina, abrazándose a sí misma con los brazos temblorosos. El aire dentro de la casa le resultaba irrespirable, como si las paredes mismas se hubieran estrechado alrededor de ella para sofocarla con su propio vacío.

Abrió el grifo. El agua golpeó el vaso con un sonido hueco, cristalino, pero el nudo en su garganta no se le deshizo ni un poco. Bebió a pequeños sorbos, con las manos aún temblorosas rodeando el cristal del recipiente. Sentía la frialdad del líquido deslizarse por su garganta, pero… Pero ni siquiera eso podía apagar el incendio que se desataba en su interior. Se estaba ahogando. No podía respirar. No podía estar ahí dentro.

Con las mejillas encendidas y el cuerpo tembloroso, empujó la puerta del jardín y salió al exterior.

La noche la envolvió de inmediato como un susurro helado dejándose caer sobre su piel ardiente. Blanca aspiró profundamente, impregnándose del aire fresco mientras lloraba sin control. Su niña. No podía sacarse de la cabeza a su pequeña… ¿Cómo narices iba a seguir sin ella? ¿Cómo vivir sin ella?

Si no se hubiera despistado, si no se hubiera permitido bajar la guardia… Víctor siempre había sido mucho más despreocupado que ella y, en ciertos momentos de histeria, le había soltado aquello de «¿qué va a pasar? Tienes que relajarte y concederle un poco de libertad, de independencia». No podía dejar de llorar mientras los recuerdos y la culpa la abrasaban sin piedad. El cielo estaba denso, cubierto de nubes que borraban las estrellas y dejaban apenas una luna mortecina que bañaba el jardín con su luz fantasmal. El viento soplaba entre las ramas de los árboles, agitando la maleza con un susurro inquietante, como si algo invisible se moviera entre las sombras.

—No sabes cuánto te echo de menos, mi niña —murmuró con la mirada clavada en el cielo, como si en alguna parte de ese azul desvaído aún pudiera encontrar su risa—. No sabes cuánto te extraño…

El viento jugaba con su cabello desordenado, pero ella no se movía. Permanecía ahí, como una estatua rota. Tenía las manos colgando a los lados y el alma en los huesos. Su voz, que apenas era un susurro, se perdía entre los árboles que murmuraban a lo lejos… como si la naturaleza supiera guardar silencio ante el dolor de una madre rota.

Nunca más volvería a contarle un cuento antes de arroparla en la cama. Nunca más sentiría el calor tibio de su cuerpecito acurrucándose a su lado, ni escucharía esa vocecita dulce pedirle «otro más, ama, solo uno más». Nunca más vería su rostro rendido por el sueño, con los párpados a medio cerrar y una sonrisa todavía prendida en los labios por la historia que acababan de inventar juntas.

Contempló el jardín. Ese mismo jardín que sus pies descalzos pisaban y en el que su hija había pasado las tardes de verano bailando bajo el sol. Ese mismo césped en el que se habían tumbado mil veces a mirar las nubes buscando formas de dragones y conejos...

—No sé cómo hacer esto sin ti...

¿Y la Navidad? ¿Cómo se celebraría la Navidad cuando ya estaba muerta la ilusión en casa? Nunca más prepararía los regalos de Olentzero con esa mezcla de ansiedad y ternura, imaginando sus ojitos brillantes al ver el árbol lleno de luces. Nunca más escucharía su vocecita chillona corriendo escaleras abajo con un «¡ama, ha venido, ha venido Olentzero!».

Ahora, las luces parpadeaban solas, rotas, como si también ellas hubieran perdido la ilusión.

—¿Cómo voy a vivir sin ti? —gimió, y las lágrimas estallaron nuevamente por sus mejillas—. ¿Cómo...? ¿Cómo voy a seguir si tú ya no estás?

Hincó las rodillas sobre la tierra húmeda, sintiendo cómo el barro se pegaba a sus manos, a su pecho y a cada rincón de su cuerpo malherido. Luego, sin pensarlo siquiera, se dejó caer. Se rindió contra el suelo frío y sintió cómo la tierra, poco a poco, la iba envolviendo como si tratara de consolarla, de acunarla. Blanca apoyó la mejilla en el barro blando y cerró los ojos. Olía a humedad, a hojas caídas y a raíces vivas. Olía a mundo, a algo que seguía latiendo, aunque ella ya apenas pudiera sentirlo. Se abrazó a sí misma con desesperación, consciente de que no era su cuerpo el que buscaba, sino el de su hija. Aquel cuerpecito menudo que tantas veces había sostenido entre sus brazos durante las noches de fiebre o de miedo. Ese... ese mismo que ahora no estaba. Ese que ya no volvería jamás.

Y mientras la tierra le acariciaba la piel como una madre compasiva, comprendió que aquello no era una pesadilla de la que pudiera escapar, sino la vida real.

—Te echo tanto de menos, maitia... —susurró, contemplando el firmamento.

El cielo no respondió. Ninguna estrella parpadeó en señal de compasión. Solo el silencio. Solo ese maldito silencio que pesaba más que mil gritos, que dolía más que las heridas de mil cuchillos invisibles.

El mundo seguía girando, pero el suyo se había detenido.

—Te quiero, mi niña. Te querré toda la vida… incluso aunque ya no estés para escucharme.

Permaneció así, quieta, en el suelo, durante mucho tiempo. ¿Minutos? ¿Horas? Ni siquiera fue consciente de ello. Solo sentía el dolor y la angustia que la azotaban, que la torturaban. Al final, con un esfuerzo sobrehumano, terminó levantándose. Apoyó una mano en la barandilla del porche, tratando de recuperar el aire. Y entonces, lo vio. No era más que una pequeña luz titilante al fondo del jardín. Un destello mínimo… Un resplandor efímero que parpadeaba entre la penumbra, justo al lado de la piscina. Blanca entrecerró los ojos, sopesando si se trataba de imaginaciones suyas.

Un escalofrío la recorrió entera, erizándole la piel, mientras ella se apresuraba a encender la luz del porche.

Titubeante, arrastró los pies por la hierba mojada. No sentía el frío y, por supuesto, tampoco el barro que se le metía entre los dedos de los pies. Tenía el pijama empapado y pegajoso contra su piel, pero no le importaba. Caminó en trance, como si algo invisible estuviera tirando de ella. La lluvia había cesado, pero a cada paso sus pies se iban hundiendo un poco más en el barro, enterrándose, impregnándose de la tierra mojada.

Entonces lo vio de cerca.

Era un maldito altar.

Alguien había formado un círculo de piedras cuidadosamente alineadas sobre la tierra movida, formando una geometría inquietante como en algún rito ancestral. Pero… lo peor, lo más inquietante, eran las ofrendas que había en su interior: ramas secas entrelazadas con cinta roja, y flores marchitas desparramadas como si alguien las hubiera arrojado sin amor, sin cuidado, con violencia. Olían a podredumbre y a abandono. Y…

—Dios santo… —murmuró Blanca, antes de taparse la boca con ambas manos para no gritar.

Y también estaban…, los huesos. Había huesos, muchos huesos. Huesos diminutos y apilados con una precisión escalofriante. Algunos limpios y secos, otros aún con jirones de carne oscura pegados a ellos, como si hubiesen sido desenterrados a medias y arrancados de su descanso. El barro que los rodeaba estaba manchado, veteado de tonos rojizos y negros, como si la tierra misma hubiera sangrado.

Blanca sintió que el mundo temblaba bajo sus pies mientras su estómago se revolvía con una náusea súbita y ácida. Se sostuvo a sí misma antes de caer de rodillas frente al altar, clavando las piernas en la tierra mojada y hundiendo las manos en el lodo frío y pegajoso.

En el centro del círculo, entre las ofrendas, entre los huesos… estaba la fotografía de Ninbe. De su pequeña. De su niña... Era la misma fotografía que las noticias habían publicado de su hija. Pero esta... esta tenía los bordes chamuscados. El fuego no la había consumido por completo, pero sí había dejado una marca negra sobre su rostro. Una mancha oscura, redonda, como una sombra viva que se la estuviera tragando poco a poco. La humedad se le pegó a la piel y la invadió. Cerró los ojos un segundo, y aspiró el aire denso del jardín, cargado de vida y muerte... y de miedo. Un pánico terrorífico, atroz.

El grito brotó de su pecho sin aviso, como un aullido desgarrador y animal. El alarido rompió la noche con su intensidad, arañando el cielo, antes de desvanecerse entre los árboles como una plegaria rota y desesperada. Un trueno retumbó a lo lejos, como si el mundo respondiera, como si la tierra misma llorara con ella mientras ella, tambaleándose, retrocedía hacia detrás arrastrándose por el barro. Tenía los ojos abiertos de par en par y las pupilas dilatadas por el terror.

Fuera quien fuese el que había hecho aquello, podía seguir allí... Viéndola, espiándola. El viento agitó las ramas de los árboles mientras ella escudriñaba entre las sombras en busca de cualquier señal, de cualquier figura...

Pero no había nadie. Solo la noche. Y el altar. Y la certeza, helada y aterradora, de que alguien había entrado en su jardín. Y que ese alguien sabía exactamente quién era Ninbe.

13

El despacho de Iker olía a café recalentado y a papel húmedo a causa de la maldita condensación del aire acondicionado. Llevaban días esperando a que el sistema de climatización se rompiera, pero de momento seguía resistiendo. Un milagro. Un milagro condenado a durar poco.

Por las ventanas se filtraba la luz del verano. Iker se levantó de su silla y se acercó al cristal, desde donde veía la plaza de la comisaría llena de coches patrulla aparcados en doble fila en perfecta formación. Todo estaba en calma, demasiado en calma.

Se quedó mirando la mesa vacía de Etxaniz. La taza de café de su compañero seguía allí, intocable. ¿Dónde narices se había metido Gonzalo? Un mal presentimiento le apremió el pecho mientras sacaba su teléfono móvil del bolsillo. Intentó llamarle de nuevo, pero su compañero siguió sin responder. Pensó en insistir. O quizás en enviarle un mensaje. Pero entonces recordó la última conversación que tuvo con Maitane la noche anterior.

—Tiene un buen oncólogo, uno de los mejores. Pero intentaré pedir una segunda opinión...

Maitane no era de las que se preocupaban por nada sin motivo. Si ella decía que la situación de Etxaniz pintaba mal, es que lo hacía. Y eso le jodía. Apartó la mirada de la mesa y se pasó una mano por la cara en un intento por despejarse. Joder. De pronto, el chirriar de la puerta abriéndose de par en par lo devolvió a la realidad. Amaia entró con su energía de siempre y se encaminó con rapidez hasta la mesa para dejar caer el papeleo sobre ella con un golpe seco y sonoro.

—Aquí tienes los registros de llamadas de Ainhoa Larreta.

Después se sentó en la silla de enfrente. Aquella mañana llevaba el pelo recogido en un moño alto y despeinado, dejando a la vista el contorno afilado de su mandíbula. Su camiseta blanca se pegaba a su piel por el calor de la calle y los vaqueros desgastados tenían restos de polvo en las rodillas, como si hubiera estado arrodillada en algún lado. Iker no abrió el informe de inmediato. En lugar de ello, se quedó mirándola y analizando su expresión. Parecía cansada.

—¿Cómo va la mudanza?

Amaia resopló y apoyó el codo en la mesa, sujetándose la cabeza con la mano.

—Una locura. Gorka y yo estamos viviendo entre cajas. Ayer me desperté en mitad de la noche y casi me mato porque dejé la cafetera en el suelo del pasillo.

Iker esbozó una sonrisa.

—Eso pasa cuando te mudas con alguien.

Amaia alzó una ceja.

—¿Tú te mudaste con Maitane?

—Más bien ella se mudó conmigo, a Donosti. Pero poco a poco me di cuenta de que, en realidad, yo me había mudado con ella.

Amaia rio y se pasó la mano por la cara, como si intentara despejarse.

—Yo llevo dos días duchándome con agua fría porque el gas no funciona.

—Eso es saludable. Cierra los poros y tonifica la piel —sonrió Iker, guiñándole un ojo.

—No me jodas, Ibarguren —se quejó, lanzándole un bolígrafo.

Iker lo esquivó sin esfuerzo.

—En fin… Gorka… Nunca te había oído hablar de él…

Amaia se encogió de hombros.

—Porque no lo hacía. No hablaba de él.

Iker la miró divertido.

—¿Y ahora sí?

—Ahora vivo con él… Así que no me queda más remedio.

Los dos se miraron tensamente mientras una sensación extraña, de *déjà vu*, se cargaba en el ambiente. Iker carraspeó, decidido a romper aquella tensión.

—Si necesitas ayuda con la mudanza, ni me mires. Estoy demasiado ocupado durmiendo cuatro horas al día —resopló.

Amaia sonrió, con ese aire desafiante que siempre utilizaba cuando hablaban.

—¿Las niñas?

—Las niñas.

—¿Todas?

—Todas.

Iker sonrió.

—¿Pero la pequeña no duerme ya toda la noche?

—Ja. No. Es un demonio con rizos —sentenció, medio en broma, medio en serio.

Amaia le devolvió el gesto divertido.

—No sé en qué momento se nos ocurrió ir a por la tercera... —refunfuñó Iker, pasándose la mano por el rostro antes de rascarse la barba.

—¿Fue decisión tuya o de Maitane?

—Fue cosa de los dos... Pero ahora mismo no recuerdo por qué pensamos que era una buena idea.

Amaia rio mientras señalaba los papeles.

—Anda, échale un vistazo a esto.

Iker bajó la vista y empezó a leer en serio los registros. Minutos antes del asesinato, Ainhoa Larreta había llamado a un número desconocido. Y después...

—¿Una llamada al 112? —arrugó la frente, comprobando la duración de la misma—. Duró solo unos segundos antes de colgar.

—Sí —Amaia se inclinó sobre la mesa, señalando la línea con el dedo—. Llamó a emergencias y colgó enseguida.

El oficial tamborileó los dedos contra la mesa.

—Eso es raro.

—Mucho.

—¿Y el otro número?

Amaia revisó la documentación.

—Teléfono desechable. No está registrado a nombre de nadie.

Iker se llevó la mano a la barbilla.

—No me jodas…

—¿Sabes qué parece?

—Sorpréndeme.

Dejó el papel sobre la mesa y lo golpeó suavemente con el dedo índice.

—Parece que Ainhoa intentó delatarse... y luego se echó atrás.

Amaia frunció el ceño.

—O que intentó alertar a alguien.

—Exacto.

Se quedaron en silencio por un momento con el aire acondicionado zumbando suavemente de fondo. Era el único sonido en la oficina.

Amaia se mordió el labio inferior.

—¿Qué coño está pasando aquí, Iker?

Él negó con la cabeza.

—No creo en las casualidades, Amaia.

—Yo tampoco.

—Si estaba en el puerto esa noche y llamó a un número desechable, es porque estaba metida en algo…

Amaia cerró la carpeta con un chasquido.

—Entonces es hora de hablar con Ainhoa, ¿no? No podemos seguir aquí de brazos cruzados.

Iker asintió lentamente.

—Sí. Y esta vez, quiero respuestas… —comentó en voz alta—. Creo que va siendo hora de arrastrarla hasta un interrogatorio formal. Hay que traerla a comisaría.

El golpe seco de la puerta al abrirse captó la atención de ambos. Era Asier, uno de sus compañeros de la recepción.

—Ibarguren, ¿tienes un momento?

Iker levantó la vista.

—Dime.

El agente entró por completo en la sala y se pasó una mano por la nuca antes de hablar.

—La madre de la niña está aquí.

El oficial sintió un escalofrío recorriéndole la espalda.

—¿Blanca Gutiérrez?

El compañero asintió.

—Sí. Está esperándote en la sala de reuniones… —murmuró con cierto pesar—. No tiene buen aspecto.

Iker intercambió una mirada rápida con Amaia. ¿Qué aspecto podía tener una madre que acababa de perder a su hija?

—¿Quieres que te acompañe? —se ofreció ella mientras dejaba caer el bolígrafo sobre los papeles y se cruzaba de brazos.

Él negó con la cabeza mientras se levantaba de la silla.

—Sigue revisando todo lo relativo a Ainhoa Larreta hasta que vuelva. No tardaré.

Amaia asintió, consciente de que expresión se denotaba cierta preocupación. A nadie le gustaba tratar con una madre rota, con una madre que estaba vacía por dentro.

Iker cruzó el pasillo con pasos rápidos antes de adentrarse en la sala de reuniones, que estaba sumida en la penumbra. Únicamente quedaba iluminada por una débil luz fluorescente que, de vez en cuando, parpadeaba cansina.

Allí estaba Blanca, esperándole. Tenía la espalda encorvada y los codos apoyados en la mesa, con las manos entrelazadas y los dedos presionando su frente. Iker pensó que parecía un espectro. Su piel presentaba un tono enfermizo, como si la vida misma se le estuviera drenando poco a poco. Su cabello caía en mechones desordenados alrededor de su rostro, y su ropa—unos vaqueros holgados y una sudadera gris que ya le había visto puesta en días anteriores—le colgaba sobre el cuerpo, como si de repente hubiera perdido varios kilos. Y seguramente así fuera.

Cuando Iker cerró la puerta tras de sí, Blanca levantó la vista. Sus ojos estaban hundidos y enrojecidos.

El oficial tomó asiento frente a ella y apoyó los antebrazos sobre la mesa con calma mientras se preguntaba cómo comenzar aquella conversación.

—Blanca, imagino que quieres saber cómo avanza la investigación, pero si no te hemos llamado es porque aún no hay novedades significativas…

Ella negó con la cabeza con un movimiento lento y desgastado.

—No vengo por eso.

Sacó el teléfono móvil con manos temblorosas y lo deslizó sobre la mesa hacia él.

—Le he sacado fotos y no lo he tocado. Por si acaso hay huellas o algo así.

Iker enarcó una ceja y cogió el teléfono con cautela para analizar aquello que la mujer le mostraba. Era una imagen granulada que había sido tomada en la oscuridad, con flash. ¿Qué cojones era eso? Un puto altar.

Joder.

Iker amplió la imagen con los dedos. El pequeño círculo de huesos, las flores secas esparcidas, la vela consumida casi hasta la base. Pero lo peor estaba en el centro. Fuera quien fuese el responsable de aquello, había colocado una foto de Ninbe en el centro. El pulso se le aceleró al reconocer la imagen; exactamente la misma que la prensa había difundido con la noticia de su asesinato.

Cualquiera podía haberla impreso.

—Joder.

El oficial volvió a ampliar la imagen en la pantalla del móvil mientras recorría con sus pupilas cada detalle con una concentración casi obsesiva. Aquel altar no era un simple juego macabro ni una provocación barata. No era algo que cualquier aficionado al ocultismo podría haber improvisado. No. Era algo... preciso. Demasiado preciso. Los huesos estaban colocados en un círculo, pequeños y blanquecinos, dispuestos meticulosamente. ¿De qué eran? No parecían de animal, al menos no a simple vista. Las flores secas, en su mayoría helechos y campanillas violetas marchitas, estaban dispersas alrededor de la foto como si hubieran sido lanzadas al azar... pero no. Había un patrón, una intencionalidad clara. Y en el centro..., la imagen de Ninbe.

—¿Dónde ha aparecido?

—En el jardín de mi casa —respondió ella con un tono titubeante y con la mirada empañada.

Iker sintió cómo la piel se le erizaba. En aquella instantánea, la niña sonreía, completamente ajena al horror que ahora rodeaba su imagen. Amplió más y comprobó que los bordes estaban ligeramente ennegrecidos. ¿Quemados?

Amplió todavía más, hasta el límite permitido mientras trataba de distinguir si el papel había sido expuesto al fuego o si solamente era suciedad, pero la imagen no era lo suficientemente nítida. ¿Quién cojones había podido haber hecho algo así? Alguien la había impreso, la había colocado ahí y había hecho... eso. Joder. Hostia puta. Respiró hondo.

De repente, el aire en la sala le pareció más denso. No era supersticioso. Nunca lo había sido. Pero esa imagen tenía algo que le revolvía el estómago. Las velas.

—¿Sabes quién puede haber hecho esto?

Blanca negó con la cabeza.

Había restos de cera derretida en la base del altar. Dos velas, una a cada lado de la imagen de Ninbe, que habían ardido hasta consumirse por completo. ¿Con qué propósito habían hecho algo así? Cerró los ojos un instante y se obligó a centrar la mente mientras su mandíbula se tensaba.

Fuera quien fuese, lo había colocado en el jardín de la familia con un único objetivo: que ella, o Víctor, lo encontraran. Estaban jugando con ellos. Ya no se trataba solo de la niña muerta... Joder.

Abrió los ojos y miró a Blanca. Estaba hecha un ovillo en la silla, con los brazos alrededor del cuerpo como si intentara sostenerse. Iker no pasó por alto cómo sus labios temblaban de forma compulsiva.

—Has dicho que no lo has tocado, ¿verdad?

Blanca negó con la cabeza, a punto de desplomarse.

—No.

El oficial se pasó la mano por la barba mientras observaba nuevamente la imagen en un intento de extraer de ella más significado y más detalles. El corazón le latía con fuerza.

—Quiero ir a verlo.

La mujer tragó saliva y asintió con los ojos vacíos. Iker se levantó en silencio mientras sacaba su móvil del bolsillo para teclear un mensaje conjunto que le llegaría a Etxaniz y Amaia: «esto acaba de escalar a otro nivel. No pinta bien».

La pantalla del ordenador parpadeaba con una luz fría y azulada en la penumbra del salón. Iker mantenía los ojos clavados en ella mientras las letras bailaban frente a él entremezclándose con un dolor agudo que le oprimía las sienes. Llevaba demasiado tiempo sin dormir bien y demasiados cafés encima. Demasiada tensión. Podía sentir cómo la migraña le taladraba el cráneo, convirtiendo el simple acto de concentrarse en un esfuerzo titánico y martirizante.

Exhaló un suspiro y se pasó la mano por la cara, pero al retirarla notó algo húmedo en sus dedos.

—Estás sangrando.

La voz de Maitane lo sacó de golpe de su ensimismamiento. Levantó la cabeza y la miró.

Estaba sentada en el sofá, con las piernas cruzadas, sosteniendo un libro abierto sobre su regazo. Llevaba el cabello castaño suelto y ligeramente despeinado e iba vestida con un vestido corto de tirantes, de lino beige, suelto y liviano. Iker pensó que estaba preciosa. Joder. Un escalofrío le recorrió la espalda cuando sintió cómo su cuerpo reaccionaba instintivamente a su imagen. Como un maldito adolescente.

—¿Dejaré de verte sexy algún día? —susurró, exhibiendo una sonrisa picarona.

Maitane arqueó una ceja, divertida.

—No lo creo —se rio ella—. Pero, dime, ¿te ayudo con la sangre o prefieres seguir babeando?

Iker soltó una risa ronca y se llevó la manga a la nariz para limpiarse.

—Con un trozo de papel también valdría...

Maitane sacudió la cabeza, resignada; se levantó para coger el bloque de algodón del botiquín. Después lo enrolló para colocárselo con delicadeza en la fosa nasal. Por último, le inclinó la cabeza ligeramente hacia delante.

—No te eches hacia atrás o terminarás tragándote la sangre.

—Sí, sí... ya lo sé, enfermera.

—Pero no lo haces, así que cállate y hazme caso.

Iker sintió su calidez y el roce de sus dedos, suave, contra su rostro. Su perfume se había mezclado con el aroma a café que flotaba en el aire. Cerró los ojos, procurando alejar la concentración de cualquier otra cosa que no fuera ella y lo mucho que la deseaba en aquellos instantes.

—Un altar a Basandere... —murmuró Maitane, echando un vistazo con curiosidad a la pantalla encendida del ordenador.

Iker puso cara de extrañeza mientras ella escrutaba cada detalle con detenimiento.

—¿A Basandere? No entiendo.

Maitane señaló la imagen en la pantalla paso a paso: el círculo de huesos, las flores marchitas, la posición de las velas.

—Es un altar ritual. No es solo una especie de homenaje o una escenografía macabra. Todo está colocado siguiendo con un patrón predeterminado.

—Explícate.

Maitane se sentó en el borde del escritorio y cruzó los brazos.

—Basandere es una figura de la mitología vasca. Es la versión femenina del Basajaun, que es nuestro... «Señor del Bosque». En muchas leyendas, ella es su esposa o su equivalente, una protectora de la naturaleza. Pero, a diferencia del Basajaun, Basandere es más ambigua.

Iker entrecerró los ojos.

—¿Ambigua en qué sentido? ¿Qué quieres decir?

Maitane giró la pantalla hacia sí y comenzó a buscar referencias mientras hablaba.

—Depende de la historia. En algunas versiones, Basandere es la guardiana de los secretos del bosque y ayuda a los humanos, pero en otras...

Suspiró antes de hacer una pausa para teclear algo en el buscador del ordenador. Encontró enseguida el texto que buscaba y comenzó a leerlo en voz alta:

—Algunas leyendas la asocian con antiguos rituales de sacrificio, tributos que se ofrecían para asegurar la fertilidad de la tierra, la abundancia en las cosechas o incluso protección contra males desconocidos.

Iker sintió un escalofrío recorriéndole la espalda.

—¿Sacrificios humanos?

Su mujer asintió.

—Sí. Y lo que más me inquieta es la disposición de los elementos en ese altar —comentó, antes de volver a poner en grande la imagen—. Las flores secas en círculo no están ahí por casualidad. Muchas veces se usaban para simbolizar el paso de un espíritu al otro lado. Los huesos dispuestos con esta justa simetría son típicos de ofrendas rituales. Pero lo más perturbador es la foto de Ninbe.

Iker apartó la vista de la pantalla para mirarla a ella.

—Dime que no estamos frente a alguien que cree en estas patrañas… ¿Esto lo ha hecho un puto lunático?

Maitane apretó los labios.

—No sé qué creer, Iker. Pero si ha recreado un altar así, sabe lo que está haciendo.

El aire en la habitación pareció enfriarse de golpe. Iker dejó caer la espalda contra el respaldo de la silla, sintiendo cómo el algodón de su nariz se iba empapando de sangre.

—¿Estás segura de que esto tiene que ver con…
Basandere? —murmuró con la mirada fija.

Maitane, aún de pie a su lado, giró la cabeza
hacia él con una expresión seria.

—Iker… no tengo ninguna duda al respecto.
Estoy segura.

Sin previo aviso, se acomodó en su regazo
mientras apoyaba las rodillas en el asiento de su silla,
invadiendo su espacio de forma natural. Su vestido de
lino beige se alzó levemente dejando su piel cálida al
descubierto. Iker sintió su peso contra él y tuvo que
obligarse a concentrarse en otra cosa que no fuera su
proximidad, porque Maitane no se lo estaba poniendo fácil.

—Mira esto —dijo, ampliando la imagen con
el ratón.

El cursor se deslizó hasta los pequeños huesos
que el creador había dispuesto en un círculo casi perfecto. Iker se acercó a la pantalla.

—Son huesos de animal. No sabría decirte de
qué especie sin analizarlos, pero parecen de un ave pequeña.

—¿Y eso qué significa?

—Depende del contexto.

Maitane apoyó un codo en el respaldo de la silla
y lo miró directamente a los ojos. El brillo de su mirada tenía esa chispa de emoción que le daba cuando

hablaba de algo que la apasionaba, como podía ser la mitología de su tierra.

—En nuestras tradiciones, los sacrificios de animales eran más comunes que los humanos. Se creía que la sangre de estos tenía un poder simbólico, que podía servir como ofrenda para atraer protección, buena cosecha, salud… Ya sabes, todas esas cosas que antes los *baserritarras* necesitaban.

—¿Y los huesos?

Maitane entrecerró los ojos.

—Si los han colocado en círculo…, tampoco es casualidad. El círculo es una forma de cierre, de protección. En los rituales antiguos, se usaba para delimitar el espacio sagrado. Si alguien ha dispuesto los huesos de esta manera, sabe lo que está haciendo, Iker. Lo sabe muy bien.

El ertzaina sintió que su estómago se revolvía.

—¿Y la foto?

Maitane suspiró. Se inclinó un poco más sobre él para señalar la imagen con el dedo índice.

—Te diría que la foto es lo que más me preocupa —dijo, apretando los labios e intentando encontrar las palabras más adecuadas para explicarlo—. Cuando en un altar se coloca la imagen de alguien, generalmente es por dos razones: o es una ofrenda… o es una petición.

—¿Petición?

—Sí.

Los ojos de Maitane se oscurecieron.

—Hay rituales en los que se coloca la imagen de una persona para pedir protección sobre su alma… o para asegurarse de que no regrese.

Un nudo helado se formó en la garganta de Iker.

—¿Para que no regrese? ¿Qué cojones quiere decir eso?

Maitane movió la cabeza de lado a lado.

—Para que su espíritu no regrese a la tierra —explicó.

—Estás diciendo que esto podría ser un rito para… ¿deshacerse de su espíritu?

Maitane asintió lentamente.

—Es una posibilidad. En algunos relatos antiguos, cuando un niño moría de forma trágica, había quienes realizaban rituales para evitar que su espíritu vagara por la tierra o para sellarlo en un lugar específico.

Iker sintió una opresión en el pecho.

—¿Y si no es eso? ¿Y si es solo una forma de tributo?

Maitane giró el rostro hacia él.

—Entonces alguien la ha matado y está honrando su sacrificio.

El silencio se volvió espeso. Los dedos de Iker, inconscientemente, se ciñeron alrededor de las caderas de Maitane.

—Joder.

Ella deslizó la mano sobre la suya, acariciándola en un gesto automático y tranquilizador.

—¿Puedes ampliar la imagen de las velas?

Iker obedeció y Maitane ladeó la cabeza, analizándolas detenidamente.

—Esto también tiene un significado.

—¿Qué? ¿Las velas?

—En algunos rituales, se encienden velas para marcar direcciones específicas.

—¿Direcciones?

—Sí. Norte, sur, este, oeste... Pero en este caso no está siguiendo un patrón cardinal.

Se inclinó un poco más, escudriñando la imagen con más detalle mientras Iker notaba una sensación incómoda.

—¿Sabes qué es lo peor? —susurró Maitane, sin apartar la vista de la pantalla.

Iker la miró.

—¿Qué?

—Que quien haya hecho esto, seguramente va a volver.

Iker sintió un escalofrío helado recorrerle la espalda. Porque, por primera vez desde que empezó el caso, tenía la sensación de que la muerte de Ninbe no había sido el final. De que detrás de aquel puto asesinato había más, mucho más de lo que eran capaces de

140

ver. Ibarguren aspiró, procurando calmarse, mientras sentía los dedos de Maitane deslizándose por su rostro para apartarle con suavidad el algodón empapado de sangre. Su mirada se posó en él con una mezcla de deseo y travesura, e Iker sonrió. Tenía en los ojos ese brillo familiar que tantas veces había visto antes de que lo arrastrara al abismo de su cuerpo.

—Ya estás bien —dijo suavemente. Pero en lugar de soltarlo, se inclinó sobre él.

Maitane posó su boca contra la suya con una delicadeza engañosa, porque al segundo su lengua ya trazaba un recorrido envolvente en busca de más. Iker gimió.

—Estoy trabajando —intentó decir, pero su voz apenas fue un ronroneo entre sus labios.

No protestó. No tuvo tiempo de hacerlo. Ella volvió a besarle antes de que pudiera añadir alguna mentira más a esa frase.

—Llevas demasiado tiempo trabajando —susurró Maitane, besándole el cuello.

Podía sentir su calor a través de la tela y la manera en que su cuerpo buscaba el suyo, encajando como si estuvieran hechos para ese momento. Como si estuvieran diseñados el uno para el otro. Iker cerró los ojos, sintiendo el calor de su aliento recorrer su piel y el roce de sus dientes justo donde sabía que lo volvía loco. Su cuerpo respondió antes que su mente, endureciéndose contra ella en un reconocimiento automático de su presencia. Maitane se deslizó sobre él con una cadencia lenta, estudiada, mientras dejaba que su falda subiera centímetro a centímetro y sus piernas se entrelazaran en su cintura. Iker la sostuvo por las caderas, sintiendo el latido apresurado bajo sus pies y la necesidad que crecía entre ellos. Ella siempre tenía el control y él siempre terminaba rindiéndose.

El vestido cayó al suelo y Maitane se quedó desnuda bajo la luz tenue que se filtraba a través de las cortinas.

—Eres preciosa —susurró Iker, recorriéndola con la mirada en un intento de grabarse cada centímetro de su piel en su memoria.

Maitane tiró de su camiseta, deshaciéndose de ella en un simple movimiento antes de que sus labios se encontrasen de nuevo. Después la alzó en brazos y ella envolvió sus piernas alrededor de su cintura mientras el deseo los devoraba. Sin dejar de besarse, la llevó hasta el sofá y la dejó caer sobre su regazo. Entonces las caricias se volvieron más impacientes y los movimientos más frenéticos. Maitane se arqueó, jadeando cuando sus labios encontraron la piel más sensible de su cuello. Podía sentir los dedos de su marido explorando cada rincón de su cuerpo con una urgencia contenida, casi salvaje. Las pocas prendas que quedaban terminaron cayendo al suelo.

—Más —susurró ella, y él obedeció.

Se unieron con la intensidad de quienes han compartido demasiado tiempo y demasiado deseo. El vaivén de sus cuerpos se convirtió en una danza perfecta y el ritmo de su pasión se acompasó a los jadeos, los suspiros y las súplicas silenciosas.

Iker la llevó al borde del abismo y la sostuvo cuando se desmoronó, temblando bajo él mientras ella clavaba las uñas en su espalda. Cuando todo terminó, Maitane apoyó la frente contra su pecho, todavía jadeante e Iker la rodeó con los brazos, sin soltarla.

—Deberías estar descansando —murmuró él.

Ella sonrió, alzando la mirada para encontrar la suya.

—Y tú trabajando.

Los dos rieron.

Iker besó su frente y cerró los ojos por un segundo, disfrutando de la sensación de tenerla entre sus brazos. En aquel puto mundo de caos y sombras, Maitane era la única certeza que le quedaba.

La lluvia golpeaba el asfalto con furia, rebotando en los charcos acumulados junto a la acera. Iker Ibarguren odiaba la ciudad. Bueno, mejor dicho, aquella ciudad. Estaba claro que echaba de menos Donosti, aunque prácticamente nunca hablase de ello porque, poco a poco, se había acostumbrado a Getxo y ya lo sentía como su segundo hogar. Aun así, sí, odiaba la ciudad. Odiaba Bilbao.

Detestaba la sensación claustrofóbica que le provocaban sus calles estrechas y los semáforos eternos. El puto tráfico incesante. Él era de espacios abiertos, de costa y de monte, no de cemento y ruido. Tal vez por eso siempre había sentido cierta debilidad por su Donosti: porque tenía lo mejor de ambos mundos. Pero Bilbao… Bilbao lo tragaba. Lo engullía sin piedad en el caos.

Se refugió bajo el saliente del portal del edificio de oficinas donde esperaba a Amaia antes de ajustarse la chaqueta empapada y de sacar el móvil. Marcó el número de Etxaniz por decimoquinta vez, pero nada. No hubo respuesta. Llevaba días sin saber de él y empezaba a impacientarse, porque aquello no era lo habitual en su compañero. Nunca desaparecía sin dar señales de vida, sin justificar su ausencia a sus superiores o sin enviar un email o un mensaje. Y aunque Iker no solía ser de los que se preocupaban en exceso, después de aquella conversación en el funeral de Ninbe... Metástasis. La palabra le retumbó en la cabeza como un puto disparo. Impaciente, volvió a llamar, esta vez dejando el teléfono sonar hasta el final.

Nada. No había respuesta más allá del maldito contestador automático.

Un trueno estalló sobre Bilbao. Iker levantó la mirada y se encontró con Amaia, que cruzaba la calle a paso ligero en su dirección con el paraguas chorreándole alrededor. Estaba empapada hasta las rodillas.

—Cada vez llueve más —resopló, cerrando el paraguas y sacudiéndolo antes de resguardarse bajo el soportal—. Vaya agosto.

Iker echó un vistazo a su alrededor y tragó saliva.

—Lo odio.

—¿El qué? —preguntó ella, sacudiéndose la humedad de los hombros.

—Bilbao... y la puta lluvia. ¿No puede dar tregua ni en verano?

Amaia se rio con suavidad, pero su sonrisa se apagó enseguida.

—¿Has sabido algo de Etxaniz? Me han preguntado por él en la oficina.

Iker negó con la cabeza, guardando el móvil en el bolsillo.

—Nada. No responde.

Amaia bajó la mirada, frunciendo los labios.

—Mierda.

No hubo más que decir. No tenían tiempo para pensar en ello ahora. Iker le señaló con un gesto hacia el edificio de oficinas.

—¿Subimos?

Amaia asintió y entraron juntos.

La oficina era amplia y contaba con enormes ventanales que daban a la Gran Vía. Los días de sol, sin duda, aquel debía de ser un lugar bastante cálido. Repasó la estancia con la mirada: había archivadores metálicos alineados junto a la pared y escritorios con ordenadores encendidos. Todo estaba impoluto, demasiado ordenado para gusto. Esperaron unos instantes en recepción y pronto salió a recibirlos una mujer de unos cincuenta y tantos años, delgada, con el cabello recogido en un moño y unas gafas de montura dorada que resaltaban el gesto severo de su rostro. Vestía un traje gris que parecía encajar a la perfección con el pulcro y perfecto ambiente de la oficina.

—Suboficial Ibarguren, ¿verdad? —dijo sin sonreír.

—Oficial. Y ella es la agente Amaia Mintegui, mi compañera. Gracias por recibirnos —aclaró con profesionalidad, enseñando su identificación.

Amaia le imitó y sacó su tarjeta identificativa.

—No es algo que suela hacer, pero cuando se trata de un caso como este... —dijo ella, dejando la frase en el aire—. Seguidme, por favor.

Los agentes caminaron tras ella hasta una pequeña sala de reuniones con paredes de cristal y una mesa de madera en el centro. Se sentaron y la mujer entrelazó los dedos sobre la mesa.

—¿Qué quieren saber de Ainhoa Larreta?

Iker la estudió un momento antes de responder.

—Su expediente muestra que fue despedida por causas disciplinarias —dijo, con tono neutro—. Si no le importa, nos gustaría que nos aclarase qué ocurrió exactamente.

La mujer chasqueó la lengua con impaciencia, como si le molestara tener que recordar el asunto.

—Ainhoa era... conflictiva. Tenía una actitud muy desafiante. No era fácil trabajar con ella.

—¿A qué se refiere?

—Tenía un carácter explosivo. Si algo no le gustaba, lo hacía saber. A veces de forma verbal, otras... bueno, con gestos muy elocuentes.

Apenas había conocido a Ainhoa Larreta, pero el caos de su hogar poco —o más bien nada—tenía que ver con aquella perfecta oficina.

—Deme un ejemplo, por favor —pidió Iker.

La mujer se acomodó en su silla y cruzó las piernas.

148

—En una ocasión, un compañero suyo recibió un ascenso y ella lo consideró injusto. Le rompió la pantalla del ordenador con una grapadora y se largó en plena jornada laboral.

Iker y Amaia intercambiaron una mirada.

—Interesante —musitó Amaia, tomando notas.

—Eso no es todo —intervino la mujer—. Ainhoa tenía un problema de control de ira. No era violenta en el sentido físico, pero... su agresividad era patente. Siempre tenía un comentario mordaz en la boca. Cuando se sentía atacada, mordía. Y mordía fuerte.

—¿Sabía que tenía una relación complicada con su familia?

La mujer inclinó la cabeza.

—Comentaba cosas. Sobre su sobrino, sobre su cuñada.

—¿Blanca Gutiérrez?

La mujer suspiró, hastiada.

—Sí. No la soportaba.

Iker sintió que se destemplaba.

—¿Recuerda qué decía sobre ella?

—Solía insinuar que Blanca no había querido ser madre. Que Ninbe nunca había sido deseada.

El ambiente en la sala se volvió denso. Amaia garabateaba en su libreta sin levantar la vista al frente, aunque Iker no pasó por alto cómo apretaba la mandíbula.

—¿Y con la niña? ¿Alguna vez mencionó algo sobre Ninbe en términos negativos?

La jefa dudó por un momento y luego asintió lentamente.

—Decía que le daba pena. Que una niña que no recibe amor crece rota o cosas por el estilo… A mí me daba la sensación de que estaba un poco obsesionada —opinó con rapidez—. Pero bueno, Ainhoa Larreta no estaba demasiado bien, en general.

Iker sintió una punzada de incomodidad en el estómago.

—¿Sabían si tenía contacto con ella? ¿Con Ninbe?

—Que yo sepa, no. Pero… —suspiró, incómoda, recolocándose las gafas—. No sé… La forma en que hablaba de ellos, de la niña…

—¿Qué?

—No sé. No me producía buenas vibraciones…

Iker sintió un escalofrío. Demasiada casualidad. Amaia levantó la vista de su libreta y le dirigió una mirada significativa.

—Creo que hemos terminado —dijo él, con tono firme—. Con esto nos vale.

La jefa se levantó para acompañarlos a la salida de las oficinas.

Salieron al exterior, donde la lluvia seguía sin dar tregua. El cielo continuaba encapotado y el agua repiqueteaba contra el coche patrulla y el asfalto. Amaia cerró la carpeta con las notas y se la metió bajo el brazo.

Iker encendió un cigarro y lo sostuvo entre los labios, dándole una larga calada antes de soltar el humo lentamente. Pensó en Etxaniz y se maldijo a sí mismo por haber caído de nuevo en las malditas garras del tabaco. ¿Por qué narices había vuelto a enviciarse a la nicotina?

—Esto se pone feo —farfulló finalmente.

Amaia lo miró de reojo, apretando la mandíbula.

—Se pone peor —respondió, ajustándose el abrigo con un gesto tenso.

El viento les azotó la cara cuando cruzaron la acera.

—Pide una orden de registro —soltó Iker de repente.

Amaia parpadeó.

—¿Para qué?

—Para la casa de Ainhoa Larreta.

La agente se detuvo en seco, obligándolo a girarse y encararla.

—¿En serio? ¿Crees que nos la van a dar con lo poco que tenemos? Ni siquiera en el interrogatorio oficial conseguimos sonsacar nada más... Nada de utilidad.

—Tenemos indicios de que mintió sobre su paradero la noche del crimen —replicó Iker, sin apartar la mirada de ella—. Tenemos su coche en el puerto, su imagen sacando dinero, y ahora esto. La forma en la que hablaba de Blanca y de Ninbe a sus compañeros de trabajo, como si las tuviera bajo vigilancia, como si supiera demasiado.

Amaia bufó, sacando el móvil. Su gesto era de pura frustración.

—En realidad, la encargada tampoco ha dicho eso...

—Nadie sabe lo que ha dicho, Amaia —instó—. Así que pide la orden y vamos a cruzar dedos para que nos la concedan.

—Tendrás que justificarlo bien. No es suficiente con suposiciones... Además, solamente son las sensaciones de su exjefa. Nada más.

—No son suposiciones —aseguró el oficial antes de lanzar la colilla al suelo para después aplastarla con la suela del zapato—. Son hechos.

Amaia suspiró, resignándose. Era la primera que quería ver a Ainhoa Larreta esposada, pero...

—En fin.... Vale, lo intento.... Pero si el juez nos manda a la mierda, es cosa tuya.

—No sería la primera vez —aceptó él con una media sonrisa.

Ella negó con la cabeza, pero también sonrió de lado. Mientras escribía el informe preliminar, Iker volvió a encender otro cigarro.

—¿Qué? ¿Vas a fumarte todo el puto paquete en lo que tramito la orden?

—Si me dejan.

Amaia volvió la vista y se alejó unos pasos para hacer la llamada. Iker se quedó allí, observando las gotas de agua resbalar por la capucha de su abrigo. «En cuanto me termine el paquete, lo dejo», pensó con decisión mientras su cabeza iba a mil por hora. No le gustaban las casualidades y lo de Ainhoa Larreta apestaba a algo más grande de lo que parecía a primera vista. Amaia terminó de hablar y regresó con él.

—El juez lo está valorando. Si tenemos suerte, nos la dan en unas horas.

Iker asintió lentamente, dándole otra calada al cigarro.

—Entonces esperaremos.

No dijo nada más, pero la tensión era casi palpable. Si conseguían esa orden, tal vez estuvieran un paso más cerca de entender qué demonios estaba pasando y por qué Ainhoa Larreta tenía esa obsesión por su cuñada y la niña.

Ibarguren apenas había dado otra calada al cigarro cuando su móvil empezó a oírse. El sonido vibró en el bolsillo de su abrigo con impaciencia y él, nervioso, sacó el teléfono. Era Maitane. Miró el reloj, sorprendido. ¿Para qué le llamaba a esas horas? Un mal presentimiento le recorrió la espalda como un escalofrío helado mientras respondía.

—Dime.

—Iker... —hizo una pausa—. Deberías venir a Cruces. Han ingresado a Gonzalo en la UCI.

Joder.

El cigarro casi se le cayó de los labios. Lo tiró al suelo de un manotazo y lo pisó sin ni siquiera mirarlo.

—¿Qué ha pasado?

—No sé mucho. Ha llegado con dificultad respiratoria, fiebre alta... Le han metido directamente en intensivos.

Iker se quedó en silencio un segundo mientras intentaba procesar todo lo que le decía. Amaia lo miró fijamente, intrigada, mientras esperaba aclaraciones.

—Voy para allá —dijo con decisión, antes de colgar y guardarse el móvil en el bolsillo del chubasquero.

—¿Qué ocurre? —preguntó su compañera sin pasar por alto la tensión que se había acumulado en el rostro de su superior.

Ibarguren tragó saliva mientras sentía un nudo apretado en su garganta.

—Etxaniz. Lo han ingresado en la UCI.

—Joder —escupió ella, abriendo los ojos como platos.

—Voy al hospital. Te llamo en cuanto sepa algo.

Amaia apretó los labios, dudando si decir algo más.

—Dale ánimos de mi parte...Y avisa si puede recibir visitas...

Iker se limitó a mover la cabeza en señal de asentimiento. Se dio la vuelta y se dirigió rápidamente hacia su coche.

Joder. Joder. Apretó el volante con fuerza mientras procuraba calmarse y no perder el control. Fuera, la lluvia arreciaba. Encendió el motor y abandonó el aparcamiento mientras escuchaba la voz urgente de Maitane reproduciéndose en su cabeza. Después pisó el acelerador.

Joder.

16

Iker cruzó las puertas de la UCI con paso acelerado mientras paseaba su mirada por el personal sanitario que se desplazaba de un lado a otro de la planta. El sonido de los monitores y el olor a desinfectante lo inundaba todo, clavándose en su pecho de forma opresiva.

Caminó unos pasos al frente cuando su mirada se topó con la de Maitane, que aguardaba junto a la puerta de la sala de espera de los familiares. Llevaba puesto el uniforme azul del hospital y tenía el cabello largo recogido en un moño flojo. Parecía agotada. Iker no pasó por alto lo enrojecidos que tenía los ojos después de las horas de guardia que llevaba haciendo desde la noche anterior.

—Me han dejado entrar —murmuró él, acercándose.

—He pedido un favor —dijo ella, intentando esbozar una sonrisa.

Pasó un brazo por su cintura y la atrajo contra él. Se quedaron así unos segundos, sin necesidad de hablar.

—¿Qué dice el médico? —preguntó él en voz baja.

Maitane suspiró con gesto expresivo.

—Tiene mala pinta, Iker. Peor de lo que parecía. El cáncer ha avanzado más rápido de lo que pensábamos… —afirmó con pesar—. No sé, algo me dice que va a haber que operar, aunque el oncólogo tampoco es muy partidario de ello.

Iker cerró los ojos un instante. Sabía lo que eso significaba. Gonzalo ya le había dicho que las esperanzas eran mínimas, que la metástasis estaba extendida. Pero una cosa era escuchar la teoría y otra muy distinta verlo allí, en una habitación helada de la UCI, rodeado de cables y máquinas que parecían estar más vivas que él.

—Mierda… —musitó, llevándose una mano a la nuca.

Maitane le acarició la espalda con suavidad, apretándolo un poco más contra ella.

—Va a necesitarte ahora más que nunca —susurró.

Iker la miró y, sin pensarlo demasiado, la besó.

—Anda, entra antes de que me arrepienta de haber usado mis contactos para colarte aquí.

Iker intentó sonreír, pero no lo consiguió del todo. Agradeció el gesto con un leve asentimiento y, tras soltar un suspiro profundo, empujó la puerta de la habitación. El cuarto estaba casi en penumbra y el pitido rítmico del electrocardiograma era lo único que rompía el silencio sepulcral de aquel lugar.

Gonzalo Etxaniz yacía en la cama, más pálido de lo que Iker jamás lo había visto. Los tubos de oxígeno le cruzaban la nariz y una vía intravenosa se hundía en su brazo, conectada a un gotero. Iker tragó saliva y se acercó todavía más, arrastrando la silla hasta quedar junto a él.

—Joder, tío... —musitó, con la voz más quebrada de lo que hubiera querido.

No obtuvo respuesta. Gonzalo dormía profundamente, sedado, ajeno a todo lo que ocurría a su alrededor. Iker apoyó los codos en las rodillas y se inclinó un poco hacia adelante.

—Ya puedes despertarte pronto, colega. Te necesito de vuelta en la oficina...

Iker se rio para sí mismo, antes de continuar.

—¿Te acuerdas de cuando nos conocimos? —rememoró, esbozando una sonrisa melancólica—. Nos pusieron juntos en la oficina porque nadie nos aguantaba. Éramos dos gilipollas con demasiado ego, tratando de demostrar quién la tenía más grande.

Suspiró, pasando la mano por su nuca.

—Éramos unos niñatos que necesitaban palos para madurar... Me acuerdo de la primera vez que nos tomamos una copa después del turno... Dijiste que eras un cabrón con tus parejas, pero un amigo leal. Y no me mentiste. No me extraña que ninguna tía te quiera aguantar... ¿Sabes? A veces no sé ni cómo te aguanto yo... —murmuró—. Bueno, sí. Imagino que lo hago porque en algo llevabas razón... Eres un amigo leal.

Etxaniz seguía inmerso en aquel sueño y solamente el pitido de la máquina acompañaba a Ibarguren en aquella conversación.

Iker resopló y apoyó una mano en el colchón, junto a él.

—Son muchos años juntos, tío... No puedes fallarme ahora.

La única respuesta que obtuvo fue el suave silbido del oxígeno entrando por la mascarilla. Iker sintió una opresión en el pecho que apenas pudo controlar. Se llevó las manos al rostro y exhaló despacio, intentando mantener la compostura y controlar las lágrimas. No era momento para echarse a llorar. No era el momento de venirse abajo...

Joder.

—Tienes que salir de esta o, si no, te juro que yo mismo te despertaré de una paliza, ¿me has entendido?

El coche avanzaba por la autovía con los limpiaparabrisas funcionando a toda velocidad y el repiqueteo constante de la lluvia como telón de fondo. Ibarguren conducía con una mano en el volante y la otra en la ventanilla, con el codo apoyado mientras se masajeaba la sien en un intento de calmar la migraña.

El móvil vibró sobre el asiento del copiloto y el nombre de Amaia apareció en la pantalla.

—Dime —respondió sin apartar la vista de la carretera.

—¿Qué tal está Etxaniz?

Iker tardó un par de segundos en contestar. No quería decirlo en voz alta, no aún.

—Le están haciendo pruebas —respondió vagamente, sin querer entrar en detalles.

Amaia no insistió. Sabía que, si Iker no quería hablar, no lo haría.

—He visto que ya se ha aprobado la orden de registro.

—Sí, estamos aquí —anunció ella con voz pausada, antes de resoplar.

—¿Y tenéis algo que sea útil para la investigación?

—Sí, por eso te llamo —comentó, directa al grano—. Hemos encontrado una prenda con restos de agua salada.

El pulso de Iker se aceleró levemente.

—No me jodas, Amaia… ¿Agua salada? —preguntó ansioso, en busca de detalles—. ¿Qué prenda?

—Un abrigo. Negro. Parece que es el mismo que se ve en las imágenes y en las grabaciones, así que lo hemos enviado al laboratorio —explicó con rapidez—. Ya veremos si los de la científica encuentran ADN de la niña.

Iker apretó el volante.

—Joder…

—Eso no es todo —continuó Amaia—. También hemos encontrado una pulsera infantil.

El corazón de Iker se encogió. No hacía falta que Amaia le dijera lo que ambos estaban pensando.

—¿Ninbe llevaba una pulsera el día que desapareció?

—Su madre no la ha mencionado, pero le he mandado una foto para que la identifique.

Iker maldijo entre dientes y bajó la ventanilla un poco, dejando que el aire frío se colara en el interior del coche. La sensación de ahogo le oprimía el pecho.

—¿Cómo ha reaccionado Ainhoa Larreta al registro?

—Cada vez está más nerviosa e irritable. No le ha gustado nada que tocáramos sus cosas —relató Amaia, cogiendo carrerilla—. Al principio parecía mostrarse colaboradora, pero cuando hemos encontrado el abrigo y la pulsera… En fin, se ha puesto a la defensiva.

—¿Algo más? —preguntó, sintiendo que aún faltaba la pieza clave.

Amaia hizo una pausa.

—Tenemos un nombre.

Iker arrugó el entrecejo.

—¿Qué nombre? ¿A qué te refieres?

—Eneko Larrazabal.

El nombre no le sonaba de nada. Rebuscó en su mente, repasando testimonios de uno en uno, pero nada. No encontró nada. Si había aparecido con anterioridad en el caso, lo había pasado por alto.

—¿Quién es?

—Eso es lo interesante. Durante el registro, hemos encontrado emails, llamadas, cartas... Algunas muy recientes. Este tipo y Ainhoa han mantenido una comunicación frecuente y activa durante los últimos meses.

Iker inspiró hondo.

—Mierda… ¿Hablaban de la niña?

—Mejor nos vemos en la oficina y te lo cuento todo. ¿Te parece?

—Voy para allá —respondió Iker, antes de pisar el acelerador a fondo.

Diez minutos más tarde, Ibarguren aparcaba en doble fila en el parking y se adentraba en el interior de la comisaría con paso acelerado. Aunque el sistema de ventilación aún funcionaba, el peso y la tensión parecían haber desplazado el oxígeno de la misma.

Iker contempló a sus compañeros, que estaban inmersos en distintas tareas frente al ordenador. Todos parecían cansados, demasiado cansados. La investigación había empezado a pasarles factura a todos y la presión que la prensa ejercía para la busca y captura de un culpable estaba consiguiendo que las prisas lo precipitasen todo.

Sus botas resonaron en el suelo de linóleo mientras avanzaba con paso acelerado por el pasillo. Entró en la sala de reuniones sin llamar y se encontró con Amaia, que estaba sentada frente a la carpeta de resultados con una expresión grave en el semblante.

—Blanca ha identificado la pulsera. Es de Ninbe.

Joder.

Iker desvió la mirada hacia los documentos.

—¿Ya han ido a por Ainhoa Larreta? ¿Habéis mandado a alguien a detenerla?

Amaia asintió.

—Hace diez minutos… —contestó, y luego bajó el tono de voz—. Han tenido que reducirla. No ha querido venir por las buenas.

Iker pasó una mano por su nuca mientras sentía la rigidez de sus músculos. ¿Por qué no le sorprendía?

—Pues solamente nos queda esperar —dijo mientras su compañera le tendía la carpeta para que se pusiera al día.

Iker la tomó y se dispuso a examinar su contenido. La migraña le martilleaba con fuerza en la sien, pero repasó cada texto escrito, cada email que aquella mujer se había enviado con Eneko Larrazabal.

—Hostia puta... —blasfemó con un nudo en la garganta.

Eran dos putos lunáticos. Dos enfermos mentales.

Repasaba con atención cada mensaje y correo cuando el aullido de una sirena rasgó el silencio del lugar. Agudizó los sentidos, a la espera, y escuchó cómo los neumáticos de un coche chirriaban contra el asfalto del parking de la comisaría. Minutos después, la puerta principal se abría de golpe y el caos irrumpía violentamente en la comisaría. Iker se levantó de la mesa, recorrió el pasillo y contempló a Ainhoa Larreta, que forcejeaba con dos agentes. Tenía el cabello enredado, el rostro desencajado y no dejaba de patalear.

—¡Soltadme, hijos de puta! ¡No tenéis derecho a hacer esto! ¡No he hecho nada!

Como era de esperar, nadie hizo caso a sus protestas. Ibarguren suspiró con gesto de agotamiento mientras se decía a sí mismo que aquel interrogatorio sería más largo de lo previsto en un principio.

—¡ASESINA!

El grito helado, cargado de llanto, rasgó el caos del ambiente.

Blanca estaba en la entrada con el rostro desencajado. «Lo que faltaba», pensó Iker, intentando decidir cómo debía gestionar la situación que se le presentaba.

—¿Por qué? ¿Por qué mi niña? —gritó histérica, mientras un silencio helado se extendía por la comisaría.

—Joder —escupió Iker, nervioso.

—¿Por qué lo hiciste? —chilló Blanca con la voz cada vez más descompuesta—. ¿Por qué nos la has quitado? ¡Era solo una niña!

Ainhoa se quedó inmóvil por un instante, solo durante una fracción de segundo. Después abrió la boca, dispuesta a responder. Estaba claro que buscaba las palabras adecuadas, pero que no encontraba ninguna. Iker reparó en Víctor, que estaba junto a su mujer. Guardaba silencio, aunque mantenía los puños prietos y la mirada torcida hacia un lado. Resultaba evidente que no era capaz de mirar a su tía, de enfrentarse a ella.

—Mi pequeña… Mi niña…

A Blanca le temblaban los labios mientras Marije se mantenía allí, serena, inmóvil, tranquila. Se había colocado junto a su hija, salvaguardando una postura

166

impecable. ¿Qué hacía ahí? ¿Para qué había acudido a comisaría? ¿Por qué narices tenía que estar en todas partes? Ibarguren la detestaba. Detestaba su porte, su forma de contemplarlo todo desde lo alto. Se fijó en ella, recorriendo cada posible microgesto que pudiera sonsacar de su pasividad. Pero nada. Su puta expresión era indescifrable, demasiado controlada para una abuela que se encontraba frente a la asesina de su nieta.

Aprovechando la confusión del momento, Ainhoa intentó zafarse de los agentes, pero estos la sujetaron con fuerza, aprisionándola en contra de su voluntad.

—¡No tenéis ni puta idea de lo que estáis haciendo! —chilló fuera de sí—. ¡Esto es una puta caza de brujas!

Inmovilizada, la arrastraron por el pasillo hacia la sala de interrogatorios mientras sus gritos aún resonaban contra las paredes.

—¿Crees que la familia va a necesitar asistencia?

—Puede que Blanca Gutiérrez sí, no lo sé —opinó Iker mientras contemplaba a la mujer que acababa de desplomarse en una silla cercana.

Su cuerpo se había encogido y temblaba como una hoja mientras escondía el rostro entre sus manos. No podía verle el semblante, pero adivinaba por los espasmos que su respiración se había vuelto irregular y caótica.

—Sí. Que pidan una ambulancia —ordenó, antes de perderse por el pasillo.

Sentía el peso de aquel día sobre sus hombros como una losa que poco a poco lo iba aplastando sin piedad. Y lo peor de todo es que era plenamente consciente de que aún quedaba lo más difícil por delante.

Entró en la sala de interrogatorios con aire abatido. Las paredes grises estaban desnudas y la luz fluorescente del techo irradiaba una frialdad implacable sobre la estancia. El aire olía a tensión, a sudor.

Ainhoa Larreta estaba sentada en la silla con la cabeza gacha y la vista fija sobre sus propias manos. Tenía los nudillos blancos y los dedos entrelazados entre sí. Iker respiró, intentando recargarse con algo de paciencia mientras tomaba asiento frente a ella. Se quedó mirándola. La piel de su rostro estaba tensa, aunque su mirada seguía parcialmente escondida bajo la cortina de cabello revuelto.

Iker cruzó los brazos sobre la mesa y la estudió en silencio. Había interrogado a muchos sospechosos en su vida, los suficientes como para reconocer de un primer vistazo cuando uno tenía algo que ocultar, algo que temer.

—Llevabas un abrigo en pleno agosto —dijo al fin, con tono neutro—. ¿Por qué?

No pensaba andarse con rodeos. Estaba agotado.

Iker esperó una respuesta, pero nada. Ella no se movía. Aun así, percibió un ligero tic en su mandíbula y no pudo evitar preguntarse de qué se trataba… ¿resentimiento?

—Las cámaras del cajero te captaron sacando dinero a las 19:47. Exactamente ocho minutos antes de que Ninbe desapareciera.

Esperó unos segundos más mientras dejaba que el propio lugar ejerciera presión sobre ella. La sala de interrogatorios de por sí ya resultaba lo suficientemente intimidatoria. Al final, decidió que debía cambiar de estrategia y, con desgana, empujó la bolsa de pruebas hacia ella. La cremallera estaba entreabierta y en su interior se podía distinguir la pulsera de Ninbe.

—La encontraron en tu casa. En un cajón. Entre tu ropa.

Ainhoa pestañeó. Solamente una vez, pero el gesto fue lo suficientemente elocuente como para que Iker notara que aquello la había impactado, la había debilitado. Era algo por donde tirar. Una primera grieta por donde comenzar a apretar las tuercas.

—¿Quieres explicarlo? —preguntó, inclinándose hacia adelante.

Iker la vio cerrar las manos en puños, clavándose las uñas en la carne. Pero nada. No decía nada.

El reloj de la sala de interrogatorios avanzaba con un incesante tictac que poco a poco iba desgarrando la tensión que acumulada en el ambiente.

—No sé cómo ha llegado ahí —murmuró ella finalmente.

—¿No lo sabes?

Iker se echó hacia atrás en la silla, moviéndose con la misma calma que la de un depredador que sabe que su presa está atrapada.

—Una pulsera que pertenecía a una niña asesinada aparece entre tu ropa y tú no tienes ni idea de cómo ha llegado hasta ahí... ¿En serio, Ainhoa? —apretó Iker—. ¿No se te ocurre nada mejor que decir?

Ella no levantó la mirada, pero el tic de su mandíbula tensa volvió a contraerse.

—No maté a Ninbe —escupió con los dientes apretados.

—Entonces dime por qué estuviste en el Puerto Deportivo.... Y, de paso, explícame por qué no paras de mentirme.

Ainhoa tragó saliva antes de que sus labios se entreabrieran ligeramente, pero no dijo nada.

—Te estás hundiendo tú sola, Larreta —continuó Iker, apoyando los antebrazos en la mesa—. Si colaboras, podremos entender qué coño pasó esa tarde. Pero si sigues así, la fiscalía irá directa a destrozarte.

Las paredes parecían cerrarse con lentitud mientras el aire se iba espesando. Al final, Ainhoa levantó la cabeza. El oficial se percató de que su mirada oscura estaba cargada de... ¿Rencor? ¿Miedo? Había algo profundo y primario en ella, algo que Iker no conseguía distinguir.

—No fui yo —respondió con firmeza.

Iker la estudió detenidamente. No tenía prisa, aunque tampoco quería perder el tiempo de forma absurda.

—¿Entonces quién fue, Ainhoa? Si no fuiste tú, ¿quién mató a la niña?

La mujer apartó la vista y, en silencio, aguardó de nuevo, resistiéndose a responder.

—¿Por qué llamaste a emergencias aquella tarde, Ainhoa? Tenemos tu registro de llamadas.

Ella entrecerró los ojos.

—Pensé… pensé que había oído un grito —musitó, como si las palabras le rasgaran la garganta—. Me asusté.

—¿Un grito? —repitió él con gesto de incredulidad, alzando ligeramente una ceja—. ¿Y entonces llamaste a emergencias?

—Sí.

—¿Desde dónde?

—Desde el camino que bordea el muelle. No hay acceso… —se detuvo, apretando los labios—. No podía ver bien. Solo oí algo.

—¿Y qué oíste exactamente?

—Como un chillido. Un golpe. Y luego silencio… Me dio mala espina, eso es todo.

—¿Eso es todo? —Iker la observaba con los ojos entornados—. ¿Y no se te ocurrió acercarte? ¿Buscar ayuda?

—Marqué el 112 porque pensé que había pasado algo… Pero no…, había sido simplemente un producto de mi imaginación.

Iker apretó los puños. Empezaba a impacientarse.

—¿Y por qué no nos habías contado nada de ese grito que te pareció escuchar?

—Porque ya me habían mirado mal antes. Porque sabía lo que ibais a pensar —respondió con voz ronca.

—¿Y por qué creías que íbamos a pensar mal?

Ella no respondió, pero su mandíbula seguía contrayéndose con un tic cada vez más exagerado.

—¿Tal vez porque encontramos la pulsera de Ninbe entre tu ropa? ¿Tal vez porque estuviste allí, justo antes de que la encontraran muerta entre las rocas?

Silencio. Ella no respondió.

—Sabes lo que le pasó, ¿verdad? —continuó el oficial con la voz grave y el tono cansado—. Ninbe no se cayó al agua, Ainhoa. Alguien la asfixió y se aseguró de que no sobreviviera. No fue un accidente, sino un puto asesinato.

Los ojos de Ainhoa brillaron por un segundo. Tal vez de miedo, quizás… Fuera lo que fuese, Ibarguren no fue capaz de identificarlo con exactitud.

—Yo no fui.

—Entonces ayúdame a entender esto. ¿Por qué te vemos en las cámaras del Puerto Deportivo, sola, a las 19:32? ¿Por qué llamas a emergencias a las 19:53 desde el punto más cercano a las rocas, cuando ya es demasiado tarde? ¿Y por qué, Ainhoa, tu ropa está impregnada de agua salada?

Ella, pálida, se aferró a la silla y sacudió la cabeza.

—No voy a decir nada más. Quiero un abogado.

—¿Quién es Eneko Larrazabal?

Ainhoa abrió mucho los ojos, desconectada.

—¿Quién? —balbuceó.

—No te hagas la ingenua.

—No tengo relación con él.

—¿No? Entonces, ¿por qué te citaste con él dos días antes de la muerte de Ninbe? ¿Por qué fuiste a su casa? ¿Por qué hemos encontrado un sinfín de mensajes suyos en tu buzón del correo electrónico?

—¡No fui a su casa!

—Tenemos una imagen tuya entrando en su portal en la calle Itxasalde. ¿Vas a seguir negándolo?

—No tengo nada que ver con Eneko Larrazabal.

—¿Y Ninbe? ¿Qué tiene que ver con Eneko?

—No lo sé.

—¿Y qué hacía él esa tarde? ¿Estaba en el Puerto Deportivo, contigo?

Ainhoa se llevó las manos al rostro mientras un temblor visible le recorría los hombros. No lloraba, pero algo dentro de ella se estaba rompiendo lentamente, resquebrajándose.

—No estaba con Eneko.

—¿Te citaste con él?

—No. Solo fui a caminar. Lo hago a menudo. Me ayuda a calmarme... —escupió con voz hastiada, como si repetir lo mismo la estuviera agotando—. Ya os lo he dicho, joder. Ya os lo he explicado.

Iker sujetó la libreta y anotó algo para ganar tiempo, para pensar en cómo continuar. No parecía estar dispuesta a soltar prenda.

—¿Por eso la mataste?

—¡Eso no es verdad! —gritó—. ¡Jamás le hice daño a esa niña!

Ainhoa tragó saliva y miró hacia la cámara del rincón de la sala.

—No maté a Ninbe —dijo, casi en un susurro.

—Entonces dime quién lo hizo —la azuzó Iker, una última vez.

La mujer volvió a bajar la mirada y murmuró algo en voz tan baja que apenas resultó audible.

—¿Qué has dicho?

—Que quiero un abogado —repitió, cruzándose de brazos.

Iker se quedó inmóvil sopesando si debía rendirse o no. Al final, decidió levantarse de la silla sin decir nada más y abandonar la sala. Al salir, se dio de bruces con su compañera. Amaia estaba ahí, esperándolo en mitad de aquel maldito pasillo que olía a desinfectante.

—¿Qué hacemos con ella?

El oficial pasó sus dedos por el ya frío sudor que se le había acumulado en la base del cuello. Tenía los ojos enrojecidos y estaba agotado, pero tenía que hallar la respuesta correcta a esa pregunta.

—Ibarguren, ¿qué hacemos con ella? —insistió Amaia.

Una parte de él seguía deseando que se rompiera, que confesase o que, en su caso, gritara una verdad alternativa. Cualquier cosa menos un «paseaba» por Getxo, lo que fuera con tal de cambiar su puta declaración. Pero en el fondo sabía que no lo haría… O, al menos, no en aquel momento.

—Procesadla —ordenó al fin, con la voz ronca—. Tenemos lo suficiente como para sembrar la duda.

Amaia no respondió en voz alta.

En lugar de ello, comenzó a alejarse con paso firme mientras asimilaba la derrota. Era tan consciente como su superior de que en aquel puzle aún faltaban muchas piezas por encajar, demasiadas como para dar algo por cerrado.

Iker apoyó la frente contra la pared unos segundos y sintió el frío del azulejo refrescando su piel y recomponiendo levemente el espesor de su mente.

Después visualizó la pulsera de Ninbe sobre la mesa, dentro de la bolsa de pruebas, el registro de llamadas, las imágenes de las cámaras y a Ainhoa vestida con un abrigo en pleno agosto... Y, después, la mirada rota de Blanca acudió a su mente. Esa mirada totalmente descompuesta, totalmente ida...

—¡Joder! —escupió con rabia, rompiendo el silencio que inundaba el pasillo.

Cerró los ojos y volvió a vislumbrar en su mente el pequeño cuerpo de la niña. No habían encontrado ADN bajo las uñas y tampoco en el cuello, así que no existía rastro del agresor, del asesino. No tenían nada más que horror y agua salada.

Nervioso, volvió a la sala y observó cómo su compañera le colocaba las esposas. Ainhoa no se resistió en absoluto, estaba agotada. Tampoco levantó la cabeza para mirarlo. No, en su lugar, mantenía los ojos fijos en un punto invisible del suelo.

—Ainhoa Larreta —anunció Iker con voz firme—, queda detenida por el asesinato de Ninbe Gutiérrez. Cualquier cosa que diga podrá ser utilizada en su contra.

Ella parpadeó una sola vez, pero no dijo nada.

—¿Está segura de que no quiere declarar ahora? —le preguntó Amaia siguiendo el protocolo.

Ainhoa negó con la cabeza. Le temblaban los labios, pero estaba decidida a guardar silencio.

—Pues entonces nos vamos a los calabozos, Larreta —le comunicó su compañera—. A ver si se te va
aclarando la memoria y consigues recordar algo más
que tus paseos.

De pronto, sentía que la casa se había vuelto más grande de lo que realmente era. El silencio no era solamente ausencia de ruido, sino una entidad real y pesada que se cernía con una lentitud pasmosa sobre cualquier rincón de la casa.

Blanca se revolvió en el sofá con la mirada fija en la mesa de centro. Afuera, llovía. Y las gotas de agua, arrastradas por el viento, golpeaban suavemente las ventanas antes de deslizarse como lágrimas silenciosas por el cristal. Ella seguía ahí, inmóvil, como si se hubiera fusionado con los muebles de la casa. Como si se hubiera convertido en un mueble más.

En realidad, solamente su cuerpo permanecía en aquel lugar, porque su mente vagaba por un lugar muy lejano. Sentía que se había sumergido en una espiral de dolorosos recuerdos que, poco a poco, la iban estrangulando sin piedad, sin tregua. Pero, ¿cómo abandonar aquella espiral si era lo único que le quedaba de ella?

Recordaba el parto. El dolor, el sudor, y la voz de la matrona diciéndole que empujara, que faltaba poco... y después, por fin, a su pequeña. Tan perfecta, tan cálida. Apretó los párpados. A pesar de los años, su mente aún era capaz de reproducir el llanto con una precisión quirúrgica. Su llanto. El llanto de su pequeño y perfecto bebé. Y ese olor tan especial... Ese olor tan peculiar a recién nacido que durante semanas aspiró una y otra vez pensando en cómo interiorizarlo, en cómo conseguir retenerlo para siempre en su memoria y en sus fosas nasales.

Después llegó el primer paso. Sonrió al recordar la forma en que le temblaban las piernas mientras mantenía el equilibrio con los bracitos extendidos hacia delante, buscando refugio mientras murmuraba una y otra vez «ama, ama». Blanca lloraba en silencio, sin hacer ruido. Sin molestar. Solamente recordaba y... lloraba.

Su primer cumpleaños con aquella tarta rosa y la vela torcida porque Ninbe, en lugar de soplar, la había apagado con los dedos. Sus deditos llenos de crema y ella riéndose, feliz. El primer día de colegio. ¿Por qué la había mandado tan pronto al colegio? Ahora se arrepentía. Recordó la mochilita con su nombre grabado y el temblor de su barbilla al despedirse, diciéndole que no quería ir. ¿Por qué no le había permitido quedarse en casa un año más?

Ya no habría más cumpleaños. Tampoco habría adolescencia, ni amores, ni cuadrilla, ni fiestas, ni viajes, ni universidad. Nada. Blanca se abrazó las rodillas mientras sentía cómo el dolor le iba abrasando la piel. Quería gritar. Quería que la misma tierra la engullera para siempre. Quería morirse.

—Tienes que comer algo.

La voz de Marije llegó desde el umbral del salón.

Blanca levantó la cabeza con evidente esfuerzo y comprobó que su madre seguía ahí, erguida, con los brazos cruzados. Esperaba una respuesta, por supuesto, pero ella no tenía fuerzas ni para un monosílabo.

—¿Me has escuchado, Blanca? Tienes que comer algo —repitió de nuevo.

Se fijó en su entereza y en que sus ojos no contenían rastro alguno de llanto. ¿Cómo? ¿Cómo podía ser tan fría? ¿Cómo podía estar tan… bien? ¿Por qué no la echaba de menos? ¿Cómo podía seguir adelante sin su nieta?

—No tengo hambre —murmuró al final, consciente de que, de otro modo, no la dejaría en paz.

—Pues vas a enfermar. Y ahora más que nunca no puedes permitirte eso.

Blanca sintió un escalofrío, pensando en ese «ahora más que nunca». ¿Y cuándo sería buen momento? Ninbe no iba a regresar. Ninbe no iba a volver a casa.

Odiaba con toda su alma aquel tono neutro de su madre y aquella manera de hablar que tenía. Daba la sensación de que su lógica aplastante pudiera ordenar el caos y… borrar el dolor. Moldearlo a su voluntad.

Marije se acercó hasta ella y le pasó la mano por la frente, comprobando su temperatura corporal.

—¿Cómo puedes estar tan tranquila? —susurró con voz áspera, sin apenas fuerzas para gritar.

Su madre arqueó una ceja.

—No estoy tranquila —respondió con calma.

—Pues eso es lo que parece.

Su madre suspiró con gesto de cansancio.

—Alguien tiene que mantenerse firme, cariño —dijo, mirándola—. Aún tengo una hija a la que cuidar.

Blanca sintió cómo la ira burbujeaba en su interior. ¿De verdad era consciente de lo que acababa de decir?

—Era mi hija, *ama*.

—Y también era mi nieta.

—Pues no lo parece —repitió Blanca mientras sentía que algo dentro de ella se rompía aún más—. ¿Por qué no hablas nunca de ella?

—¿Para qué? ¿Para torturarte más? —respondió finalmente—. ¿Para recrearnos en el dolor?

Blanca sintió un nudo en la garganta.

—Tienes que ser fuerte —continuó su madre, con la misma voz impasible—. No solo por ti, sino por todos los que quedan.

Blanca cerró los ojos con fuerza. No quería escucharla. No quería su lógica aplastante. No quería su fortaleza. No quería nada de ella.

Marije dio un par de pasos y, en silencio, se sentó en el sillón contiguo. El salón se había quedado ligeramente enterrado en penumbra y, afuera, la tormenta comenzaba a ganar fuerza.

—¿Por qué lo hizo? ¿Por qué nos quitó a nuestra niña? —susurró con voz temblorosa.

Su madre no respondió. En lugar de decir nada, continuó con el mismo gesto impasible contemplando el vacío del salón.

—¿Crees que fue ella, ama?

—No hay otra explicación, hija —respondió con la mirada perdida—. ¿Por qué tendría si no la pulsera de Ninbe en su casa?

Blanca comenzó a llorar con más fuerza.

—No entiendo por qué… No entiendo…

—Ahora solo nos queda esperar y ser fuertes, Blanca. No sirve de nada llorar.

Blanca la miró de reojo mientras sentía cómo la náusea volvía a retorcerle el estómago.

—¿Esperar a qué?

—¿Y qué propones que hagamos, Blanca? —Marije se reclinó en el sillón con la misma calma inexpresiva de siempre—. ¿Golpear la puerta de la comisaría hasta que confiese?

—¡Es mi hija! ¡Y la ha matado! —gritó sin fuerzas, apretándose sobre sí misma.

Deseaba desaparecer. Morir.

—Créeme, Blanca, no hay castigo que pueda devolvérnosla. Y cuanto antes entiendas esto, mejor será para ti.

El temblor en las manos de Blanca se intensificó.

—¿No sientes rabia? ¿No quieres gritar? ¿No quieres respuestas?

Marije la observó durante un largo rato antes de responder.

—Lo que yo quiera no importa —contestó—. Lo único que importa es lo que podemos hacer ahora.

Blanca sintió que la habitación se encogía a su alrededor. No podía respirar bien... El dolor era demasiado intenso, demasiado opresivo.

—Voy a hacer té —dijo Marije, levantándose del sillón con calma—. Te vendrá bien.

Blanca sintió un escalofrío y, por un instante, envidió la fortaleza de su madre. Después cerró los ojos y la imagen de Ninbe regresó a su mente: su vocecita llamándola en mitad de la noche y sus manitas, inquietas y asustadas, agarrando las suyas. Y luego... el vacío. El profundo vacío que tenía en su corazón.

Escuchó el borboteo del agua hirviendo y, unos minutos después, Marije regresó al salón con dos tazas y una bandeja, que dejó en la mesa.

—¿Cómo lo haces? —inquirió—. ¿Por qué no lloras? ¿Por qué no gritas?

—Porque no gano nada gritando o lamentándome —respondió—. ¿Quieres que llore? ¿Quieres que grite?

—Quiero que sientas algo —susurró Blanca.

El té humeaba en las manos de su madre.

—¿Eso cambiará algo? —preguntó.

No. No cambiaría nada.

Blanca sintió un vértigo extraño mientras ese abismo que tenía dentro cada vez se amplificaba más. No podía evitarlo... Ella, simplemente, no podía evitarlo. Sin poder contenerse, comenzó a sollozar.

—Tienes que calmarte, Blanca —repitió Marije a modo de conclusión—. Voy a recoger la cocina. Si me necesitas, llámame.

¿Cómo iba a calmarse si no le quedaban fuerzas para vivir? ¿Si lo único que anhelaba era dormirse y no volver a despertar jamás?

Iker apoyó los codos en el escritorio y se masajeó las sienes con lentitud.

—Puto dolor de cabeza —gruñó en voz alta mientras sentía una punzada insistente y constante contra su cráneo.

No le daba tregua. Suspiró, procurando concentrarse en lo que tenía entre las manos. Sobre la mesa había un montón de documentos desperdigados: informes, fotografías y anotaciones de Amaia con varios nombres subrayados. La luz de la lámpara del escritorio estaba encendida en su más baja tonalidad, pero incluso esa le perforaba la cabeza causándole un dolor insoportable.

Afuera, la tormenta rugía con fuerza. El agua golpeaba las ventanas y el viento agitaba todo a su paso. El sonido constante y monótono de la lluvia llenaba la casa como si se tratase del murmullo de un habitante más. Arriba todo seguía en calma. Las niñas dormían y Maitane, probablemente, estaría esperándole con algún libro abierto sobre el regazo. Iker sintió una punzada de envidia hacia ella. A pesar del horror al que se enfrentaba cada día en el hospital, era capaz de llegar a casa y desconectar… De cerrar los ojos, relajarse y, simplemente, dejarse llevar.

Pero él no podía. O, al menos, no cuando todo en su interior le gritaba machacadamente que algo no encajaba. Tomó aire y deslizó los dedos por la carpeta etiquetada con el nombre de Ainhoa Larreta. ¿Lo hizo sola? ¿Mató a Ninbe por venganza? ¿Hubo alguien más implicado en el caso? ¿Tenía un móvil lo suficientemente firme? Se inclinó hacia adelante y abrió otro expediente. Eneko Larrazabal. La carpeta estaba repleta de la correspondencia que había mantenido durante meses con Ainhoa. No eran simples mensajes sueltos, sino conversaciones largas y, algunas, cifradas en un lenguaje académico que Iker no era capaz de procesar. Eran crípticas, demasiado crípticas. Daba la sensación de que hablaban en clave.

Iker pasó las hojas con rapidez en busca del historial profesional de aquel hombre. Lo había repasado, pero no perdía nada por volver a echarle un vistazo a todo.

—Profesor de historia en la UPV —leyó en voz alta.

Especializado en mitología vasca y autor de varios libros sobre rituales antiguos. Había un párrafo en concreto que Amaia había subrayado para que no pasase por alto:

«*En sus estudios, Larrazabal ha explorado las creencias ancestrales del pueblo vasco, con especial énfasis en las ofrendas y sacrificios que se realizaban a los seres mitológicos. En particular, su investigación sobre los antiguos rituales de Basandere ha sido objeto de controversia. Aunque la mayoría de historiadores coinciden en que estos mitos se reducían a prácticas simbólicas, Larrazabal ha defendido la posibilidad de que algunos rituales implicaran sacrificios reales, especialmente de niños.*»

Iker sintió un escalofrío reptándole la columna. Joder.

—Otro puto chalado.

Larrazabal no solo había estudiado estos rituales. Creía en ellos. ¿Había estado compinchado con Ainhoa? ¿Habían tomado parte los dos en el asesinato de la niña?

Pasó las páginas con ansiedad, encontrando más información subrayada por su compañera:

«*Los textos recogidos por Larrazabal mencionan la existencia de pequeños grupos dentro de comunidades rurales que intentaron revivir estos rituales en el siglo XX, bajo la creencia de que eran necesarios para asegurar la fertilidad de la tierra y la protección de la comunidad.*»

Iker tragó saliva y la tormenta rugió con más fuerza. Algo dentro de él le decía que estaban enfocando mal la investigación. Ainhoa había mentido, sí. Había ocultado información y las pruebas en su contra eran cada vez más contundentes. Pero... ¿Y si no lo había hecho sola? ¿Y si aquel tipo también estaba implicado? Y en el peor de los casos... ¿Y si no había sido ella? Necesitaban una puta confesión, porque la pulsera por sí sola no demostraba nada. No se sostendría en un juicio, e Iker era consciente de ello.

Cerró el expediente de golpe mientras sentía su propia respiración acelerada y tensa.

Estaba convencido de que Ainhoa Larreta sabía más de lo que decía, aunque también empezaba a sospechar que ella solamente era una pieza, parte del engranaje. De ser así, resultaría casi imposible sonsacarle una confesión.

Cansado, apoyó la espalda contra el respaldo de la silla y suspiró. Se pasó las manos por la cara mientras sentía los párpados pesados y los músculos de la mandíbula tensos. Poco a poco iba decayendo, aunque su mente seguía funcionando a gran velocidad. Encendió la pantalla del ordenador y tecleó «Eneko Larrazabal» en el buscador. Su rostro apareció en un primer plano, observándole desde una fotografía antigua y descolorida. Parecía un hombre normal, de mediana edad, con el cabello entrecano y unas gafas de montura gruesa. Iker pensó que tenía una expresión de intelectual arrogante e insoportable. Había algo, tenía algo... algo que lo inquietaba. Una especie de fervor fanático capaz, incluso, de traspasar la pantalla.

Iker tamborileó con los dedos sobre la mesa mientras repasaba los detalles del caso. ¿Qué tenían realmente? Un historiador obsesionado con los rituales antiguos, con una fijación especial por Basandere y las prácticas que, según él, habían sido injustamente borradas por la modernidad. Pero lo más preocupante era su conexión con Ainhoa y el maldito altar que alguien había dejado en el jardín de Blanca. Volvió a extender la documentación por la mesa, decidido a repasar uno a uno todos los putos correos hasta tener algo. Lo que fuera. Si Eneko Larrazabal había estado implicado en el asesinato de Ninbe, tenía que haber quedado huella… Haber dejado algo. Comenzó a leer, uno a uno, hasta que localizó un mensaje fechado tres semanas antes del asesinato de Ninbe.

«Eneko, he estado pensando mucho en lo que hablamos la última vez. No sé si estoy lista, pero creo que es el único camino. Necesito entenderlo. Necesito hacer las paces con lo que soy.»

El estómago de Iker se revolvió. ¿Qué demonios significaba eso? El «único camino»… ¿Hacia qué? Sintió el dolor de cabeza intensificarse con más fuerza, así que dejó de lado la documentación y se levantó en busca de un vaso de agua.

La casa seguía en absoluto silencio. Caminó hasta la cocina, bebió un sorbo de agua y volvió al escritorio. Se dejó caer pesadamente en la silla, con la misma maldita sensación que había tenido anteriormente de que algo no encajaba.

El móvil vibró sobre la mesa con un mensaje de Amaia.

«He revisado las comunicaciones de Ainhoa con Larrazabal. Hay una llamada la tarde del asesinato. Duró casi cinco minutos.»

Joder. Cogió el móvil y en lugar de responder, pulsó la tecla verde de llamada. A pesar de las horas tardías, Amaia descolgó de inmediato.

—Dime que tenemos la geolocalización de esa llamada.

—Estamos en ello. Pero hay más —la voz de Amaia sonaba tensa y en alerta—. El tipo lleva desaparecido unos dos días...

Iker guardó silencio, intentando asimilar a qué se refería con aquello último.

—¿Cómo que lleva desaparecido dos días?

—No ha dado clases en la UPV, no ha usado tarjetas ni ha pasado la noche en su casa. Un vecino dice que lo vio marcharse con una mochila al hombro, pero sin coche.

Iker cerró los ojos un instante.

—Está huyendo.

—Eso parece.

—¿Ainhoa sabía que él había desaparecido?

—No lo sé. Pero no tiene sentido que de repente

se largue... Bueno, no lo tendría si no tuviera algo que esconder.

El viento sacudió las ventanas con violencia mientras el oficial se levantaba de golpe del escritorio.

—Tenemos que encontrarlo antes de que desaparezca por completo.

—Voy a pedir un informe oficial de localización —comentó—. Si ha comprado un billete de tren o autobús, lo sabremos.

Iker cortó la llamada con un nudo en el estómago y volvió la mirada hacia el hilo de correos electrónicos que tenía frente a él. Joder, aquellos dos no estaban bien de la cabeza... Estaba a punto de pasar de página cuando el nombre de un hilo de conversación consiguió captar su atención: «El valor del sacrificio en la tradición ancestral».

Abrió el primer mensaje.

De: Ainhoa Larreta

«Eneko, he estado reflexionando sobre lo que dijiste la última vez. No sé si tengo la fortaleza necesaria, pero comprendo la importancia del acto. La trascendencia del sacrificio. Me asusta, pero también me obsesiona. ¿Cómo saber si estoy lista?»

De: Eneko Larrazabal

«El miedo es un indicativo de que aún estás atrapada en la moral impuesta por siglos de ignorancia. Pero lo entiendes, Ainhoa. Entiendes que los antiguos no veían

la muerte como un final, sino como un intercambio. Como la forma más pura de equilibrar el caos. Los rituales han sido demonizados por la modernidad, pero su esencia sigue vigente. No se trata de estar 'lista', sino de aceptar el papel que te corresponde.»

Iker sintió que se le revolvía el estómago. Joder. Continuó leyendo.

De: Ainhoa Larreta

«Si lo hiciera, si tomara esa responsabilidad... ¿sería suficiente? ¿O es solo el principio?»

De: Eneko Larrazabal

«El principio y el fin son conceptos humanos. La pregunta es: ¿hasta dónde estás dispuesta a llegar?»

Iker cerró los ojos un segundo, respirando hondo. Era demasiado jodido para ser una puta coincidencia. Dejó de lado la documentación y después regresó a la pantalla para hacer una nueva búsqueda, esta vez concentrándose en Basandere y los sacrificios en su nombre.

Los textos académicos describían a Basandere como la contraparte femenina del Basajaun, el protector de los bosques vascos. Todo lo que ponía era, más o menos, lo que Maitane ya le había explicado con anterioridad. Según las leyendas, Basandere era una figura enigmática, a veces benevolente, a veces cruel. Los antiguos creían que su favor podía garantizar cosechas fértiles y protección ante el hambre, pero su ira podía traer terribles desgracias.

194

Pero lo que más inquietó a Iker fue un fragmento que encontró en un estudio antropológico sobre antiguas creencias precristianas en el País Vasco:

«En tiempos de crisis, se recurría a los 'intercambios de vida', donde se ofrecían tributos a Basandere. Algunos relatos hablan de sacrificios simbólicos, como el derramamiento de sangre de animales, pero en las versiones más antiguas se menciona la entrega de niños a los montes como ofrendas.»

—Putos chalados… —murmuró en voz alta, tragando saliva.

¿Se podía encontrar ahí algún paralelismo? Ninbe había aparecido en el agua y había sido depositada entre las rocas, en el mar Cantábrico.

¿Alguien había intentado recrear un antiguo sacrificio? Con la vista cansada, volvió a repasar los correos mientras intentaba encontrarles más sentido. La «trascendencia del acto». Joder. «El equilibrio del caos».

—El papel que te corresponde… —leyó en voz alta mientras se decía a sí mismo que aquello sonaba a justificación retorcida a algo… algo demasiado macabro.

Sintió cómo la tensión crecía en su interior y se apretaba contra su cuello. ¿Y si Eneko la había manipulado para que lo hiciera? ¿Y si en el fondo el cabecilla de todo seguía suelto? Una corazonada se instaló en su pecho mientras abría el programa del cuerpo policial. Debía rebuscar en los registros sobre grupos de ocultismo o desapariciones con patrones similares. No había demasiado de donde tirar, aunque terminó dando con un caso en Navarra que tenía una antigüedad aproximada de veinte años. Un niño desaparecido. Nunca se encontró su cuerpo, pero su ropa apareció en la orilla de un río. En su momento, la investigación había apuntado a un crimen ritual, pero la falta de pruebas llevó a que el caso se cerrara sin culpables. Iker revisó los archivos de la época y… ¡Sorpresa! Aunque no había nombres, sí un apellido en común que se repetía: Larrazabal.

—¡Joder!

Pulsó en la carpeta y, mientras esperaba a que se descargasen los archivos, sintió la vibración del móvil contra la mesa del ordenador. Lo cogió con la mano, distraído y sin apartar la mirada del cursor que parpadeaba en la pantalla del ordenador, enmarcando tres palabras que le revolvieron el estómago: *Sacrificio. Equilibrio. Intercambio.* Contestó al aparato sin mirar, totalmente convencido de que se trataría de Amaia.

—Dime que tienes algo.

El suspiro de la agente resonó en el otro extremo de la línea.

—Eneko Larrazabal tiene antecedentes.

Iker cerró los ojos un segundo.

—Joder, Amaia. No me jodas.

—Ojalá estuviera de coña.

De pronto, tenía la sensación de que el aire de la habitación se había vuelto más tenso.

—No es solo un académico chalado, Iker —continuó Amaia, con esa forma suya de escupir las palabras cuando la rabia le hervía en la garganta—. Puede ser un puto asesino en serie.

No era una afirmación, solamente una suposición. Iker miró la pantalla mientras intentaba valorar la situación. No. Aquel tipo no era solo un excéntrico. Y lo que tenían entre manos, sin duda, producía escalofríos: correos electrónicos encriptados, foros privados, referencias a rituales de sangre...

—Hay más —dijo Amaia—. He rastreado su actividad bancaria.

Iker se inclinó hacia adelante.

—Dime.

—Tiene una cuenta en Suiza. Movimientos extraños. Ingresos sin un patrón claro, dinero que entra y sale como si...

—¿Alguien lo estuviera financiando?

Iker estaba convencido de que aquella puta secta tenía más gente detrás de la que ni siquiera eran capaces de imaginar.

—O peor.

El destemple que sintió Iker en su cuerpo no tuvo nada que ver con la temperatura.

—¿Clientes?

—Esa es mi teoría.

El oficial exhaló, pasándose la mano por la cara mientras el cansancio lo apuñalaba cada vez con más fuerza.

—¿Últimos movimientos?

—Hace tres días. Un hotel cerca de San Juan de Luz.

El clic de su encendedor resonó en la habitación.

—Francia.

—Sí —sentenció—. Es probable que haya huido.

—O puede que haya ido a por otra víctima.

El silencio se espesó entre ellos.

—Tenemos que encontrarlo —urgió Amaia con determinación.

Se puso de pie con el corazón martilleándole el pecho. No estaban persiguiendo a un simple sospechoso. Estaban persiguiendo a un depredador, a alguien mucho más peligroso que Ainhoa Larreta. Independientemente de si había estado implicado en el asesinato de Ninbe, aquel hombre era un peligro.

—Voy para la oficina.

—Te veo allí.

Colgó y permaneció inmóvil unos segundos, consciente del temblor espasmódico con el que se agitaban sus extremidades. Después se giró hacia el pasillo con un nudo en el estómago. La casa estaba en calma, demasiado en calma. De alguna forma, tenía la sensación de que el aire era demasiado espeso, demasiado inmóvil, como si hasta las paredes contuvieran la respiración a la espera de algo inevitable. Tragó saliva. La garganta le ardía.

Despacio, se giró hacia el pasillo, que se estiraba largo y en penumbra, apenas iluminado por la luz mortecina de una lámpara encendida en el recibidor. Un nudo le apretaba el estómago. Lo conocía bien. Era el preludio del miedo, la punzada que siempre llegaba justo antes de adentrarse en lo desconocido.

Ascendió los escalones con sigilo, como si cada peldaño pudiera traicionar su presencia. El rebote de la lluvia contra los cristales acompañaba su ascenso como una banda sonora sutil, persistente, que se colaba en el alma con la melancolía de las cosas que ya no pueden cambiarse. Una gotera marcaba el ritmo desde el altillo con un *ploc* repetido que retumbaba en el fondo de su pecho.

Al llegar al piso de arriba, se detuvo frente a la puerta entreabierta del cuarto de las niñas. Compartían dormitorio desde que la más pequeña aprendió a dormir sin mojar las sábanas. Aunque, en realidad, nunca dormía del todo sin despertarse a mitad de la noche buscando la mano de su hermana mayor.

Empujó un poco más la puerta con suavidad.

El cálido resplandor de la lamparita quitamiedos dejaba al descubierto las sombras de los juguetes que, en la imaginación de las niñas, podían volverse amenazantes monstruos. Se fijó en que una de las pequeñas tenía el pie fuera de la cama. Seguramente, Nikole. Era la más inquieta de las tres, sin duda. Ane apretaba contra el pecho un peluche desgastado, con una oreja descosida y la nariz pelada de tanto uso.

Iker reparó en la cantidad de juguetes que había desperdigados por el suelo. Una muñeca yacía boca abajo junto a una caja de lápices de colores abierta a su lado. Todo estaba impregnado de una calma que dolía porque, en aquel instante más que nunca, era consciente de que afuera la noche latía húmeda, oscura y amenazante. De que, en el exterior, la oscuridad seguía esperándole con los brazos abiertos y de que nadie, absolutamente nadie, estaba a salvo del mal. Ni siquiera sus hijas.

Se quedó un rato de pie, contemplándolas, con la espalda apoyada contra el marco de la puerta mientras intentaba dilatar los segundos. ¿Qué demonios había hecho trayendo tres criaturas inocentes a un mundo tan enfermo? ¿Tan roto? ¿Tan cruel? ¿Qué derecho tenía a arrancarles su pureza y a colocarles una venda invisible que algún día se caería sola, revelándoles el caos?

El estómago se le cerró con fuerza.

Permaneció un segundo más, allí, quieto, antes de darse la vuelta y volver a descender. Agarró las llaves y, cuando estaba a punto de girar el pomo de la puerta, escuchó el roce de unos pasos descalzos contra el suelo de madera.

Se giró y se encontró con Maitane de pie en el umbral del pasillo. Se frotaba los ojos con la palma de la mano, somnolienta.

—¿Te vas? —preguntó con la voz rasposa, aún atontada por el letargo de la madrugada.

Iker suspiró cansado.

—El caso se está complicando.

Maitane se apoyó en el marco de la puerta, ladeando la cabeza.

—¿El de Basandere?

Él asintió en silencio y ella lo escudriñó durante unos segundos intentando ver a través de sus preocupaciones. No le gustaba que lo denominase de aquella manera, aunque todo indicaba que, en efecto, el caso estaba estrechamente ligado a aquel ser mitológico.

—Ten cuidado.

Iker esbozó una media sonrisa.

—Siempre lo tengo.

—No es verdad.

Él resopló con suavidad y Maitane cruzó los brazos sobre su pecho.

—Llámame cuando llegues —insistió.

—Maitane…

—Llámame.

Sabía que no iba a ganar esa batalla, así que levantó las manos en gesto de rendición aceptando aquella derrota.

—Vale. Te llamaré.

Ella pareció satisfecha con la respuesta. Se acercó y lo besó, primero con suavidad, luego con más insistencia. Iker deslizó una mano por su cintura, trazando la línea de su espalda hasta sentir la fina tela del camisón ceder bajo sus dedos.

Cuando se separaron, ella arrugó la frente y le rozó el mentón con los dedos.

—¿Has vuelto a fumar?

Iker apretó la mandíbula.

—Maitane…

—Hueles a tabaco.

Sacudió la cabeza con fingida inocencia.

—En cuanto termine este caso, lo dejo.

Ella carraspeó, dándole un leve golpecito en el pecho con el dedo índice.

—¿Por cuánto tiempo?

—Esta vez es en serio.

Maitane alzó una ceja con escepticismo, pero no replicó. Se limitó a suspirar y le revolvió el pelo con la mano antes de dejarlo marchar.

Iker salió de casa y se subió al coche. Encendió el motor y se quedó unos segundos con la mirada clavada en la carretera mojada por la lluvia. El tabaco. Etxaniz.

—Lo siento, colega —dijo.

Engranó la primera marcha, luego la segunda y pisó a fondo el acelerador.

Algo le decía que aquella noche sería larga.

Blanca estaba sentada en el sofá. No sabía si hacía frío o no, pero ella llevaba horas envuelta en una manta que no lograba calentarle los huesos. El tejido áspero le rozaba la piel con una ternura fingida, pero no alcanzaba a disipar el hielo que se le había instalado dentro. Tenía un abismo en la mirada y su cuerpo se había transformado en un peso muerto de tristeza que anclaba su vida a una realidad que detestaba.

—Blanca —dijo su madre desde el otro lado del umbral, con voz firme y serena—. Ven a la mesa.

Era una orden disfrazada de rutina, como siempre. En los labios de su madre las palabras nunca sonaban dulces, pero sí machaconas. No suplicaba. No preguntaba. Decía. Y Blanca, después de haber expuesto resistencia sin resultado, simplemente se limitaba a obedecer.

No respondió. Se limitó a dejar que su cuerpo hiciera lo que su mente ya no decidía. Se levantó con torpeza, arrastrando los pies hasta la cocina, y se sentó frente al plato.

Sin decir una palabra, Marije también tomó asiento frente a ella y comenzó a alimentarla como si fuera una niña pequeña, como si el tiempo hubiera regresado a ese punto difuso en el que todavía no era capaz de sostener la cuchara entre los dedos.

Blanca abrió la boca sin pensar, sin decidirlo. El alimento entraba y bajaba como un trámite. No lo saboreaba, no lo necesitaba. Pero lo aceptaba. Como aceptaba todo lo demás.

—Hoy has dormido un poco más —comenzó Marije, rompiendo el silencio.

Blanca asintió, aunque no sabía si era cierto porque había perdido la noción del tiempo. Las noches se habían convertido en un terreno ambiguo, un espacio suspendido entre el insomnio inducido y los sueños rotos.

No hablaban de Ninbe, aunque ella lo necesitase. Su nombre flotaba en el aire como una presencia muda, tan densa como el olor a café recién hecho. Y, sin embargo, estaba en cada rincón, en cada gesto, en cada cucharada que cruzaba el aire hacia su boca. Blanca por fin se había acostumbrado a la presencia de su madre. Y, después de todo, incluso agradecía que estuviera allí. Víctor había vuelto al trabajo, así que era ella quien la cuidaba con una precisión quirúrgica. La ayudaba a bañarse, a vestirse, a peinarse. Todo con una eficacia implacable, con la rigidez de quien no se permite flaquear. No había reproches, ni preguntas, ni lágrimas. Solo actos. Y poco a poco, todo se iba volviendo rutinario y habitual.

Después del desayuno, la llevó al baño. Calentó el agua, le quitó la ropa y después la ayudó a entrar en la ducha. Durante días había peleado contra aquello, pero sabía que lo mejor era no resistirse y, simplemente, dejarse llevar. Blanca sintió cómo el vapor la envolvía, intentando arrancarle el frío que ahora habitaba su corazón. Cansada, apoyó la frente contra los azulejos y dejó que el agua le golpeara la nuca y resbalara por su espalda, como si el dolor pudiera diluirse con cada gota. Cerró los ojos y, sin querer, la vio. A su hija, a su pequeña. Podía verla ahí de pie, en el mismo sitio que ella ocupaba en aquellos instantes, mientras jugaba con pompas de jabón y chapoteaba con los pies. Su niña... Esa que ya no volvería más.

El cuerpo se le quebró sin hacer ruido y las lágrimas comenzaron a brotar, mezclándose sigilosamente con el jabón y el agua dulce de la ducha. Rota, se dejó caer de rodillas con la boca abierta bajo el agua como si pudiera ahogarse en paz. No supo cuánto tiempo pasó de aquella postura. ¿Minutos? ¿Horas? Cuando Marije golpeó la puerta, supo que había llegado el momento de apagar el grifo. Segundos después, su madre entró en el baño para ayudarla a colocarse el albornoz y guiarla hasta su habitación. La sentó frente al tocador y comenzó a cepillar su cabello mojado con movimientos lentos, casi ceremoniales. Lo hacía como quien limpia una herida: sin suavidad, pero con cuidado. El único tipo de ternura que Blanca había conocido por parte de su madre.

—Echaba de menos esto.

Marije no respondió al instante. Solo continuó cepillando con el gesto ligeramente dubitativo.

—Siempre he estado aquí —dijo al fin—. Aunque tú no siempre hayas sabido verlo.

No había reproche en su voz. Solo una certeza sólida, como si estuviera recordándole un dato irrefutable. Blanca cerró los ojos y simplemente dejó que continuase así..., cuidando de ella.

Quizá su madre no sabía amar de otra manera. Tal vez su forma de querer siempre había sido esa: actos en lugar de abrazos, horarios en lugar de consuelos, rutinas donde otros daban afecto. Y, sin embargo..., en aquellos momentos, mientras su mundo se caía a pedazos, solo ella permanecía firme en esa estructura rígida para sostenerla en pie.

Ella simplemente se dejaba cuidar, como si ya no fuera ella. Como si poco a poco, con cada gesto, con cada cucharada, con cada noche de sueño vacío, se estuviera desdibujando del todo. El cabello aún húmedo le caía por los hombros cuando su madre dejó el cepillo sobre el tocador.

—Vamos a vestirte.

Blanca no respondió, pero sí se levantó. Sus piernas flaqueaban, pero también obedecían. Su cuerpo seguía cumpliendo cada orden como una maquinaria desvencijada a la que no dejaban rendirse del todo. Marije abrió el armario para sacar la ropa, prenda a prenda y Blanca se dejó vestir como si se hubiera transformado en un maniquí. Levantaba los brazos, agachaba la cabeza... La tela de la camiseta raspaba un poco, pero ni siquiera eso le importaba.

Después la llevó hasta el salón y le sirvió un té.

—No puedes dejarte ir —murmuró Marije, sin mirarla—. Aunque no quieras, tienes que resistir y ser fuerte.

Blanca tragó con esfuerzo. El calor del líquido le arañó la garganta hasta asentarse en el estómago como una pedrada. Se quedó mirando sus manos, apoyadas sobre la mesa. Las uñas estaban mal cortadas y su pulgar tenía una herida pequeña que no recordaba cómo se había hecho.

—No quiero seguir aquí. No quiero respirar.

Marije no dejó de alimentarla. Pero algo, en la forma en que sostuvo la cuchara durante un segundo más de lo normal, reveló que la había oído.

—Aunque no quieras, sigues aquí. Y mientras estés, hay que comer. Y hay que vestirse. Y hay que respirar.

Era su forma de amarla. Blanca lo entendía. Lo entendía ahora mejor que nunca. No con flores, ni con abrazos, ni con palabras dulces, sino con caldo caliente y ropa limpia. Con horarios, con presencia y..., con silencio.

—Gracias, ama —susurró con un tono apenas audible.

Marije no respondió.

Tomó la servilleta, limpió con delicadeza la comisura de los labios de su hija y luego retiró la taza de té. Después colocó una pastilla junto a un vaso de agua sobre la mesa auxiliar. Blanca se la llevó a los labios y, sin siquiera pensar o preguntar, la ingirió.

Se quedó quieta, muy quieta, sintiendo cómo su mente comenzaba a flotar otra vez hacia esa zona neblinosa donde nada dolía del todo y todo parecía una fotografía borrosa. La casa estaba en calma. Demasiado en calma. Y ella, sin saber muy bien cómo, seguía desapareciendo por dentro.

La tormenta se desataba con una furia implacable mientras el coche de Ibarguren avanzaba por la calle Euskal Herria, la arteria principal de Algorta. Las gotas de lluvia golpeaban sin descanso la luna delantera y el limpiaparabrisas funcionaba sin pausa a la máxima velocidad. Dentro del coche, olía a humedad y a tabaco.

Iker se pasó la lengua por el seco paladar mientras aferraba el volante con todas sus fuerzas. Sentía ese maldito nudo del estómago con fuerza, cada vez más prieto. A su lado, en el asiento del copiloto, estaba Amaia. Tenía la cabeza apoyada contra el cristal de la ventanilla y la mirada perdida en la oscuridad de la madrugada, esa que únicamente queda salpicada por los neones de los túneles de La Avanzada.

—Llevo horas dándole vueltas, Iker... Y creo que Eneko estuvo implicado en la muerte de Ninbe —murmuró sin girarse hacia él.

Ibarguren no reaccionó de inmediato. Dejó que las palabras flotaran en el habitáculo del coche, absorbiéndolas mientras sus dedos tamborileaban sobre el volante.

—Pues esperemos que así sea y que encontremos algo —respondió con la vista clavada en la carretera, mientras se esforzaba por esquivar los profundos charcos que hacían patinar sutilmente los neumáticos—, porque ahora mismo tenemos muy poco para presentar con solidez en un juicio contra Ainhoa Larreta.

Amaia se giró hacia él, extrañada.

—¿Muy poco? Tenemos la pulsera de la niña en su casa. Y la ropa mojada.

Iker negó con la cabeza, tragándose la impaciencia. Sentía un dolor sordo en la nuca, de esos que se clavan justo en la base del cráneo cuando pasas demasiadas horas sin dormir.

—No creo que sea suficiente —respondió—. Tal vez para la fiscalía sí, pero en un juicio no se sostendría.

Amaia chasqueó la lengua y cruzó los brazos en su pecho antes de removerse, inquieta, sobre su asiento.

—Joder, Iker, pero tiene que significar algo. Esa ropa mojada tenía restos de agua salada, y la pulsera...

—Sí —la interrumpió él, sin alzar la voz, pero con la mandíbula rígida—, pero hasta ahora solo son pruebas circunstanciales. ¿Qué le dices a un jurado? ¿Que encontró la pulsera tirada en la calle? ¿Que estaba paseando cerca del puerto y se mojó la ropa? O que se dio un paseo por Ereaga... —Iker resopló—. Sin una confesión o algo que la vincule directamente con la escena del crimen se nos puede caer todo el caso. Y... —suspiró, cansado—, por lo que he visto no está dispuesta a confesar.

El silencio se instaló de nuevo entre ellos. Amaia apoyó la cabeza en el respaldo y cerró los ojos un segundo, exhalando despacio mientras procuraba relajarse.

—Tiene que haber algo más —musitó, casi para sí misma.

Iker desvió la mirada hacia ella un instante y volvió a centrarse en la carretera.

—Por eso estamos yendo a casa de Eneko —respondió con voz grave—. Si encontramos algo que lo vincule con Ainhoa, si podemos demostrar que Ninbe no fue una víctima al azar, sino que formaba parte de algo más... entonces sí tendremos un caso sólido.

Amaia se frotó la cara con ambas manos, agotada. Se notaba que el peso del caso le estaba pasando factura anímicamente. A ella y, por supuesto, también a Iker.

—¿Y si no encontramos nada? —preguntó con un hilillo de voz mientras el sonido de la lluvia golpeaba sin cesar el techo del coche.

Iker apretó los dientes, observando la carretera con gesto decidido.

—Entonces tendremos que seguir buscando —respondió con gravedad—. Porque sé que Ainhoa miente. Y ahora mismo, Eneko es nuestra mejor apuesta para entender qué cojones está pasando.

Amaia asintió despacio sin añadir nada más.

La calle se estrechaba a medida que se adentraban en las zonas más altas de Leioa. Los árboles se curvaban por el peso de la tormenta mientras la lluvia cada vez ganaba más fuerza, como si quisiera tragarse el propio coche a su paso. Cuando por fin doblaron hacia el camino de tierra que llevaba al caserío de Eneko Larrazabal, el barro salpicó los bajos del coche mientras las ruedas se hundían en el fango de forma profunda.

—Joder... A ver si luego podemos sacarlo de aquí —escupió, justo antes de apagar el motor—. Vamos.

Salieron del coche corriendo y cubriéndose como buenamente podían, aunque la capucha de Amaia se desplomó sobre su cara en cuanto pisó el barro.

—Hostia puta —gruñó mientras sus zapatillas se hundían en el barrizal hasta el tobillo.

Iker ni siquiera se percató. Caminó al frente, concentrado, mientras iluminaba los metros que tenía por delante con la linterna del móvil. El caserío se alzaba frente a ellos sumido en un silencio sepulcral.

Subieron los tres peldaños de piedra resbaladiza hasta el porche cubierto. Iker rebuscó en su bolsillo trasero y sacó una pequeña herramienta metálica.

—¿Tienes práctica en esto? —susurró Amaia, que miraba nerviosa hacia los árboles.

—La suficiente —respondió él sin girarse, encajando la ganzúa con precisión milimétrica.

Amaia guardó silencio e Ibarguren se concentró en la tarea que se traía entre manos. Unos segundos más tarde, se oyó un clic seco, casi imperceptible, que indicaba que la cerradura había cedido a la presión.

—Vamos —ordenó Iker, empujando la puerta con el hombro.

—Guau —bromeó Amaia, sonriente, pasando en primer lugar.

La agente se apresuró a buscar el interruptor a tientas y, unos segundos más tarde, el salón se iluminó y el desorden más caótico apareció frente a ellos.

—Parece que no esperaba visitas —comentó Iker, contemplando los libros abiertos sobre la mesa, los papeles esparcidos y una taza seca con restos de posos.

Caminó un paso al frente y tropezó, así que agachó la mirada para corroborar que el suelo también estaba lleno de cuadernos y más libros. El aire era denso, cargado de humedad y de ese olor rancio de los lugares que han acumulado demasiadas historias en sus paredes. Iker dejó sobre la mesa el cuaderno con el que había tropezado y se pasó una mano por el rostro en un intento de disipar su cansancio. Sentía la piel fría y la tensión acumulándose en su cuello y hombros. Amaia, de pie junto a él, cruzó los brazos y miró las fotos esparcidas sobre la mesa con una mueca de asco.

—¿Te das cuenta de lo que estamos viendo? —musitó con voz tensa—. Esto es una puta secta.

Iker asintió con lentitud, incapaz de apartar los ojos de aquellas imágenes. La figura con la capa ceremonial, los símbolos grabados en piedra, los niños rodeados de adultos en posiciones reverenciales... Todo tenía un aire de ritual, de algo demasiado antiguo y peligroso como para pasarlo por alto.

—¿Y si Ainhoa no es más que una discípula? —planteó Iker, dándole vueltas en su mente—. ¿Y si hay más gente como ella? ¿Y si él la convenció para hacerlo?

Amaia lo miró, sopesando sus palabras.

—Es posible. Pero si fue así, ¿por qué no está aquí ahora? ¿Por qué ha desaparecido? —preguntó—. Si es su líder, si es el cerebro detrás de todo esto, ¿por qué iba a largarse?

Iker se pasó la lengua por sus labios resecos. Tenía un mal presentimiento. Uno que se le agarraba a las entrañas como un puño helado.

—Tal vez porque las cosas se le han ido de las manos —respondió tras una breve pausa—. O tal vez porque nunca fue él quien mandaba en todo esto.

El asombro de Amaia iba en aumento a medida que iba leyendo las notas de Eneko con un interés creciente. Su dedo recorrió una de las frases escritas con tinta negra:

—«El agua purifica. La sangre entrega. La pureza del sacrificio.»

Se miraron en silencio.

—Joder.

—Dios, qué mal rollo me da todo esto —murmuró Amaia.

Iker sintió una punzada en la nuca. Volvió a mirar las fotos y corroboró que algunas de ellas eran demasiado explícitas, como si pretendieran documentar una ceremonia que nunca debería haber existido. Sintió ganas de quemarlas.

—Tenemos que encontrarlo. Y rápido —dijo en voz baja.

Amaia asintió. Se acercó a una ventana y apartó la cortina con dos dedos. Fuera, la tormenta no daba tregua. El viento mecía las ramas de los árboles y la oscuridad del bosque que rodeaba la casa era absoluta.

—Tiene que haber más gente involucrada... Esto es una puta secta.

Iker cerró los ojos un segundo, consciente de que su compañera tenía razón y de que aquello podía significar que la red que habían empezado a destapar era más grande de lo que habían podido imaginar.

Se giró de nuevo hacia la mesa y volvió a abrir el cuaderno. Encontró otra nota al final de una página, una que parecía escrita con más prisa que el resto. La tinta estaba más marcada, como si Eneko la hubiese escrito con urgencia.

«La diosa debe ser apaciguada. El sacrificio debe cumplirse.»

Iker sintió un nudo en el estómago.

—Si realmente hay más gente en esto…. —comenzó, buscando las palabras adecuadas—, es posible que quieran volver a hacerlo. A intentarlo de nuevo.

Amaia parpadeó con la libreta en las manos.

—¿Intentarlo de nuevo?

—Otro sacrificio —dijo Iker mientras sentía cómo el aire de la habitación se volvía más pesado—. Otro niño.

La vibración del móvil en su bolsillo le arrancó de golpe de sus pensamientos. Lo sacó con rapidez, descolgando sin siquiera comprobar el número.

—Oficial Ibarguren —respondió con la voz tensa.

Al otro lado, la voz de uno de los agentes de su brigada resonó entrecortada por el ruido del tráfico y la radio policial:

—Hemos detenido hace unas horas a Eneko Larrazabal en San Juan de Luz y ya lo están trasladando a la comisaría de Getxo —comentó sin andarse con rodeos—. No tardarán en llegar.

—Estaré allí cuando lleguéis.

—Entendido, oficial. Nos vemos en la comisaría.

Cortó la llamada y guardó el teléfono, sintiendo una ráfaga de adrenalina recorrerle el cuerpo. «Al menos ese cabrón no anda por ahí suelto», pensó.

—¿Han dicho algo más? ¿Dónde lo han encontrado?

Iker negó con la cabeza.

—Solo que lo han detenido en San Juan de Luz. Pero ahora mismo me importa una mierda el dónde o el cómo... —escupió, furioso, aún con la mirada en aquellas notas—. Lo único que quiero es mirarle a la cara y ver qué cojones tiene que decir.

Amaia apretó la mandíbula y le siguió hacia la puerta. Fuera, la noche olía a tierra mojada y a tormenta. Subieron al coche en silencio. Iker encendió el motor y, nervioso, apretó a fondo el acelerador con la intención de sacar el vehículo del barrizal.

—¿Qué piensas hacer? —preguntó Amaia.

Iker tomó aire. Tenía una idea clara en la cabeza, pero todavía no sabía hasta dónde podría ponerla en práctica.

—Voy a jugar con su ego —dijo entre dientes, con la mirada fija en el asfalto—. Es un académico, un hombre que se ha pasado la vida escribiendo sobre rituales y simbolismo. Quiere que le escuchen, que le consideren una autoridad en lo que hace.

—Así que le vas a dejar hablar.

—Le voy a dar cuerda hasta que se ahorque él solo —confirmó Iker.

El motor gruñó y las ruedas, por fin, consiguieron encontrar algo de soporte para salir del agujero.

Iker no creía en las casualidades. Y si Eneko Larrazabal había estado en contacto con Ainhoa, si su nombre figuraba en aquellos documentos, si había rastro de él en las sombras de este caso... No era una coincidencia.

Y fuera como fuese, pensaba demostrarlo.

Iker Ibarguren caminó por el pasillo con la espalda rec-
ta, la mandíbula rígida y el uniforme chorreando. Iba
dejando tras de sí una pequeña fila de gotas, aunque
poco le importaba.

Se quitó la cazadora y la lanzó sobre la silla antes
de dirigirse hacia la máquina de café. Se tomó uno,
luego otro, y esperó pacientemente con la cabeza a mil
por hora hasta que escuchó a sus compañeros llegar con
Eneko Larrazabal esposado.

—¿Qué sala de interrogatorio prefieres? —bromeó Amaia desde el umbral—. Ya está listo.

Iker se bebió el último café de un trago antes de
lanzar el plástico vacío a la papelera del fondo. Después
avanzó por el pasillo y, sin perder el tiempo, accedió a
la sala.

Dentro, la luz era fría. Impiadosa. Eneko Larrazabal estaba sentado en la silla de metal, esposado, con
las muñecas apoyadas sobre la superficie de la mesa. La
barba desordenada le cubría la mandíbula como una
mancha de sombras oscuras, y los mechones entrecanos
del pelo le caían sobre la frente como si no hubiera to-

cado un peine en días. Parecía más pequeño ahí dentro. Más frágil. Iker tuvo la sensación de que estaba ante un animal confundido y enjaulado, aunque sabía de sobra que no debía de fiarse en absoluto porque las primeras impresiones podían ser muy engañosas.

Cerró la puerta con un golpe seco y se sentó sin prisa al otro lado de la mesa, en silencio. No tenía prisa y estaba decidido a tomarse el tiempo que fuera necesario con aquel interrogatorio.

Eneko alzó la vista y esbozó una sonrisa extraña, mal armada, como si intentara sostener una máscara demasiado pesada.

—Oficial Ibarguren. He de decir que esperaba este momento desde hace tiempo.

Iker, en lugar de responder de inmediato, se acomodó en la silla con parsimonia. No iba a entrar en su juego tan pronto.

—¿Sabes por qué estás aquí? —preguntó al fin, con voz ronca.

Eneko ladeó la cabeza de forma teatral.

—Imagino que por Ainhoa. Por ese teatro que os habéis montado con la pulsera, los correos y demás parafernalia.

—¿Te parece esto un teatro?

—No lo digo en un sentido despectivo, sino por... la escenografía. La policía, los interrogatorios, las luces blancas. Todo muy cinematográfico.

Iker apoyó los codos en la mesa, con calma.

—Hablemos entonces de la función. Empecemos por el primer acto: Ninbe Gutiérrez.

Eneko parpadeó mientras el nombre de la niña caía como una piedra en el agua.

—No la conocía —dijo, rápido. Demasiado rápido.

O mentía, o era la pregunta que había estado esperando hasta el momento.

—¿Seguro?

—Completamente.

Iker sacó una carpeta y colocó una fotografía sobre la mesa. Era la imagen de la pulsera infantil, la que habían encontrado entre las cosas de Ainhoa. El plástico de colores brillaba bajo la luz blanca.

—¿Esa es la pulsera de la que tanto he oído hablar? ¿La prueba sobre la que sostenéis la acusación? —preguntó, casi divertido.

—Es de Ninbe. Estaba en casa de Ainhoa. La misma Ainhoa con la que intercambiaste decenas de correos hablando sobre sacrificios, pureza del agua y Basandere. —Iker giró la cabeza levemente—. ¿Sigues manteniendo que no la conocías?

—Mis correos eran parte de una investigación antropológica. Teoría, nada más.

—¿Y Ainhoa? ¿Era tu alumna?

—No. Simplemente una mujer interesada en temas esotéricos. Me contactó por curiosidad intelectual.

—¿Y no te parece extraño que esa curiosidad haya terminado con una niña muerta y su pulsera en su casa?

Eneko tragó saliva, guardando silencio. Ahora sí, lo tenía acorralado.

—Mira, Larrazabal. No estoy aquí para jugar contigo al gato y al ratón. Pero si quieres hablar de teoría, hablemos. Me interesa tu punto de vista. De verdad.

Eneko arrugó el ceño, desconfiado.

—¿Qué quieres saber?

—Todo. Empecemos por Basandere. ¿Quién era, en realidad?

Eneko inspiró hondo, como si al fin pudiera sentirse cómodo en su propia piel. Sí, estaba claro que esa parte sí le apetecía.

—Basandere es la figura femenina del Basajaun, como sabrás. En algunos textos aparece como protectora del bosque, en otros como la madre de las aguas. Pero hay vertientes mucho más antiguas, oscuras, que la vinculan con los rituales de fertilidad..., con sangre —comentó—. Es mi especialidad. Lo que llevo años estudiando. Mi pasión.

—¿Y qué tipo de sangre? —preguntó Iker con naturalidad, como si estuvieran tomando un café.

—Sangre joven. Sangre pura. Hay textos que mencionan sacrificios de niños o doncellas para obtener protección de la naturaleza. Se creía que entregando lo más inocente se apaciguaban las tormentas, se fertilizaban las cosechas —comentó con profesionalidad, recolocándose las gafas en su sitio.

—¿Y tú crees en eso?

—Yo estudio esas creencias. No es lo mismo.

—¿Y Ainhoa?

Eneko bajó la mirada y su voz se tornó más grave.

—Ella tenía... devoción. Una forma de entender el dolor como ofrenda. Hablaba de limpiar. De redimir.

Iker se inclinó hacia adelante, muy despacio.

—¿Redimir qué?

—El linaje. Decía que su familia estaba manchada. Que Ninbe era la pureza que debía volver a la naturaleza.

El silencio se hizo espeso.

—¿Eso lo decía ella o lo decíais los dos?

—Ella —respondió, pero la voz le temblaba—. ¿Me puedo ir ya a casa?

Iker ignoró la pregunta.

—¿Y tú no la detuviste?

—No pensé que fuera real. Pensé que era... simbólico. Un juego de lenguaje. Una forma de procesar el trauma.

—¿Y si te dijera que, en su casa, además de la pulsera, encontramos un cuaderno con anotaciones tuyas?

Eneko levantó la mirada, descompuesto.

—Eso no puede ser.

—Pero lo es. Y te lo pregunto una vez más, Eneko... ¿Qué sabías?

—No participé —insistió él, pero sus hombros se encogieron—. No estuve allí. No hice nada. Solo... solo compartí ideas. Pensamientos.

—Ideas que mataron a una niña de cinco años.

Iker se incorporó despacio. Caminó alrededor de la mesa hasta quedar justo a su lado.

—Te lo voy a decir claro. Tienes dos opciones: o me cuentas toda la verdad, y así puede que tengas una oportunidad, o sigues enterrándote y te vas directo al pozo con Ainhoa Larreta. Porque si continúas negando lo que sabes, no me va a temblar el pulso en hacer que se te caiga encima cada puto kilo de este caso.

Eneko cerró los ojos con la respiración entrecortada mientras las esposas titilaban con cada movimiento que hacía.

—Ella me dijo que tenía que hacerlo. Que no había otra forma. Que el agua la había llamado.

—¿Y tú la creíste?

—Al principio no. Pero luego... —abrió los ojos, desencajado—. La noche antes de que desapareciera Ninbe, Ainhoa me escribió. Me dijo que todo estaba listo. Que el dolor abriría el camino.

Iker sintió cómo la sangre le hervía en las sienes.

—¿Y tú no hiciste nada?

—Tuve miedo.

—¿Miedo? —Iker sonrió—. Yo a eso lo llamo complicidad. Y estoy seguro de que el juez opinará lo mismo.

Iker se percató de que, por primera vez desde que lo habían sentado ahí, parecía estar preocupado de verdad.

—Vamos a seguir hablando, Eneko —susurró el oficial—. Porque créeme, esto solo acaba de empezar.

Amaia observaba desde el otro lado del cristal. La sala de interrogatorios era una caja hermética en la que el tiempo se ralentizaba. En su estómago, algo se había soltado. Una mezcla de adrenalina y asco. No por Iker, que se movía como un depredador paciente, sino por Eneko Larrazabal, ese hombre pequeño, tembloroso, que acababa de ponerle palabras al horror. Cuando la puerta se abrió, Amaia se apartó del cristal de inmediato.

Iker salió sin decir nada, y con la mirada clavada en el suelo. Cerró la puerta con suavidad y después se acercó a la chica.

—Ha confesado que sabía lo que iba a pasar —dijo finalmente, sin mirar a nadie—. No estuvo en la escena, pero estaba al tanto. De todo. La idea no fue suya, pero la alimentó. Y no la detuvo.

Amaia frunció los labios.

—¿Crees que dice la verdad? —preguntó.

Iker asintió, aunque con matices.

—La suficiente para salvar el pellejo —aseguró convencido—. Pero hay más. No lo ha contado todo. Solo lo necesario para no quedar como el demonio que es.

Amaia apretó los brazos contra el pecho.

—¿Y qué hacemos con eso?

—Creo que tenemos lo suficiente para imputarle. Complicidad. Omisión del deber de impedir un delito. Aunque... eso no es lo importante ahora —musitó con cierta cautela—. Lo importante es que Ainhoa no actuó sola. Y que Eneko no fue solo un observador. Fue una chispa. Una voz detrás de la cortina.

Una figura apareció al fondo del pasillo. Era el comisario.

—¿Qué tienes? —preguntó sin rodeos, deteniéndose a medio metro de Iker.

El oficial se apresuró a resumir los hechos con la mayor precisión posible mientras veía a su superior masticar la información con la boca apretada. Ibarguren era consciente de que la prensa estaba detrás de ese caso porque en Getxo nunca pasaba nada, y mucho menos... una muerte como aquella. La muerte de una niña a plena luz del día.

—¿Y qué dice la detenida?

—Nada. Sigue negándolo todo —respondió.

—Pues tenemos un problema. Porque ahora él la incrimina, pero ella calla. Y si no conseguimos una conexión directa entre lo que dice este y las pruebas físicas que tengamos, no será suficiente.

Iker titubeó. En el fondo, no tenía muy claro si Eneko decía la verdad o, simplemente, se intentaba quitar ese marrón de encima y desviar la atención para otro lado. ¿Realmente le había confesado Ainhoa el crimen? ¿Lo había hecho?

—Tenemos la pulsera —intervino Amaia, con un deje de rabia—. Tenemos los correos, los rituales, las fechas. El móvil de Ainhoa con mensajes borrados. La ropa mojada.

El comisario ladeó la cabeza, como si todo eso no fuera más que calderilla.

—Y sin embargo no tenemos ni una maldita prueba directa que diga «yo maté a Ninbe».

El silencio que siguió se hizo muy espeso.

—Insistid —añadió finalmente, más bajo—. Apretad más. Que se rompa uno de los dos. Si Eneko ha empezado a hablar, irá cayendo poco a poco. Tarde o temprano meterá la pata. Y cuando lo haga, lo vamos a tener todo.

Se giró y se fue sin más. Iker se pasó la mano por el rostro y dejó escapar un gruñido ahogado.

—Voy a por un café —murmuró—. Y después vuelvo a entrar.

Amaia asintió.

Ya lo tenían en su red.

Y ahora, solo era cuestión de dejar que se enredara él solo.

23

El denso silencio lo cubría todo como una bruma espesa, fría, que se iba adhiriendo a cada mueble del hogar. Y Blanca a duras penas lograba sentir su propio cuerpo. Tenía la sensación de que se encontraba flotando entre el sueño y la conciencia, atrapada en una frontera borrosa donde todo y nada dolía. Había ingerido otra pastilla más, la segunda en lo que iba de noche. Aquellas malditas drogas eran lo único que conseguían apaciguar ligeramente sus instintos más suicidas, demostrándole que existía una vía más pacífica para evitar el dolor. Blanca sentía su mente entumecida, sus extremidades dormidas. Y lo prefería así. Porque cuando el efecto analgésico comenzaba a disiparse, el dolor se acentuaba tanto que no conseguía siquiera respirar.

Cerró los ojos. Comenzaba a sentir la espesa bruma instalándose en ella cuando sintió que el colchón se hundía lentamente a su lado. Imaginó que debía de tratarse de Víctor, pero no se giró. No tenía fuerzas. Segundos después, sintió la caricia tibia de una mano que recorría su espalda. Sin poder evitarlo, se estremeció. No de placer, sino de agotamiento.

—¿Qué tal ha ido el día? —susurró Víctor con la voz rasposa de cansancio.

Blanca enterró la cara sobre la almohada y liberó un gruñido. ¿Qué clase de pregunta era aquella? ¿Qué pretendía que respondiera a algo así? Mal. Muy mal. Como todos los días desde que Ninbe se había ido. Como todos los días desde que le habían amputado el futuro a tajo limpio.

Víctor deslizó su mano hasta su cintura, acariciándola con ternura.

—¿Te está agobiando tu madre? —preguntó en voz baja—. ¿Quieres que le pida que se vuelva a su casa?

Blanca negó con la cabeza. No entendía la frialdad de Marije, su forma de navegar en el duelo como si estuviera gestionando un trámite más, pero tampoco podía soportar la idea de quedarse sola. Si su madre se marchaba, entonces…, entonces tendría vía libre para que los pensamientos más oscuros se apoderasen de ella y tomaran el control.

—No, me gusta que esté aquí. Necesito tenerla conmigo.

Víctor suspiró, como si no estuviera del todo convencido, pero no insistió.

—Vamos a superarlo, cariño… Vamos a superar esto —murmuró contra su cabello mientras su aliento cálido acariciaba su cuello—. Podemos hacerlo, juntos.

Blanca no respondió. No le quedaban fuerzas para abrir ese debate.

¿Cómo se suponía que debía superar uno la muerte de un hijo? No entendía cómo podía decir algo así, porque…, ya no quedaba nada que reconstruir. Todo lo que tenía sentido estaba bajo tierra, enterrado en una caja diminuta mientras iba siendo devorado por la humedad y el silencio.

Blanca pensó en el cuerpo de Ninbe allí, solo. Tan pequeño. Tan inocente. Aquel cuerpecito que una vez había reído con los ojos cerrados, que se estremecía con las cosquillas y se acurrucaba como un animalito herido cuando el mundo dolía. Ahora era solo carne húmeda, atrapada entre raíces y oscuridad. Se lo imaginó quieto, acurrucado aún, pero sin temblar. Inmóvil, totalmente inmóvil. Ya no podía moverse. Ya no volvería a moverse nunca más. La tierra debía de estar abrazándolo con una ternura cruel; la de una madre impasible incapaz de distinguir lo sagrado de lo banal. Allí estaría su hija para la eternidad, en aquel lugar oscuro. Se imaginó a los gusanos avanzando por su cuerpo, sin odio, pero sin piedad. A aquellas alturas ya debían de haber comenzado a devorar su piel… Blanca sintió náuseas mientras se revolvía en la cama. ¿Cómo era posible que el mundo siguiera girando mientras Ninbe se deshacía en silencio? ¿Cómo era posible que Víctor le preguntase qué tal había ido el día? ¿Cómo podía la luz filtrarse entre las nubes, como si nada?

Porque ella la veía. Cada noche, cada vez que cerraba los ojos. Ninbe ya no era un cuerpo. Era una imagen fija y fragmentada. Un diente de leche medio suelto, una risa interrumpida, un vestido con manchas de barro. Y ahora también era eso: huesos pálidos, quebradizos, envueltos en silencio.

Ninbe era una promesa rota que había enterrado bajo tierra.

Y ellos, en cambio, allí estaban... vivos. Respirando. Como si eso tuviera algún sentido. Víctor no lo entendía. No podía. Y quizás por eso mismo sus manos seguían acariciándola con lentitud, dibujando círculos en su vientre, explorándola con paciencia, pero con decisión. Sintió los labios de su marido buscando su cuello y, más tarde, su mandíbula. Blanca no tenía fuerzas para protestar, ni para pelear. Así que, simplemente, se dejó hacer. Hasta que, por fin, su cuerpo reaccionó como si algo se hubiera resquebrajado dentro de ella.

Lo apartó con brusquedad, como si su piel quemara.

—Para, joder. Para.

Pero Víctor no la soltó.

—Blanca...

—¡Que pares! —gritó, con la voz rota—. ¿Cómo puedes pensar en sexo? ¡Joder, Víctor! ¡Han asesinado a Ninbe! ¡Nos han quitado a nuestra niña!

234

Él se quedó quieto, parpadeando, como si la realidad le hubiera propinado un puñetazo en el estómago.

Blanca se levantó con torpeza; tenía las piernas temblorosas y el pecho oprimido, como si algo se lo estuviera estrujando desde dentro. Salió del dormitorio sin mirar atrás mientras las lágrimas resbalaban descontroladas por sus mejillas.

Corrió hacia el baño y se encerró, en busca de refugio. Tenía la espalda apoyada contra la puerta y sentía el corazón latiéndole como un tambor desbocado mientras, poco a poco, iba deslizando su cuerpo hasta el suelo.

No podía respirar. No podía más.

Iker se apoyó en el marco de la puerta durante unos segundos antes de entrar en la habitación. El aire de la planta de oncología tenía ese característico olor aséptico que solamente se encontraba en los hospitales y en los tanatorios. Era una mezcla nauseabunda de productos de limpieza y desinfectante que, sin duda, conseguían agravarle la migraña todavía más.

El oficial dio un paso dentro y cerró la puerta con suavidad.

Etxaniz estaba tumbado en la camilla, pálido, más delgado que la última vez que lo había visto. El pijama del hospital le quedaba grande y la luz fluorescente del techo hacía que su piel pareciera aún más cetrina. Tenía los ojos cerrados y la respiración pausada, conectada a un bip-bip constante que marcaba el ritmo de su fragilidad.

Iker arrastró una silla hasta el borde de la cama y se dejó caer en ella, frotándose las manos.

—Te han metido en una buena jaula, ¿eh? —murmuró, apoyando los codos en las rodillas.

El otro no se movió. Iker lo miró largo rato, tratando de encontrar a su compañero en esa figura consumida de facciones hundidas. Era solo una sombra grisácea bajo los pómulos. Maitane le había dicho que, por el momento, no pensaban operarle. Aunque también le había avisado de que el pronóstico no era bueno, nada bueno. «Le quedan unos meses», le había dicho.

—Tienes que ponerte bien, ¿me oyes? —soltó, en un tono que no supo si sonaba a súplica o a amenaza—. Te echamos de menos en comisaría. Esto es un puto desastre sin ti.

No le gustaba verlo así. Iker suspiró y se pasó la mano por la cara.

—El caso está atascado —comentó sin muchas ganas—. Como siempre. Como nos pasa cada vez que todo parece encajar, pero no lo hace. Tenemos a Ainhoa Larreta en el punto de mira, pero no es suficiente. Tenemos a Eneko Larrazabal, pero tampoco. No sé si esto se sostendría en un juicio con lo que tenemos... Como den con un buen abogado, se nos caerá todo. El caso podría irse al traste.

Desvió la mirada hacia la ventana. Fuera, Barakaldo dormía.

—Pero bueno… Supongo que te alegrará saber que he vuelto a dejarlo.

Se giró de nuevo hacia Etxaniz, que seguía igual, inmutable.

—El tabaco, digo. Y esta vez es la definitiva… —aseguró con voz ronca—. Ya me jodiste bastante con tu discurso de mierda.

Sonrió sin ganas y se inclinó hacia adelante, apoyando los codos en las rodillas.

—Sabes, siempre pensé que éramos diferentes. Tú, con tu rollo de lobo solitario, siempre en tu mundo. Yo, el tipo de familia. El de las niñas, la mujer perfecta, el que tiene una casa grande y un cumpleaños con velas.

Se quedó mirándolo, como si esperara que Etxaniz abriera los ojos y le dijera que estaba diciendo gilipolleces, pero no lo hizo.

Iker tragó saliva.

—Pero en el fondo, tío… en el fondo, somos la misma mierda los dos.

Se frotó la cara, respiró hondo y apoyó la cabeza en el respaldo de la silla. Era consciente de que, si Maitane no hubiera aparecido en su vida, si no hubiera tenido a sus hijas esperándole en casa, si no hubiera encontrado un motivo para seguir más allá de los casos, las muertes y la mierda diaria… él también habría acabado como Etxaniz. Solo. En una cama de hospital esperando La Parca.

—En fin, no sé por qué hablamos de esto… Mejor si nos centramos en el caso —continuó, sin ni siquiera darse cuenta de que a ojos de cualquiera debía de parecer un chalado—. ¿Quieres saber lo que tenemos? Hemos encontrado la pulsera de Ninbe en casa de Ainhoa Larreta. Y ropa con restos de agua salada. Para la fiscalía es suficiente, por supuesto… No sé. No tengo claro que fuera ella. Todo la señala, pero…

Hizo una pausa, observándolo.

—Ainhoa Larreta es fría, manipuladora y tiene un amplio historial de desprecio hacia Blanca, pero… ¿matar a la niña? ¿Asfixiarla a sangre fría? No lo sé, tío.

Etxaniz seguía inmóvil, totalmente pálido.

—Eneko Larrazabal, por otro lado, es un puto lunático. Un historiador venido a menos que lleva años obsesionado con Basandere y los sacrificios. Le gusta hablar de sangre, de purificación… pero no tenemos ni una sola prueba que lo vincule con la niña.

Iker se pasó una mano por la nuca, apretando los dientes.

—Pero aquí está lo que más me jode. —dijo, golpeando con los nudillos el reposabrazos de la silla—. Ainhoa y Eneko se conocían. Se enviaban emails, hablaban de la «pureza del agua», del «valor del sacrificio» en la tradición ancestral. Joder, en casa de Eneko hemos encontrado un cuaderno con anotaciones sobre ella. Y, sin embargo, él lo niega. Dice que solo eran conversaciones teóricas… ¿Y si no fue ella? ¿Y si estamos tan ciegos mirando a Ainhoa Larreta que estamos dejando escapar al verdadero culpable? ¿Y si fue Eneko Larrazabal quien la estranguló?

Miró a su compañero en busca de alguna señal, pero nada. No había nada

—¿Y si estamos persiguiendo a las personas equivocadas?

Se pasó la mano por la boca y se recostó aún más en la silla.

—Dime que estoy equivocado, joder. Dime que la tenemos.

El bip-bip del monitor fue su única respuesta. Iker cerró los ojos un instante y se quedó así, respirando hondo, escuchando la calma artificial de la habitación.

Todo parecía estar tranquilo, pero, por dentro, su cabeza era un puto torbellino.

—Si no estás conforme con lo que tienes… empieza desde el principio. Ve al origen —balbuceó Etxaniz con voz ronca y rasposa.

Iker levantó la cabeza, esbozando una sonrisa incrédula.

—Me gusta ver que sigues vivo.

Gonzalo esbozó algo parecido a una mueca.

—La mala hierba nunca muere.

Su voz sonaba débil y lejana, pero se alegraba de ver que, a pesar de todo, seguía ahí. Sonrió hasta que, de pronto, una punzada profunda le atravesó el cráneo, como si un cuchillo se retorciera en su cabeza. Cerró los ojos y masajeó el punto donde más le latía aquella maldita jaqueca.

—Deberías mirarte esas putas migrañas si no quieres terminar como yo —gruñó Etxaniz.

Iker dejó escapar una risa sin alegría.

—¿Y qué me recomiendas?

Etxaniz cerró los ojos un segundo, exhalando un suspiro.

—Yo qué sé, Ibarguren. Pero empieza por hacerte una puta resonancia.

El dolor palpitante en la sien de Iker le dio la razón.

—Después de este caso, lo haré.

Etxaniz soltó un resoplido que sonó a risa.

—Claro, claro... —murmuró con la voz cada vez más débil—. Justo después de este caso. Como siempre.

Iker no respondió. Se pasó las manos por el pelo, tratando de ahuyentar el dolor, y dejó caer la mirada sobre su compañero. La luz azulada del monitor cardiaco iluminaba su rostro con una palidez enfermiza.

—¿De verdad crees que debo empezar desde el principio?

Etxaniz entrecerró los ojos, agotado por el esfuerzo que le estaba suponiendo aquella conversación.

—Dímelo tú. ¿Cuántas piezas han encajado desde que arrestasteis a Ainhoa Larreta?

Iker se quedó en silencio, pensativo.

—Dime la verdad. ¿Tú crees que Ainhoa mató a Ninbe?

—No lo sé, tío. Pero si hay algo que he aprendido en todos estos años es que cuando la verdad no encaja… es porque no es la verdad o porque de fondo hay mucho más. Una de dos.

Iker sintió que algo se encendía en su interior. Una chispa. Un puto latigazo de intuición. Apretó los dientes para soportar el dolor de la migraña mientras se levantaba de la silla.

—Descansa. Te necesitamos de vuelta en la comisaría.

Etxaniz sonrió con esfuerzo.

—Ve a cazar fantasmas, Ibarguren.

Iker se dirigió hacia la puerta con el corazón latiéndole con fuerza, pero con el instinto a flor de piel.

¿Por qué no conseguía desprenderse de la sensación de que no estaban mirando en la dirección correcta?

25

Blanca bajó las escaleras con los ojos nublados y la sensación de que, dentro de su pecho, algo martilleaba con tanta fuerza que en cualquier instante podría estallar. No podía respirar. No podía pensar. El maldito silencio que había dejado Ninbe al marcharse le parecía una sombra que la perseguía en todo momento para torturarla, para recordarle que nunca más volvería a escuchar su risa y sus pasitos correteando escaleras arriba y escaleras abajo.

Tenían que vender aquella casa. Tenían que deshacerse de ella. Pero… marcharse también significaba tener que deshacer la habitación de su niña, y eso…, eso era lo único que le quedaba de ella.

Cuando llegó al salón, todo le pareció ajeno. Como si no fuera su hogar, sino un museo de lo que había sido su vida antes de la tragedia. Los mismos muebles, la misma luz tenue filtrándose a través de las cortinas... pero sin el sonido de los dibujos animados en la televisión. Ahora, en su lugar, quedaban los noticieros hablando del asesinato.

Se abrazó a sí misma en busca de una calidez que ya no existía mientras la angustia seguía oprimiéndole el pecho con más y más fuerza. Sus ojos vagaron por la habitación hasta detenerse en una mancha oscura, apenas perceptible, en la tela beige del sofá. Chocolate. Era chocolate. Se quedó helada mientras el recuerdo erupcionaba con fuerza en su mente, arrasándolo todo mientras la imagen se reproducía con un realismo escalofriante: Ninbe, sentada con las piernas cruzadas, sostenía un cucurucho de helado con ambas manos. Recordaba sus dedos pegajosos y el chocolate derritiéndose lentamente y goteando sobre el sofá.

—Prohibido comer en el sofá —le había dicho con un tono de falsa severidad.

Ninbe la había mirado con sus ojos enormes y su boquita pringada de helado antes de soltar una carcajada desafiante.

—¡Pero si lo termino ya, ama! —protestó, sin moverse.

Blanca sintió que el suelo temblaba bajo sus pies. ¿De qué servían ahora esas normas absurdas?

Se dejó caer en el sofá con el cuerpo flácido y débil. Tenía la sensación de que cada vez era más difícil sobrevivir al día a día y de que cada número que tachaba en el calendario acentuaba su dolor. Apoyó la cabeza en el respaldo y cerró los ojos, tratando inútilmente de contener las lágrimas. Resultaba tan absurdo como intentar frenar un río con las manos. La casa estaba demasiado llena de recuerdos. Demasiado vacía sin Ninbe. No, no podía seguir viviendo allí... No podía.

Blanca pulsó el mando a distancia con los dedos entumecidos. Necesitaba ruido y cualquier otra distracción que llenase el vacío que la casa se empeñaba en recordarle. La pantalla se encendió y el sonido irrumpió en la sala como una bocanada de aire frío. Frente a ella se reproducía un absurdo anuncio de detergente. No le interesaba en absoluto, así que comenzó a pasar canales sin prestar atención, como una autómata.

Y entonces, su mundo se detuvo.

La imagen de su hija apareció en pantalla. Estaban exprimiendo en suceso en todas las cadenas, así que era algo habitual, pero..., en aquella ocasión, un escalofrío le recorrió la espalda. La prensa se había hecho con varias fotos de la pequeña y, en esa en concreto, Ninbe salía sonriendo en la playa, con el pelo enredado por el viento y la piel dorada por el sol. Bajo la imagen, había un rótulo en letras blancas sobre un fondo rojo:

«Un nuevo sospechoso en el caso de Ninbe Gutiérrez, la niña asesinada en el Puerto Deportivo de Getxo».

El aire en su pecho se hizo un puño.

—No... —susurró.

Blanca pulsó la tecla del volumen, subiéndolo casi al máximo.

—«...*las últimas investigaciones han llevado a la Ertzaintza a centrar su atención en un nuevo sospechoso relacionado con el caso. Se trata de Eneko Larrazabal, un historiador con antecedentes en el estudio de antiguos rituales vascos. Las pruebas encontradas en su domicilio, junto con las comunicaciones previas con Ainhoa Larreta, han provocado su arresto para un nuevo interrogatorio.*»

Eneko Larrazabal. Blanca se tapó la boca con las manos mientras sentía su propio aliento, cálido y errático, contra la piel fría de sus palmas. El estómago se le revolvió.

No entendía nada. ¿Quién era ese hombre? ¿Por qué su hija? ¿Por qué Ninbe? No lo conocían. Blanca se esforzó por ubicar aquel nombre en su memoria, pero... No. Estaba convencida de que nunca había escuchado aquel apellido, de que aquella persona jamás había tenido contacto con su hija.

Las imágenes cambiaron, una tras otra. De repente, la televisión mostró la comisaría de Getxo. Blanca se levantó del sofá para pegarse a la pantalla. Un coche de la Ertzaintza se detenía y una figura escoltada salía de él para caminar hacia el interior de la comisaría. En ningún momento se veía su rostro.

Blanca soltó un grito llevándose la mano al pecho, tratando de contener el temblor en sus dedos.

—¿Qué pasa? —preguntó su madre con su tono frío habitual.

Blanca tragó saliva.

—Han arrestado a un hombre… Un historiador. Dicen que puede estar implicado en la muerte de Ninbe.

Esperó. Esperó una reacción, algún gesto de sorpresa…, de horror, de alivio siquiera. ¡Cualquier cosa!

Pero Marije no dijo nada.

Ni siquiera mostró el más mínimo gesto de extrañeza. Su madre simplemente se acercó a la mesa y tomó un sorbo de su taza de café.

—Bueno —dijo, tras una pausa demasiado larga—. A ver si así podemos cerrar este capítulo de una vez.

Ainhoa Larreta abrió los ojos de golpe.

Tardó varios segundos en entender que el frío que sentía no venía de dentro, sino del lugar en el que se encontraba. No era el temblor febril de la ansiedad ni el escalofrío posterior a un sobresalto. Era algo físico. Algo real.

Alzó la vista y contempló durante unos segundos el techo agrietado y la luz parpadeante que tenía sobre su cabeza. Allí abajo olía a humedad y a desinfectante barato. Se revolvió sobre el banco metálico mientras se recolocaba sin mucho éxito la manta gris que no alcanzaba, ni siquiera, para cubrirle los pies. Hacía frío. Mucho frío. ¿Qué podía esperar de aquel lugar? Estaba en un calabozo. Y esta vez no como visitante, ni como testigo. Era la sospechosa. La bruja. La hereje.

El hierro de los barrotes proyectaba sombras alargadas sobre el suelo. Se quedó mirándolas fijamente y, por un instante, tuvo la sensación de que unos dedos huesudos se alargaban intentando alcanzarla para estrangularla. Se sobresaltó y terminó sentada en una esquina de la puta celda mientras el corazón le sacudía el pecho sin piedad. En el fondo sabía que estaban ahí. Los antepasados, las brujas, las antiguas criaturas... Siempre habían estado y siempre estarían. Intentaban cogerla, atraparla. Pero no lo lograban porque Basendere la protegía, porque de momento era digna de su cobijo. ¿Sería así siempre? A fin de cuentas..., había fallado.

Se llevó las manos al rostro. Aún tenía tierra bajo las uñas. Era el único rastro visible que quedaba de las hojas húmedas y de la corteza. Aspiró profundamente, intentando encontrar en sus pies el olor a sal, a noche. A musgo. A sangre vieja. Y, por supuesto, también a miedo y a devoción.

Intentó recordar con claridad los últimos minutos antes de que todo se apagara y de que el Puerto Deportivo se llenase de sirenas y de gritos. Lo habían estropeado todo con aquellas luces azules y el caos, pero no importaba. No importaba nada porque por fin la ofrenda había sido realizada. Cerró los ojos y vislumbró el cuerpo de Ninbe tendido como una flor marchita sobre las rocas mojadas. El cuerpo pequeño, roto, pero ofrecido. El caos. El caos y la certeza.

La ofrenda se había completado y el sacrificio se había celebrado. Y Basandere —la antigua, la callada, la que habita los márgenes del bosque y se alimenta de lo que no puede ser nombrado—por fin había recibido lo que se le debía.

Pero no por su mano. No del todo. Había bordeado el abismo y había contemplado con una mezcla de horror y fascinación el acto, el momento. Había sentido esa punzada en sus entrañas, esa sed ancestral que no viene del cuerpo sino de la propia alma y de la necesidad que uno sentía de servir a alguien más grande y poderoso que uno mismo. Lo había visto, pero no había sido capaz. No por cobardía, no. Basendere sabía que no. No había sido capaz por el amor que profesaba a la criatura ofrecida.

Un nudo le subió por el pecho hasta instalarse en su garganta. Ahora sentía miedo, pavor. Pero debía guardar silencio. No podía hablar. No debía. No por ella, no, sino por esa otra persona, esa que sí había cruzado el umbral sin mirar atrás. Esa que se había manchado las manos con la sangre de la niña para hacer algo más grande. Había sido capaz de llevarlo a cabo, de llegar hasta el final.

Lo mínimo que podía hacer era mostrarle sus respetos.

Basandere. La madre silvestre. La que escucha los lamentos que nadie osa pronunciar. La que exige un precio.

Sí. Ella había fallado…, pero Basandere aún la protegía porque había sido capaz de guardarle su respeto. Ainhoa se abrazó las rodillas y el banco crujió bajo su peso. El silencio del calabozo era tétrico, solamente roto por una pequeña gotera que no cedía ni de noche, ni de día. Tac, tac, tac. Era el reloj que medía el peso del castigo.

Suspiró, consciente de que tenían pruebas sólidas contra ella: las cámaras de seguridad, la ropa mojada, la pulsera... Había sido estúpida por querer llevarse algo de la criatura. Había arriesgado demasiado y ahora le tocaba pagar las consecuencias de sus actos.

Sabía que la iban a procesar. Era plenamente consciente de ello. La encerrarían para, después, catalogarla con etiquetas absurdas que de nada servirían. ¿Loca? ¿Fanática? Se rio en voz alta, provocando que la intensidad de la carcajada rompiera el silencio. No lo entendían y no iban a entenderlo. No se trataba de una invención y tampoco de una religión. Era la tierra. Era el bosque. Era ella misma. Era la sangre vieja que corría bajo las raíces. Era el eco de todas las mujeres que habían callado, que habían esperado, que habían sangrado en silencio.

Basandere no pedía permiso. Solo cobraba.

Y ella... Ella estaba dispuesta a pagar. Con su libertad, con su silencio, con su cordura.

Cerró los ojos y vio los de Ninbe. Tan brillantes, tan intensos...

En el fondo, muy en el fondo... no se arrepentía. No se arrepentía de absolutamente nada de lo que había hecho.

Sintió la humedad de la noche resbalando por su nuca mientras la adrenalina latía en sus sienes. Y, de pronto, estaba ahí. En el jardín, con la linterna en la mano y la luna sobre su cabeza. Sí, sin duda, aquella había sido la noche perfecta para rendirle homenaje. Sabía que todos se habían ido a la cama porque había esperado pacientemente hasta que la última de las luces, al fin, se había extinguido en el interior de la casa. Y, aun así, cada crujido que hacía al moverse contra el seto conseguía acelerarle el corazón como si fuera una ladrona. Pero no lo era. No iba a robar, solamente a ofrecer.

Saltó la verja con torpeza y cayó mal, retorciéndose el tobillo derecho. Pero no le importó. Contuvo el alarido de dolor y avanzó por el jardín trasero arrastrando tras de sí el saco de tela negra. Dentro estaba todo lo necesario: hojas secas, sal, mechones de pelo, una figura tallada en madera de avellano, una cinta roja…

Cavó un hueco bajo el roble que se erguía a pocos metros del columpio. Allí, sobre la tierra húmeda, colocó las ofrendas con calma, una a una, sin prisa. Los símbolos, los susurros… Luego se arrodilló y rezó, recitando de memoria las antiguas palabras que Larrazabal le había enseñado. Las palabras prohibidas, las olvidadas. Y cuando terminó, encendió las velas y se quedó allí, inmóvil, contemplando cómo la cera se derretía contra el suelo.

Fue entonces cuando percibió que alguien la observaba desde los árboles. Fue entonces cuando, por fin, supo que Basandere la estaba mirando.

Y no tuvo miedo, no. Sonrió.

Ainhoa alzó la cabeza y miró los barrotes. La piedra. La gotera. Y de pronto, algo dentro de ella se quebró.

—Lo he hecho todo como me pediste —susurró con voz temblorosa—. He seguido los signos. He escuchado el viento. He ofrecido lo que tenía —hizo una pausa y sintió cómo una lágrima le recorría la mejilla—. Perdóname por no haber sido yo... por no haber tenido fuerza para apretar los dedos contra su cuello... —musitó con la voz rota—. Perdóname por haberla amado demasiado como para matarla.

Se llevó las manos al pecho, arañándose.

—Tómame ahora si quieres. Llévame contigo. Haz lo que debas... Pero acepta lo que se ha hecho. Que sea suficiente. Que esta sangre... que esta sangre pague las deudas.

Tac. Tac. Tac. De pronto, la gotera parecía haberse acompasado con el latido desbocado de su corazón.

Estaba aprendiendo a convivir con el insomnio. Siempre que se despertaba hallaba la misma espesa oscuridad y la misma sensación de que el tiempo se había detenido en el preciso instante en el que Ninbe dejó de respirar.

El reloj digital de la mesilla marcaba algo más de las tres de la madrugada. Demasiado tarde para dormirse de nuevo, demasiado temprano para considerar que la noche había terminado.

Suspiró, sintiendo la presión de la angustia en el pecho, y se incorporó con esfuerzo. Desde la ventana del dormitorio, el cielo era un manto opaco sin estrellas. Todo parecía estar… muerto. Vacío.

Blanca percibió su respiración entrecortada y se abrazó las rodillas mientras dejaba a su mente vagar hacia ese oscuro lugar al que parecía querer regresar sin descanso. ¿Por qué volvía a ver su infancia? Una y otra vez, ahí estaba.

Ella, de niña. Y su madre, Marije…, siempre presente. Siempre fría.

Intentó reconstruir una escena de ternura entre ellas, algo que le diera paz. Una caricia distraída, una palabra cálida, un gesto espontáneo de amor. Pero no había nada de eso. Solamente recuerdos difusos de una infancia sin besos de buenas noches y sin risas compartidas.

Una tarde de verano le golpeó la mente con la claridad de un relámpago. ¿Cuántos años tendría? Siete, tal vez menos. ¿Cinco? Corría, riendo, sin preocuparse, hasta que tropezó contra el asfalto y la grava se le clavó en las manos y en las rodillas. Sintió un fuerte escozor y la piel abierta, ardiente, mientras la sangre caía caliente por su pantorrilla.

—*¡Ama! ¡Ama!* —gritó, mientras veía a su madre que, a pocos metros de ella, se encontraba sentada en un banco del parque.

Blanca se quedó inmóvil, esperándola. Pero los brazos que debían levantarla del suelo y las manos que debían secar sus lágrimas no llegaron. Su madre se levantó con parsimonia, sin prisa a pesar del llanto, y se acercó lentamente. Cuando llegó junto a ella, no se agachó para comprobar si estaba bien y tampoco la tomó en su regazo ni sopló sobre la herida para calmar el escozor.

—Levántate. No hay razón para llorar.

La frase se clavó en su memoria con la misma violencia que la grava en su piel.

—Ama...

—Levántate, Blanca. Me estás avergonzando —gruñó—. ¿No te das cuenta de que todo el parque nos está mirando? Estás haciendo el ridículo.

El recuerdo se disipó en una neblina y Blanca volvió al presente con la respiración temblorosa y los ojos empañados en lágrimas. Había normalizado tantas cosas: la falta de abrazos, la falta de sonrisas, la ausencia de palabras afectuosas…

Creció creyendo que todas las madres eran así y que el amor se demostraba con disciplina, con silencios calculados y con órdenes directas que no aceptaban réplicas. Pero, con la distancia, con el dolor devastador de haber perdido a su propia hija, era capaz de ver la realidad con una crudeza que le dolía en la piel.

No. No todas las madres eran así. Ella no había sido así. Apretó los puños con rabia mientras se decía a sí misma que Ninbe sí supo lo que era el amor. Amor de verdad, del bueno.

Y ahora ya no estaba. Se sintió vacía. Como si dentro de ella no quedara más que una cáscara rota. ¿De verdad había sido buena madre? Lo único que podía asegurar era que lo había intentado con toda su alma, con todo su ser.

29

Iker tenía la piel erizada por el frío que se filtraba por la cristalera mal aislada de la comisaría. Fuera, el diluvio había convertido las calles de Getxo en un cuadro gris y desolador. Se levantó de la silla, caminó hasta el cristal y apoyó mano sobre la superficie helada. El calor del verano se había esfumado de un plumazo, arrastrado por el horror de aquel crimen que nunca debía de haber tenido lugar.

Antes del asesinato de Ninbe, agosto había sido un mes de sol radiante. Pero, de pronto, el verano parecía haber sido devorado por un invierno sin nombre.

Volvió a pensar en la niña muerta y el estómago se le revolvió. Al volver la vista, Amaia estaba en su escritorio con los ojos clavados en la pantalla de su ordenador.

—Creo que tenemos suficiente para procesarlos —dijo sin levantar la mirada de la pantalla—. De verdad, estoy venga a repasarlo y... Creo que con los correos bastará para involucrar a Eneko Larrazabal.

Iker continuó en silencio.

La lluvia golpeaba la ventana con más fuerza, como si el cielo estuviera protestando. Se giró hacia Amaia y negó con la cabeza.

—Yo no estoy tan seguro.

Ella alzó la vista, arqueando una ceja.

—¿Qué más necesitas? Tenemos a Ainhoa Larreta con pruebas en su contra, su presencia en el puerto, la pulsera de la niña en su casa, el intercambio de correos con Eneko Larrazabal sobre sacrificios... Además, no tiene coartada.

Iker chasqueó la lengua.

—Ya lo hemos hablado, Amaia —dijo, derrotado—. Son pruebas circunstanciales. No tenemos nada que la sitúe con Ninbe en el momento exacto de su desaparición. La pulsera no prueba que la matara, solo que en algún momento la tuvo en su poder.

Su compañera apoyó el codo en la mesa y se frotó la sien.

—Joder, Iker. Nos están presionando... —murmuró—. Tenemos que cerrar el caso antes de que la puta prensa nos haga del todo puré. Parecemos unos incompetentes.

Él suspiró, rascándose la barba. Estaba agotado, pero su instinto le decía que aún faltaban piezas en ese maldito puzle y se negaba a dar carpetazo al asunto con tanta rapidez.

—Ainhoa miente, sí... pero no sé si es ella quien tiene las manos manchadas de sangre.

Amaia guardó silencio mientras la tormenta seguía rugiendo tras la ventana.

—¿Y qué más da? Van a condenarlos a los dos, Iker… No importa quién de los dos cometiera el crimen, van a caer ambos.

El oficial se dejó caer en su silla, liberando un gruñido. El dolor de cabeza cada vez era peor, más intenso. Era como si un millar de agujas ardientes le estuvieran perforando el maldito cerebro. «Cuando termine con este caso, me haré la maldita resonancia», pensó, recordando a Etxaniz.

Suspiró, ignorando a su compañera, y estiró la mano hacia la pila de carpetas apiladas en su escritorio. Si había algo que podía hacer por el momento, algo que realmente importara, era seguir el consejo de Gonzalo y no conformarse: «si no estás conforme con lo que tienes, empieza desde el principio. Ve al origen», le había dicho. Y eso era lo que pensaba hacer.

Sin andarse con rodeos, sacó la primera carpeta, la del informe inicial y la abrió con movimientos mecánicos, pero en cuanto su mirada se posó en la primera página, algo dentro de él se activó.

—¿Y si no fueron ellos? ¿Y si Ainhoa Larreta y Eneko Larrazabal solamente son dos putos lunáticos que fantasean?

Amaia suspiró, ignorándole. No pensaba caer en ese juego.

Iker, en cambio, no estaba dispuesto a rendirse con tanta facilidad. Tomó un bolígrafo y empezó a hacer anotaciones en su libreta, estructurando la investigación desde el primer paso. Necesitaba verlo todo con claridad, sin interferencias.

Uno: el pescador y el hallazgo del cuerpo. Aquel hombre había dado el aviso y había sido el primero en ver a Ninbe atrapada entre las rocas. ¿Qué más sabía? Se le había interrogado en su momento, pero ¿se había vuelto a revisar su testimonio después de conocer los detalles de la autopsia?

Dos: la escena del crimen. Ninbe no murió ahogada. Alguien la asfixió antes de arrojarla al agua. ¿Cómo la transportaron hasta allí? Las cámaras de seguridad del puerto no captaron nada útil, pero había puntos ciegos. ¿La asfixiaron allí mismo? ¿Se arriesgaron tanto?

Tres: los sospechosos. La primera, Ainhoa Larreta. Su testimonio era incoherente, había mentido. Además, habían encontrado la ropa y la pulsera. Y por supuesto, estaban los correos que se había cruzado con Eneko Larrazabal. ¿Había matado ella a la niña? Y, por otro lado, estaba él. Eneko Larrazabal. Experto en rituales y con esas putas fotografías que habían encontrado en su casa. Pero, a fin de cuentas, no había nada, absolutamente nada, que lo vinculase con Ninbe. No tenían nada sólido. Ni una imagen, ni un testigo, ni ADN…

Y aparte de esos dos sospechosos con pruebas circunstanciales, ¿qué más tenían? Nada más.

Intentó hacer memoria mientras repasaba los testimonios iniciales que él mismo anotó con su puño y letra. Estaba a punto de rendirse cuando una frase garabateada en una esquina, la típica que se había anotado sin mucha importancia, captó su atención. «La abuela llega al escenario antes que la policía». Frunció el ceño, apretando los labios.

Cuatro: Marije. Iker sintió un escalofrío al escribir el nombre de la madre de Blanca en la lista. No tenía pruebas, pero su instinto le gritaba que debía mirarla más de cerca porque había algo en ella que le provocaba escalofríos. Era una arpía, sí. Eso saltaba a la vista, pero… ¿Podía ser una asesina?

Era tarde y la mayoría de los agentes ya habían levantado campamento para marcharse a su casa, pero él no tenía pensado dejarlo. Incluso aunque el maldito dolor de cabeza siguiera ahí, perforándole las sienes, necesitaba encontrar algo más… Cualquier cosa. Necesitaba convencerse a sí mismo de que le había dado las vueltas suficientes como para cerrar el caso sin miedo a estar cometiendo un gravísimo error.

Iker tamborileó los dedos sobre la mesa mientras sentía el peso del cansancio en cada fibra de su cuerpo mientras el reloj avanzaba sin piedad. Marije Gutiérrez… No era sospechosa, ni tenían ninguna prueba en su contra y tampoco existía un motivo claro contra aquella mujer. Y, sin embargo, algo en ella le incomodaba. Su frialdad, su forma de sobrellevar el duelo, su actitud siempre controlada. Aquella mujer tenía actitudes de una psicópata de manual.

Cerró los ojos intentando recordar las escasas interacciones que había mantenido con Marije a lo largo de la investigación y la vio allí, de pie, en el funeral, entregándole al público su perfecto y ensayado discurso. Daba la sensación de que la muerte de la niña, en realidad, no le afectaba demasiado. O peor aún... como si aquello formara parte de un plan, de una puta actuación.

—Joder... —susurró, atusándose el pelo con las manos.

Volvió a revisar la lista, buscando algo, cualquier cosa por pequeña que fuera que apuntase en su dirección. Pero nada, no encontró nada. Se inclinó hacia la mesa y repasó el informe forense. Ninbe fue asfixiada antes de ser arrojada al agua. ¿Por qué? Si el asesinato tenía un propósito ritual, ¿por qué no simplemente dejar el cuerpo en un lugar simbólico? ¿Por qué el puerto?

Apretó los dientes y revisó el expediente de Eneko Larrazabal. Los correos, las anotaciones sobre «la pureza del agua», la simbología de Basandere... pero en ningún momento se mencionaba un sacrificio en el agua.

Encendió su ordenador y buscó más información sobre Basandere otra vez más. Lo había hecho un sinfín de veces, repasando uno a uno cada detalle y cada leyenda independiente de otros valles. Las leyendas hablaban de la protectora de los bosques, la que enseñaba a los humanos a vivir en equilibrio con la naturaleza. Pero en los textos más antiguos, en los más oscuros, también había referencias a ofrendas, a tributos para asegurar su favor. Algunos mencionaban sangre. Otros, fuego. Pero, en realidad, ninguno hablaba exactamente del agua..., y mucho menos, del mar. Había alguna mención a los ríos, pero… Un sudor frío le recorrió la espalda.

—Mierda…

Volvió a abrir los informes de vigilancia. Ninguna cámara captó el momento exacto en el que Ninbe desapareció.

«Me ha llamado mi hija llorando y he venido rápido...», la voz de Marije resonó en su mente mientras se le revolvía el estómago. Iker se levantó de golpe, arrastrando la silla contra el suelo con un chirrido seco, y Amaia lo miró, desconcertada.

—¿A dónde vas?

Él cogió su chaqueta y el móvil sin siquiera responder de inmediato, porque en aquellos instantes su cabeza trabajaba más aprisa que su boca.

—Voy a visitar a los padres de Ninbe. Necesito hacerles unas preguntas.

Su compañera puso cara de extrañeza.

—¿Ahora? ¿A estas horas?

—Sí. Hay algo que no me cuadra.

Ella lo observó un tanto perpleja, pero no insistió. Conocía a Iker lo suficiente como para saber que cuando tenía una corazonada, era mejor dejarlo hacer sin rechistar y, por supuesto, sin interferir. Si algo había aprendido a lo largo de aquellos años, era que Iker Ibarguren nunca cedía.

—¿Quieres que te acompañe?

Él negó con la cabeza.

—No, quiero que sigas revisando la documentación de Eneko Larrazabal y que repases todos los putos emails. Uno a uno…, algo se nos está escapando.

Se giró hacia la puerta, pero la voz de Amaia lo detuvo.

—Iker.

Él se volvió, encontrando su mirada escéptica.

—¿Qué crees que te van a decir que no sepamos ya?

—No lo sé. Pero necesito intentarlo.

Y, dicho aquello, salió sin dar más explicaciones.

En el pasillo, el sonido de la lluvia golpeando los ventanales de la comisaría le pareció más fuerte que antes. Sí, agosto se había esfumado, devorado por un invierno gélido que había llegado antes de tiempo para consumir la muerte.

Con el corazón encogido, encendió el motor del coche y puso rumbo a la urbanización El Abanico.

Iker apagó el motor y dejó escapar un suspiro profundo. Frente a él, la casa de los Gutiérrez Larreta se alzaba con su fachada de piedra oscura y los postigos cerrados. Reparó en que había una luz encendida en el piso superior, una ventana que más bien parecía un ojo vigilante en mitad de la noche. Suspiró, agotado, consciente de que no recordaba cuánto llevaba sin comer, sin ducharse y sin pasar por casa. ¿Hacía cuánto que no compartía una tarde con sus pequeñas? ¿Hacía cuánto que no abrazaba a Maitane?

—Joder...

Aquel caso empezaba a dejarle una mala sensación de *déjà vu*, como si aquello ya lo hubiera vivido anteriormente. En lugar de encaminarse directamente a la puerta, giró sobre sus talones y se acercó a la ría de Butrón.

El aire estaba cargado de humedad y en el ambiente, flotando, había ese olor inconfundible a vegetación empapada, a agua estancada y a barro viejo. Bajo sus pies, el suelo era una mezcla traicionera de hierba y fango, resbaladizo por la llovizna que caía de manera intermitente. El caudal del río estaba alto, crecido por las últimas tormentas, y su superficie tenía un tono verdoso, cubierto de una capa de musgo y hojas muertas que flotaban como cadáveres diminutos.

Caminó despacio, dejando que el sonido del agua lo envolviera. Daba la sensación de que la corriente susurraba un idioma antiguo que solo el bosque comprendía. El bosque y... sus habitantes, fueran quienes fuesen estos últimos.

A su alrededor, los árboles altos se mecían con el viento. Iker se percató de que, a pesar de ser verano, sus ramas estaban desnudas y se estiraban como dedos huesudos hacia el cielo gris plomizo. Parecían esqueletos llorando, suplicando. Un par de garzas blancas emergieron de entre los arbustos, batiendo sus alas con un sonido hueco y seco hasta desaparecer en la bruma.

—Joder, joder.

Le seguía doliendo horrores la cabeza.

Respiró hondo, llenándose los pulmones de aquel aire frío que se colaba bajo el cuello de su abrigo. Y, por un segundo, cerró los ojos tratando de imaginar a Ninbe en ese lugar. ¿Había estado allí alguna vez? ¿Había corrido por esa orilla, había reído mientras tiraba piedras al agua sin saber lo que el destino le tenía reservado en un futuro?

—Qué puta clase de monstruo mata a una niña pequeña... —murmuró, lanzándole la pregunta al humedal como si este tuviera la capacidad de responder y resolver aquel espantoso crimen.

Como si el agua del río conociera todos los secretos.

Iker se inclinó y deslizó los dedos por la corteza rugosa de un tronco caído que descansaba en la orilla de la ría. Sintió un temblor que le recorría las extremidades, así que se obligó a sí mismo a apartar la mano. Estaba dejando que la paranoia lo devorara, y eso no era bueno.

Desde la casa, el sonido de una puerta abriéndose rompió el silencio. Iker se giró y vio a Marije de pie en el umbral, con su cabello impecablemente recogido y un abrigo gris ajustado. Lo observaba en silencio, con una expresión inescrutable, como si supiera que él estaba allí buscando algo más que respuestas. El oficial echó un último vistazo a la ría antes de comenzar a caminar de regreso.

—Oficial Ibarguren, de la Ertzaintza de Getxo —repitió él con paciencia, aunque ambos se conocían de sobra.

Ambos se conocían demasiado bien. Marije inclinó la cabeza con una lentitud casi teatral.

—Ya sé quién eres, así que sobra la palabrería— dijo con voz neutra—. ¿Qué haces aquí? Mi hija necesita descansar.

Iker carraspeó, conteniéndose.

—Quiero hablar con Blanca y Víctor —dijo, justo antes de corregirse—. Necesito hablar con Blanca y Víctor.

Desde dentro de la casa, una voz débil se filtró por el pasillo.

—Ama, ¿quién es?

Blanca no tardó en aparecer en el umbral de la puerta. Estaba envuelta en un grueso jersey de lana y su rostro cada vez parecía más pálido y ojeroso. Como era habitual, aquel día también tenía los ojos enrojecidos. Iker pensó que era un espectro de las fotos que había visto de aquella mujer anteriores a la tragedia.

—¿Qué pasa? ¿Qué ocurre? —preguntó con la voz tensa, como si temiera recibir otra mala noticia—. ¿Es por Eneko Larrazabal? Lo he visto en las notici...

—¿Puedo pasar? —interrumpió.

Marije frunció los labios, claramente incómoda con la petición. Durante un instante, pareció debatirse entre negarles el acceso o ceder a la petición del oficial.

—Sí, claro. Adelante —respondió Blanca, evidentemente en contra de los deseos de su madre.

Iker cruzó el umbral y sintió el aire cálido del interior envolviéndolo. La casa olía a café recién hecho y a un perfume sutil, floral, como si Marije hubiera impregnado cada rincón con su esencia.

Blanca se abrazó a sí misma en un gesto inconsciente de autoprotección mientras caminaba al frente, hacia el salón.

El lugar estaba impecable: limpio y ordenado. Ibarguren pensó que más bien parecía un escenario de película, un plató de televisión. Aunque, claro, dadas las circunstancias, ¿qué esperaba? Pensó en su casa. Siempre estaba repleta de juguetes desperdigados y de cojines fuera de lugar. Algo le decía que, al marcharse Ninbe, aquel lugar había perdido el alma.

Iker entró y tomó asiento en uno de los sillones de cuero. Blanca se dejó caer en el sofá, abrazándose las rodillas. Marije, en cambio, cogió la cafetera de porcelana y se dispuso a servir el café con una precisión minuciosa. Sin duda, era la anfitriona perfecta.

—¿Azúcar? —preguntó con una sonrisa educada que no le llegaba a los ojos.

—No, gracias —respondió él incapaz de quitarle la vista de encima.

Iker la observó mientras llenaba las tazas. Algo en ella le chirriaba cada vez más... Esa calma, esa forma tan fría de moverse...

Blanca tomó la taza entre sus manos, pero no bebió. Solo la sostuvo, como si el calor del líquido pudiera hacerle sentir algo en medio de ese vacío.

—¿Y su marido? —preguntó, mirando a Marije.

—Falleció —respondió ella sin levantar la vista, mientras removía su café con lentitud—. Soy viuda.

—¿Y Víctor?

—Está trabajando, como siempre.

Iker asintió y Blanca dejó la taza en la mesa para frotarse los ojos.

El oficial se sintió incómodo en aquel lugar. Decidió ir al grano y no andarse con rodeos porque, a fin de cuentas, aquella visita solamente era una excusa absurda para tantear a Marije Gutiérrez. Nada más.

—Necesito hablar sobre Ainhoa Larreta.

—¿Otra vez? Ya os hemos dicho todo lo que sabemos.

—Es importante —insistió él—. Sabemos que tenía contacto con Eneko Larrazabal. Que hablaban sobre rituales...

Blanca se alarmó.

—¿Rituales? ¿Qué tiene que ver eso con Ninbe?

—Eso estamos intentando averiguar.

La mujer tragó saliva, mordiéndose el labio. Iker vio cómo sus manos se crispaban sobre su regazo. No estaba en condiciones de responder preguntas, pero tampoco podía permitirse el lujo de negarse.

—¿Cómo era su relación con Ainhoa? —preguntó él.

Blanca suspiró, hundiéndose en el sofá.

—Ya os lo conté.

—Otra vez, por favor —repitió él.

—Nunca nos llevamos bien —dijo en voz baja—. Siempre me criticó. Siempre me dijo que no sabía ser madre.

Iker asintió, fingiendo que contrastaba la información con lo dicho anteriormente.

—¿Y con Ninbe? —instó, mientras sopesaba cómo abordar el tema que realmente le interesaba.

En realidad, tenía claro a dónde quería llegar. O, mejor dicho, a quién.

—Era... distante. No es que fuera cruel con ella, pero tampoco era cariñosa. No parecía interesarle.

Iker se giró hacia Marije, aunque la mujer tardó en inmutarse. Sostenía la taza de café con ambas manos, observando la escena con una calma inquietante.

—¿Y usted qué piensa de Ainhoa, señora Gutiérrez?

Sus labios se curvaron en una leve sonrisa inescrutable. Después se tomó su tiempo para responder.

—Creo que es irrelevante lo que piense, oficial Ibarguren. Si la han detenido, supongo que tendrán razones para ello —comentó con una calma total.

—La hemos interrogado, sí, pero no tenemos pruebas suficientes para procesarla —mintió.

—Es una pena —dijo, llevándose la taza a los labios con una calma desbordante.

Iker apretó los dientes. Joder. Había algo en ella que..., Dios. Algo que no encajaba.

Pasó la hoja de la libreta, dispuesto a ganar algo de tiempo, y deslizó el bolígrafo entre sus dedos.

—Imagino que estabas sola en casa en el momento en que te llamó tu hija —insistió, en un tono casual, casi como si la pregunta fuera un mero trámite sin importancia—. Estoy repasando datos y…, bueno, no veo que se comentase nada al respecto.

Marije alzó la mirada de la taza de café y esbozó una sonrisa comedida, sin un átomo de nerviosismo.

—Pues no, fíjate —dijo, cruzando las piernas con esa puta lentitud que la caracterizaba y que tanto desquiciaba a Iker—. Estaba con mi vecina, Conchi. Había venido a casa a tomar café y ayudarme con unos bordados.

Iker pestañeó. Eso sí que no se lo esperaba. Algo en su interior se tensó mientras asimilaba esa nueva información. ¿Marije Gutiérrez tenía una coartada sólida?

—¿Podrías darme su número? —pidió con suavidad, anotando mentalmente cada detalle.

La sonrisa de Marije se amplió, como si encontrara cierto placer en su petición.

—Por supuesto.

Se levantó con la misma elegancia calculada con la que había servido el café y se dirigió hasta un pequeño escritorio en la esquina del salón. Iker la observó de reojo y vio cómo sacaba una agenda de cuero de un cajón. Mientras tanto, Blanca permanecía inmóvil en el sofá con la mirada clavada en aquella taza de café que ni siquiera había probado. Su respiración era leve, silenciosa, como si poco a poco se estuviera extinguiendo de la vida. Iker tomó la hoja que Marije le tendía con el número garabateado en el reverso. Se fijó en la caligrafía, que obviamente también era pulcra e impoluta.

—¿Alguna otra cosa en la que pueda ayudarle, oficial Ibarguren? —preguntó ella, ladeando la cabeza con una cortesía mecánica, y ensayada. Estaba claro que fingía.

El instinto de Iker le decía que sí. Que había muchas cosas que Marije Gutiérrez podría decirle si se lo proponía. Pero también sabía que no obtendría nada si la presionaba demasiado pronto.

Guardó la hoja en su libreta y sonrió educadamente.

—De momento, no. Pero puede que vuelva a necesitar hablar con usted.

Marije no desvió la mirada ni un solo segundo.

—Cuando quiera.

Ahí estaba de nueva esa puta frialdad. Esa que conseguía helarle la sangre.

Cruzó la puerta de aquella casa con paso acelerado y corrió hasta el vehículo con la intención de esquivar la lluvia. Cerró la puerta de golpe, sacudiendo el agua de su chaqueta mientras caía rendido en el asiento del conductor. Tenía los dedos entumecidos a pesar de que minutos antes había sostenido una taza de café humeante entre sus manos. Con cuidado, desdobló la hoja con el número de teléfono y sacó su móvil. Pulsó los números con el pulgar, sintiendo la presión latir en sus sienes, y escuchó el tono de llamada que se alargaba durante unos segundos en su oreja.

—¿Sí? —respondió una voz femenina al otro lado.

—Buenas noches, soy el oficial Ibarguren, de la Ertzaintza de Getxo. Le llamo por un tema de protocolo.

Se oyó un silencio tenso al otro lado de la línea.

—¿Ocurre algo?

—Nada de lo que deba preocuparse, señora. Solo necesito confirmar ciertos detalles. Marije Gutiérrez ha relatado que estaba con usted en su casa cuando recibió la llamada de su hija para comunicarle la desaparición de Ninbe.

La mujer dejó escapar un suspiro entrecortado.

—Sí, por Dios… —murmuró, con la voz temblorosa—. Qué mal trago. Me había preocupado.

Iker encendió el motor para poner la calefacción, aunque su piel seguía erizada.

—¿Podría relatarme cómo fue exactamente?

—Claro… —respondió agitada. Luego tomó aire, como si estuviera rememorando la escena para poder describirla con exactitud—. Había ido a su casa a tomar café. A veces nos reunimos para bordar un poco, ya sabe, para charlar de todo y de nada. Marije estaba tranquila, incluso diría que de buen humor… Pero de repente sonó el teléfono —comentó—. La verdad es que esa tarde nos reímos mucho.

Iker entrecerró los ojos y aferró el volante con una mano.

—¿Y qué pasó?

—Pues ya lo sabe… Lo de su nieta —murmuró con voz temblorosa—. ¿Cómo nos íbamos a imaginar algo así? Dios mío, qué desgracia…

—Sí. Pero…, ¿recuerda el momento exacto en el que Marije recibió la llamada de su hija?

—Por supuesto —respondió al momento—. Y no se me olvidará jamás, porque su cara cambió por completo, ¿sabe? Nada más descolgar —susurró Conchi—. Atendió la llamada y se quedó pálida, blanca como el papel. Al principio no dijo nada, pero de repente soltó el telefonillo, lo dejó colgando y… Ay, Dios… Se puso a llorar a moco tendido, temblando. Nunca la había visto así. Salió corriendo de la casa, gritando… Apenas entendí lo que decía, solo que había pasado algo con su nieta. Que tenía que irse.

Iker guardó silencio un instante. Fuera, la lluvia seguía repiqueteando sobre el techo del coche,

—¿Estaba muy alterada? —insistió.

—Muchísimo. Hasta me dio miedo que se desmayara en las escaleras. Apenas pudo coger el abrigo antes de salir. Fue como si… —Conchi hizo una pausa—…como si la desesperación la poseyera de golpe. Pobre mujer, pobre familia…

Iker sintió un escalofrío recorrerle la espalda.

—Gracias. Eso es todo lo que necesito saber.

—De nada —respondió Conchi, antes de que el oficial extinguiera la llamada—. A ver si encuentran pronto al culpable. Esa familia se merece descansar…

Ibarguren cortó la llamada y apoyó el móvil sobre su muslo, pensativo. Marije, desesperada. Marije, llorando a gritos. Algo en esa imagen no terminaba de encajar con la mujer que él conocía, la que acababa de ver. No le parecía la clase de persona que pudiera derrumbarse en público. No era alguien que permitiera que los demás fueran a ver su dolor. Aunque, quizás, en el fondo no fuera tan inhumana como estaba haciendo creer al resto. Quizás toda esa frialdad no era más que una fachada para no tener que mostrar su dolor.

Además…, tenía una coartada sólida. Firme. Tenía una testigo.

Apretó los dientes y sacó su libreta del bolsillo. Bajo la tenue luz de la cabina, escribió con trazo firme: *Confirmado: Marije recibió la llamada en su casa. Testimonio de Conchi creíble. Marije se mostró fuera de sí. Comprobar tiempos de trayecto desde María Cristina al puerto. Buscar cámaras de tráfico en la ruta.*

Volvió a leerlo. Algo dentro de él le decía que aún no tenía todas las piezas del rompecabezas, pero…

¿Y si estaba persiguiendo fantasmas? ¿Y si estaba perdiendo el tiempo?

Decidió que ya eran demasiadas suposiciones y que lo mejor que podía hacer era seguir investigando.

La casa olía a una mezcla de tomate, orégano y queso fundido. La mesa estaba a medio despejar, aunque aún quedaba algún plato con restos de pasta y los vasos de agua a medio terminar.

—¡No corráis! —gritó Maitane desde la cocina al escuchar el caos.

Las niñas ya habían salido del comedor y corrían entre risas y gritos, dándose empujones las unas a las otras.

Iker estaba sentado frente a su mantel vacío. Estaba agotado, pero no podía evitar sentir cierta gratitud por el caos que se respiraba en su casa.

—¡Hora de lavarse los dientes! —soltó con un gruñido, relajando los hombros contra el respaldo.

—Te van a ignorar —se rio Maitane—. Creo que hoy va a costar meterlas en la cama.

—Tiene pinta.

El oficial se puso en pie con un gesto teatral para ir tras ellas. Sin demasiado esfuerzo, atrapó a la pequeña y la levantó en el aire mientras esta se reía a carcajada limpia.

—Te tengo, criminal —bromeó, llevándosela al baño como si la estuviera arrestando.

Sacó los cepillos de dientes y los fue entregando, uno a uno, hasta que todas ellas se dispusieron a realizar la tarea. El caso de Ninbe le estaba proporcionando a Iker una paciencia de la que pocas veces podía presumir. La pequeña no quería abrir la boca, la mediana se entretenía haciendo burbujas con la pasta de dientes y la mayor, intentando dar órdenes e imitando con voz de pito a Maitane, terminó con un chorro de agua empapándole la camiseta.

—Iker, céntrate —riñó Maitane, apoyándose en el marco de la puerta con los brazos cruzados y una sonrisa de satisfacción.

—¡Estoy en ello! —protestó él, sujetando el cepillo como si intentara domar a un animal salvaje.

Al final, entre amenazas de no leer cuentos y chantajes con besos y cosquillas, lograron llevarlas al dormitorio. Se subieron a la cama a regañadientes, aún con las mejillas rojas por la pelea con los cepillos de dientes. Maitane se sentó en la cama de la mayor y comenzó a leer en voz alta con esa entonación que siempre se guardaba para las mejores historias; las que más miedo daban. Iker las observaba, orgulloso, en silencio desde el umbral de la puerta.

Sintió que el maldito nudo de su estómago se apretaba con fuerza al pensar que sus hijas estaban ahí, a salvo, seguras en sus camas con sus pijamas de ositos y sus peluches apretados contra el pecho. Pero Ninbe no. Ninbe no regresaría a su cama..., y eso merecía justicia. Tragó saliva.

Aquellos padres necesitaban respuestas. Y merecían que fueran las correctas. Cerró los ojos un instante y exhaló con fuerza intentando despejar su mente. Cuando abrió los ojos, Maitane lo miraba desde la cama con una ceja levantada y con una fingida expresión de pocos amigos.

—¿Todo bien? —preguntó en voz baja.

—Sí —mintió.

Sabía que mentía, pero decidió no insistir. Diez minutos más tarde, las niñas roncaban en sus camas y ellos salían de la habitación.

—No pienses demasiado. Ven a la cama.

Iker titubeó. Estaba agotado, sí. Llevaba demasiadas horas revisando el caso y dándole vueltas y más vueltas a lo mismo. Así que lo mejor que podía hacer era eso: marcharse a dormir con su mujer y olvidarse de todo aquello por unas horas.

—No lo sé —murmuró a modo de respuesta, pensativo.

¿Y si se estaban perdiendo lo más importante? Pero, ¿qué era lo más importante? ¿Qué más le faltaba por revisar? Le había dado una y mil vueltas al caso y no era capaz de encontrar nada más, absolutamente nada.

—*Laztana*... ¿vienes?

—No lo sé —repitió una vez más, pensativo—. Necesito... Quiero dar un nuevo repaso.

Maitane sonrió mientras depositaba un beso fugaz en sus labios.

—Déjalo para mañana. Vamos a dormir.

Él asintió, pero, en lugar de seguirla hacia el dormitorio, se dirigió a la mesa de trabajo como un autómata. Encendió la lámpara de mesa del escritorio para que la luz amarillenta iluminase la zona de trabajo. ¿No tenían bastante contra Ainhoa Larreta?, se preguntó, paseando la yema de los dedos por las carpetas que contenían las declaraciones. No, no tenía bastante. Necesitaba más.

Pero, ¿qué era lo que necesitaba exactamente? ¿Una puta confesión? En su foro interno sabía que nunca la obtendría. Ni Eneko Larrazabal ni Larreta parecían dispuestos a confesar el crimen. Como mucho, conseguiría que uno le echase al otro la culpa, que se incriminasen entre ellos... Tal vez eso podría servir de cara al juicio, pero... Suspiró y decidió volver al principio, a la cronología de la tarde del crimen. Blanca, Karmele, Josu... todos estaban sentados en la terraza del Puerto Deportivo cuando Ninbe desapareció. Pero, ¿y Víctor? ¿También?

Se inclinó hacia delante, buscando la respuesta entre los informes. Repasó una y otra vez las declaraciones, los testimonios. Karmele había dicho que estaban los cuatro juntos… ¿O no?

¿Cómo era posible? Algo tan básico, tan elemental, ¿se les podía haber pasado por alto? ¿Podía Víctor haber tenido algo que ver con todo aquello? Nunca estaba presente, había vuelto muy rápido al trabajo… No sé, tampoco lo veía especialmente afectado.

—Mierda… —farfulló, apretándose el puente de la nariz con los dedos.

Mañana mismo hablaría con Karmele y Josu. Necesitaba asegurarse de que todos los cabos sueltos estuvieran bien atados, cerrados. No tenía un móvil contra Víctor, pero…, lo mejor era que se asegurase bien, que descartase cualquier otra vía posible al igual que lo había hecho con Marije Gutiérrez. Si lo pensaba con frialdad, la estadística mostraba que en un porcentaje alto de casos de niños desaparecidos o asesinados había algún familiar involucrado.

El sonido suave de unos pasos descalzos le hizo levantar la vista. Maitane estaba en el umbral de la puerta, con una bata de seda entreabierta y el cabello suelto cayéndole en ondas sobre los hombros.

—Dicen que, si quieres respuestas de Basandere, tienes que ir al bosque y hacerle las preguntas directamente a ella —murmuró con una sonrisa, apoyándose en el marco de la puerta.

Iker la miró.

—¿Eso crees? —preguntó él, cruzando los brazos sobre su pecho.

—Creo que necesitas dormir —replicó ella con suavidad, pero con insistencia.

Se acercó a él y le puso las manos sobre los hombros para comenzar a masajeárselos lentamente. El ertzaintza dejó escapar un suspiro y cerró los ojos un instante, disfrutando del contacto a pesar de que su maldita cabeza seguía sin proporcionarle tregua.

—Solo quiero darle una vuelta más —susurró, sin abrir los párpados.

Maitane le besó en los labios con suavidad.

—Pues te esperaré despierta —le prometió.

Iker la observó mientras se alejaba y, por un instante, tuvo ganas de seguirla, de olvidarse de todo y dejarse arrastrar por el calor de su cama.

—Un último vistazo —prometió en voz alta mientras abría la carpeta para repasar los informes.

¿Qué cojones era? ¿Qué era lo que se le estaba escapando?

—¡Joder! —gruñó, resignándose.

Apagó la lámpara del escritorio y se frotó los ojos con parsimonia mientras se decía a sí mismo que una leve pausa le vendría bien para desconectar y descansar la mente. Estaba dándole vueltas, una y otra vez, a lo mismo; en bucle.

La luz tenue del pasillo se filtraba lo justo para dibujar la silueta de Maitane, que estaba recostada sobre la cama. Se había deshecho de la bata y solo llevaba puesta una camiseta de tirantes y unas braguitas de algodón.

—Pensé que te habías casado con ese despacho tuyo —bromeó, con voz somnolienta.

Iker soltó una risa picarona y se deslizó bajo las sábanas, acercándose a ella.

—Estoy a punto —bromeó, siguiéndole, divertido, el juego.

Hundió la cara en su cuello y aspiró el aroma dulzón de su crema corporal. Pasó los labios por su clavícula, dejando un beso perezoso, mientras su mano se deslizaba despacio por su cintura explorando la curva de su cadera. Maitane suspiró antes de girarse hacia él.

—No puedes pensar en nada más, ¿verdad?

—Solo en ti —mintió, porque aún quedaban sombras del caso acechándolo en algún rincón de su mente.

Ella enredó los dedos en su cabello y le devolvió un beso intenso y lento. Su lengua se deslizó sobre la suya, dejando un calor denso, y todo lo que le rondaba la mente comenzó a desvanecerse poco a poco. Iker gimió en su boca mientras sentía la presión de sus piernas rodeándole la cintura. Maitane podía ser eléctrica.

Con delicadeza, le sacó la camiseta por los hombros y le fue dejando un reguero de besos lento hasta llegar a sus pechos. Ella tembló en sus manos, y enseguida arqueó la espalda para atraerlo más cerca. Iker dejó que sus dedos se deslizaran por el elástico de sus bragas, jugueteando con la tela antes de apartarla con un movimiento lento y calculado.

—Eres insoportable —jadeó ella, riendo entre suspiros.

—Y tú una impaciente…

El sonido de la lluvia contra la ventana se mezcló con el roce de las sábanas y el ritmo de sus respiraciones aceleradas. Y de pronto, el mundo entero desapareció y solamente existieron ella y él.

Cuando todo terminó, Maitane se quedó recostada contra su pecho con una sonrisa de satisfacción en los labios y los dedos dibujando formas invisibles sobre su piel.

—¿Sigues pensando en el caso? —preguntó en un murmullo.

Iker exhaló despacio, besándola en la frente.

—Ahora, ya no.

Pero en el fondo, sabía que la tormenta aún no había terminado.

Hacía días que no salía de casa. Bueno, en realidad, la última vez que había abandonado aquellas paredes lo había hecho para ir a comisaría. Si no, no salía. No tenía nada que hacer fuera…, aunque, en realidad, tampoco tenía nada que hacer dentro.

Estaba sentada en la butaca del salón con la mirada fija en algún punto indeterminado. No recordaba cuánto tiempo llevaba allí, pero sí que la tarde se había esfumado de golpe y plumazo. Había llegado la noche, y ella seguía en la misma postura que hacía horas, petrificada por completo.

Sabía que había llegado la noche porque la luz que se filtraba por la ventana había cambiado de tonalidad y había comenzado a teñir las paredes de dorado, pero no porque supiera qué hora era. En realidad, no tenía fuerzas ni para mirar el reloj.

El silencio era absoluto y sofocante, como si un ser oscuro reptase por cada rincón de la casa engullendo cualquier sonido posible. Lo único que en aquel instante rompía la quietud era la vibración intermitente del teléfono móvil sobre la mesa auxiliar del salón. Era

Víctor. El nombre parpadeaba sin descanso en la pantalla, una y otra vez. Blanca lo miró de reojo sin siquiera hacer el amago de moverse mientras se sentía atrapada en el eterno bucle de dolor en el que estaba sumergida. Sabía que su marido también estaba sufriendo, pero lo hacía a su manera. Y si debía de ser sincera, no entendía cómo podía seguir con su vida como si nada; ir a trabajar, salir a comprar... No, no lo entendía. Ella solamente podía sentir el vacío que la carcomía lentamente como un gusano hambriento, dejándola rota y sola.

El teléfono dejó de vibrar y la casa volvió a quedar aplastada en el silencio. Blanca cerró los párpados y apoyó la cabeza en el respaldo mientras la opresión invisible en su pecho la seguía machacando sin piedad. Por un instante y a pesar de que los ventanales estaban cerrados a cal y canto, le pareció escuchar el murmullo lejano del río Butrón más allá del repiqueteo de la lluvia.

Prácticamente todo había quedado a oscuras cuando por fin consiguió levantarse. Sin siquiera pensarlo, caminó hasta la habitación de Ninbe con lentitud y se quedó en el umbral de la puerta. Aún no había entrado. Desde que ella se fue, no había encontrado fuerzas para hacerlo. Suspiró hondo y empujó la puerta con la intención de adentrarse en aquel pequeño santuario de recuerdos.

El aire estaba impregnado con su olor.

Blanca inspiró con fuerza y el pecho se le desgarró. Podía percibir sin ningún esfuerzo el olor a la colonia infantil que usaba, y el suave aroma de los peluches que siempre dormían con ella. Todo seguía allí, intacto, como si el tiempo no se hubiera atrevido a borrar la esencia de su hija.

Se arrodilló junto a la cama y deslizó los dedos por las sábanas arrugadas mientras sentía la textura en sus yemas. La muñeca favorita de Ninbe, esa que siempre solía llevarse a todas partes, estaba apoyada sobre la cama. Blanca la tomó con devoción y la estrechó contra su pecho mientras sus ojos ardían, empañándose.

Estaba convencida de que, a esas alturas, ya no le quedarían lágrimas que derramar. Pero se equivocaba. Ahí estaban. ¿Cómo narices iba a salir adelante? ¿Cómo respirar cuando el mismo aire dolía? ¿Cómo vivir en un mundo que había dejado de tener el más mínimo sentido?

Las lágrimas comenzaron a caer, pesadas y ardientes, empapándole la blusa. Pero no sollozó. No había sonido en su llanto, solo un hilo de dolor que emanaba de su interior como un veneno silencioso.

Deslizó los dedos por los estantes repasando los cuentos que Ninbe le pedía cada noche. Se detuvo en el de «Peru Sagutxua», su favorito. Después contempló cada uno de los vestidos que aún permanecían en el armario, congelados en el tiempo para la eternidad.

Apretó uno de ellos contra su rostro mientras rememoraba la última vez que se lo había puesto. Había sido hacía un par de semanas, un día que salieron a pasear por los acantilados de Azkorri. Habían comprado un helado en el Fangaloka y Ninbe había correteado toda la tarde con la tela manchada de frambuesa. Si se fijaba bien, aún podía detectarse la huella de la mancha mal lavada.

Blanca sintió una arcada y dejó caer el vestido al suelo como si se hubiera quemado con él.

Tenía que salir de allí. No podía seguir en esa casa, en esa habitación donde cada rincón le recordaba lo que había perdido. Pero al mismo tiempo, irse de allí sería como abandonarla. Como dejar que el recuerdo de su hija se evaporara.

Se dejó caer sobre la alfombra y abrazó la muñeca contra su pecho. Si cerraba los ojos con fuerza, si se concentraba en el latido doloroso de su pecho, podía imaginar que Ninbe aún estaba allí. Viva, a su lado.

—Te quiero tanto, mi princesa…

Sí. Si cerraba los ojos, aún podía sentir que todo tenía solución. Que podía pararse el tiempo, que podía obrarse un milagro. Un maldito milagro.

Pero los milagros no existían.

El suelo frío de la habitación de Ninbe se pegaba a su piel, pero Blanca apenas lo sentía. Todo su cuerpo parecía entumecido, como si el dolor la hubiera convertido en piedra. Cerró los ojos y, por un instante, rezó por desaparecer. Quería morirse.

Un buen rato después, consiguió levantarse. Había perdido la noción del tiempo, así que simplemente se deslizó como un fantasma mientras en su cabeza martilleaban las mismas dos preguntas de siempre: ¿por qué a ella? ¿por qué a su hija?

Apretó los ojos con fuerza mientras el eco de su risa retumbaba en su mente. Recordarla resultaba tan frustrante como intentar atrapar arena con los dedos, porque el recuerdo se disolvía en su mente para dejar paso a la maldita realidad.

Contempló la habitación con los ojos desorbitados antes de abandonarla. Estaba intacta; la cama impoluta con el edredón de dibujos de estrellas, los juguetes alineados en la estantería, el pequeño escritorio con un cuaderno a medio escribir... Todo estaba ahí. Como si Ninbe fuera a volver en cualquier momento. Un sollozo se le atascó en la garganta y se cubrió la boca con la mano, consciente de que, de repente, no podía respirar.

El pecho se le contrajo con espasmos de angustia y tuvo que apoyarse en la pared para no desplomarse. Intentó inhalar aire, pero cada bocanada se transformaba en un puñal de dolor.

No podía seguir viviendo así. No podía seguir viviendo.

Los pensamientos oscuros se enredaron en su mente como zarzas afiladas, arañando cada resquicio de cordura. Si todo había terminado para Ninbe, ¿por qué no para ella? ¿Para qué seguir? ¿Para arrastrarse por el mundo como un espectro vacío, como una sombra de lo que alguna vez había sido?

Se encaminó, tambaleándose, a su dormitorio. Después, con manos temblorosas, abrió un cajón de la mesilla de noche en busca del maldito bote de los somníferos. Sabía que aquellas pastillas no conseguían apagar el fuego del sufrimiento ni silenciar sus pensamientos, pero... Se quedó quieta mirando el bote muy fijamente mientras sentía su respiración agitada. Bastaba con tomarlos todos. Bastaba con cerrar los ojos y dejarse ir.

Destapó el bote lentamente, dispuesta a hacerlo..., pero justo en ese instante, su teléfono móvil comenzó a vibrar sobre la mesilla de noche. Blanca parpadeó, con la mirada borrosa por las lágrimas para leer el mensaje que Víctor acababa de mandarle:

«Por favor, contéstame. No puedo con esto sin ti.»

El peso de esas palabras la golpeó como un mazazo en el pecho mientras dejaba caer el bote al suelo. Escuchó el sonido de las pastillas desparramándose por el suelo mientras ella, sollozando, se abrazaba a sí misma.

Ibarguren se apretó el chubasquero contra el cuerpo mientras sentía la tela mojada pegándose a su piel. El viento rugía, azotando el puerto como si quisiera arrancar de cuajo los barcos amarrados. Bajo sus botas, la madera crujía, resbaladiza.

Iker apretó os dientes, conteniendo un temblor que circulaba por sus extremidades. No supo si era por el frío, por la humedad que se filtraba en sus huesos o por algo más profundo; algo primitivo. Esa sensación de inquietud, de alerta, que siempre le asaltaba cuando se sumergía en un caso.

Desvió la mirada hacia el agua y contempló el mar embravecido. Las olas oscuras chocaban contra los pilares del puerto, enviando salpicaduras heladas hacia todas las direcciones posibles. Y a lo lejos, entre la neblina, estaba el faro.

Clavó la mirada en el frente y distinguió la silueta encorvada del hombre que estaba buscando.

—¡Eh! ¿Martín Goenaga? —gritó por encima del estruendo del viento y las olas.

El pescador levantó la cabeza y lo miró con ojos cansados. Llevaba un gorro de lana gris calado hasta las orejas, que contrastaba con el fino jersey que llevaba puesto. Hacía frío, pero era verano…

—¿Quién pregunta? —su voz sonó quebradiza, como si el viento la hubiera desgastado con los años.

Iker se acercó un poco más mientras sentía cómo el muelle se movía ligeramente bajo sus pies.

—Oficial Iker Ibarguren, de la Ertzaintza de Getxo.

El pescador escupió al suelo y se pasó una mano por la barba de varios días.

—Ya hablé con la policía cuando pasó lo de la niña —murmuró—. No sé qué más quieren que diga.

Iker se detuvo a un metro de él y deslizó las manos en los bolsillos del chubasquero, tanteando el paquete de tabaco que llevaba allí. Pero no, se recordó a sí mismo que había prometido que no volvería a fumar. Por Etxaniz. Por él.

—A veces los detalles que parecen insignificantes terminan siendo importantes —dijo, midiendo sus palabras—. Quiero que me cuente otra vez cómo encontró el cuerpo.

Goenaga suspiró, resignado.

—No puedo decir mucho más de lo que dije en su momento… El mar estaba calmado, no como hoy. Salí con las redes y vi algo entre las rocas. Y ya está.

Iker guardó silencio, concediéndole margen para que pudiera retroceder en su memoria en busca de más. Goenaga, en cambio, frunció el ceño. Estaba claro que no le hacía gracia volver a relatar aquello.

—Al principio pensé que era un tronco…, o basura, o yo qué sé. Lo último que te esperas es que se trate de… —murmuró con la voz ahogada—. En fin, cuando me acerqué, la vi ahí, encajada entre las piedras…

—¿Estaba flotando?

—No, estaba atrapada. Como si algo la hubiera dejado allí.

El viento silbó entre los barcos atracados, y por un segundo el muelle pareció estremecerse bajo sus pies.

—¿Algo? —repitió Iker, afilando la mirada—. ¿A qué se refiere?

El pescador volvió a escupir al suelo y se cruzó de brazos.

—Mire, agente… Llevo pescando en este puerto desde que era un crío. He visto cosas raras en el agua. He encontrado todo tipo de mierda flotando. Pero lo de esa niña… —comenzó, antes de bajar la voz un par de tonos hasta volverla casi inaudible—. No sé…

El oficial sintió que el aire se le atascaba en los pulmones.

—Explíquese.

Goenaga giró la cabeza y lo miró directamente.

—Quiero decir que no la vi llegar flotando desde el mar abierto. Estaba allí, quieta, atrapada en las rocas... como si la hubieran dejado con cuidado.

Iker se estremeció.

—¿Está diciendo que alguien la colocó allí deliberadamente?

Aquella era la misma hipótesis que la policía había planteado, sí. El pescador se encogió de hombros y sacó un cigarrillo de un paquete arrugado.

—No lo sé, oficial. Pero le diré algo... —hizo una pausa para encender el cigarro—. De lo único que estoy seguro es de que el mar no deja las cosas con tanta delicadeza.

Iker apretó la mandíbula mientras Goenaga le sostenía la mirada, justo antes de darle una calada larga al cigarrillo. Sí, estaba claro que tenía razón.

—Si de verdad quiere saber lo que le pasó a esa niña —dijo con voz grave—, debería preguntarse quién querría que la encontraran allí.

Las gotas de lluvia golpeaban las tablas de madera resbaladizas con un ritmo monótono, con un tamborileo incesante que se mezclaba con el sonido del agua que chocaba sin pausa contra las rocas.

—¿Y viste a alguien más?

—Mire, oficial... —dijo en tono de advertencia, sin mirarlo directamente—. Yo no quiero problemas.

—No te preocupes. No vas a tener problemas. Solo quiero saber si viste a alguien en el puerto o en la zona de las rocas.

Martín se llevó el cigarro a los labios, aspiró profundamente y soltó el humo en una bocanada que se disipó entre la lluvia casi al instante.

—No sé… Aquel día había mucha gente por la zona, pero… —masculló—. Pero…

Se calló, desviando la vista hacia el agua como si esperara que las olas se tragaran sus palabras.

—Pero viste a alguien —lo apremió Iker.

Martín vaciló.

—No quiero juicios ni cosas raras, ¿eh? No pienso testificar.

—No te citaré. Solo es para la investigación. Lo que me digas se queda entre nosotros.

El pescador jugueteó con el cigarro entre los dedos con gesto pensativo.

—Vi a alguien que salía con prisa, que se alejaba muy rápido.

Aquellas palabras fueron como un latigazo. ¿Ainhoa Larreta?

—¿Cómo era?

—No lo sé bien… —Martín se encogió de hombros—. Solo la vi un momento. Estaba más allá, en la parte de las rocas. Iba caminando rápido.

—¿Una mujer?

Goenaga asintió.

—Sí, eso creo.

—¿Cómo iba vestida? —le urgió Ibarguren.

—No lo sé... La vi nerviosa. Caminaba con torpeza —comentó—, por eso me llamó la atención. Parecía..., no sé, tener prisa.

El ertzaina sintió que se le amontonaban las preguntas en la boca.

—¿Llevaba un abrigo largo? ¿Negro?

Martín le dio una calada más al cigarro antes de negar.

—Era agosto. Hacía calor, oficial —le recordó—. No la vi bien porque no tardó en desaparecer entre la gente. Solamente la vi de espaldas, un instante...

Iker sintió un nudo en el estómago. ¿Podía Ainhoa Larreta haberse deshecho del abrigo tan rápidamente? No tenía sentido, porque los restos de agua salada habían sido hallados en esa misma prenda.

Metió la mano en su bolsillo, sacó el teléfono y buscó una foto de ella.

—¿Era esta mujer?

Martín entrecerró los ojos mientras acercaba su rostro, arrugado por el salitre, a la pantalla. La observó durante unos segundos con la misma meticulosidad con la que seleccionaba el pescado de sus redes. Luego se apartó y negó con la cabeza.

—No, creo que no.

—¿Estás seguro?

Martín asintió con más convicción esta vez.

—Sí. La mujer que vi… No sé, era distinta… Tenía más cuerpo.

Iker sintió que el aire se espesaba.

—Está bien —dijo al final, guardando el móvil—. Si recuerdas algo más, llámame.

El pescador asintió sin mucho entusiasmo y volvió a su tarea, como si la conversación nunca hubiera tenido lugar.

El ertzaina, en cambio, avanzó con paso acelerado mientras intentaba ordenar sus pensamientos. Una mujer que no era Ainhoa Larreta, pero que había estado merodeando por la zona de manera sospechosa. ¿Y quién demonios era? Tampoco podía tratarse de Marije, así que… ¿Quién le quedaba? ¿Quién podía haber querido hacerle daño a Ninbe?

Sintió la lluvia empapando su ropa y el frío colándose por el cuello del chubasquero, resbalando por su espalda. Apretó el paso hasta llegar al coche mientras un instinto primario le erizaba la piel y le obligaba a contener la respiración.

Joder.

Se quedó inmóvil durante unos segundos sintiendo el peso de la corazonada en su pecho. Luego giró sobre sus talones y volvió sobre sus pasos, retrocediendo en dirección al pescador. Martín Goenaga seguía allí, inclinado sobre una caja llena de redes mojadas mientras desenredaba el nylon con dedos firmes y precisos.

—Una última pregunta…

Martín alzó la mirada, entrecerrando los ojos bajo su gorro de lana empapado.

—¿Qué?

Iker metió la mano en el bolsillo y sacó el móvil.

—¿Podría ser esta mujer?

Le mostró la pantalla, inclinándola para que la luz no reflejara el agua acumulada en la superficie. Martín dejó de desenredar la red y se quedó mirando la imagen. Su expresión se endureció de inmediato.

—No estoy seguro… —murmuró el pescador, sin apartar la vista de la foto.

Iker sintió un nudo en el estómago.

—No necesito que lo estés. Solo dime: ¿podría ser ella?

Martín tragó saliva, movió la mandíbula y al final asintió, despacio.

—Podría ser —musitó—. O podría no ser. No estoy seguro.

Joder. Joder.

Martín desvió la vista de la pantalla y se llevó el cigarro a los labios, aspirando hondo.

—No quiero más líos —murmuró—. No estoy diciendo que fuera ella. Solo que… podría ser.

Iker cerró la pantalla del móvil y lo guardó de nuevo en su bolsillo. Joder.

Todo encajaba. Pero, al mismo tiempo, nada lo hacía. El peso del caso, del cansancio y de la incertidumbre, le aplastaba los hombros con más fuerza que nunca mientras un millar de incógnitas se encendían en su mente.

—Eskerrik asko, Martín.

Se dio la vuelta y se dirigió al coche con el corazón latiéndole con fuerza. No, aquello no tenía sentido.

—Hostia puta…

Se sentía inmersa en un espeso duermevela, en una pesadilla constante de la que no conseguía despertar. Se había acostumbrado a que su mente flotara en el letargo, suspendida en el sueño y la vigilia. Era lo único que los malditos somníferos hacían bien; atontarla. El problema era que, la gran mayoría de las veces, la dejaban sumergida en un dolor que no conseguía arrancarse.

De repente, algo golpeó la ventana de la habitación y Blanca se despertó de golpe. Había sido un ruido sordo, como el de una mano abierta golpeando el cristal con ímpetu. Se incorporó de un salto, deshaciéndose del malestar de la pesadilla, mientras sentía su corazón acelerado bombear adrenalina en su pecho. Parpadeó, desorientada, preguntándose dónde estaba y cómo había llegado hasta ese lugar. Entonces escuchó otro golpe seco, profundo, y el aire se le quedó atrapado en sus pulmones. Estaba en su habitación, en su cama. Miró a la ventana y escuchó el viento, que bramaba en el exterior arrastrando consigo ráfagas de lluvia contra los cristales.

Blanca abandonó el calor del edredón y, con los pies descalzos, se acercó hasta la ventana, que no paraba de dar golpes bajo los azotes del temporal. Acercó el rostro al cristal y…, y entonces, la vio.

Era una silueta muy pequeña, apenas una sombra entre la negrura del humedal. Entrecerró los ojos, procurando agudizar su visión, y…

El mundo se frenó en seco.

—No…

Blanca empujó la ventana, dejando que la humedad de la noche se colara con un susurro gélido al interior mientras en sus labios se repetía una y otra vez la misma palabra.

—No…

Atrás, la cama crujió.

—¿Qué pasa? —preguntó Víctor adormilado.

Sin pensárselo dos veces, salió corriendo de la habitación y se dirigió escaleras abajo, tambaleándose. No sintió el dolor cuando su cadera chocó contra la barandilla, ni el golpe sordo del marco de la puerta principal golpeándole el hombro mientras saltaba al exterior.

—¡NINBE!

Pero ella ya no estaba. Blanca sintió cómo la tormenta la envolvía en un manto de hielo y cómo la lluvia caía a ráfagas, clavándose en su piel como agujas. Echó a correr en dirección al humedal con el camisón cada vez más pesado sobre sus hombros y los pies descalzos. Podía sentir la gravilla, el barro y las piedras rasgando la planta de sus pies, pero no le importaba. Nada de eso importaba. Por un instante, volvió a verla. La figura se deslizaba entre la bruma, moviéndose hacia el agua.

—¡NINBE! —gritó con un aullido sordo y desesperado.

Y en ese instante, la vio desaparecer entre los juncos.

Blanca se lanzó cuesta abajo mientras sentía la tierra húmeda ceder bajo sus pies. Resbaló, golpeándose las rodillas, y continuó avanzando sin detenerse. Segundos después, el río la abrazó con gelidez mientras el agua le devoraba los tobillos. Después las rodillas, y luego la cintura.

—¡Ninbe, por favor! —suplicaba en un lamento desgarrado, en un sollozo ahogado por la tormenta.

Se adentró más al fondo mientras el frío la atravesaba como una puñalada. Miró en todas las direcciones, buscando, pero ya no había nadie. Solamente quedaba el reflejo de la luna distorsionando la superficie del agua embarrada y el viento que ululaba entre los árboles. El vacío la devoró desde dentro sin piedad hasta que, de pronto, lo escuchó. Era un murmullo lejano y, a su vez, cercano. Blanca notó cómo unos dedos invisibles se deslizaban bajo la corriente, rozándole la piel.

Y entonces, escuchó el rumor.

—¡NINBE!

Blanca gritó.

Y el río pareció responder, susurrando su nombre.

El agua la envolvía como un sudario glacial, trepando por su cuerpo a medida que avanzaba. Sentía el barro pegajoso succionándole los pies y las piernas entumecidas. Pero no pensaba detenerse. Tragó agua, mucha agua. Tosía con violencia mientras la corriente helada se filtraba en su garganta. Podía sentir cómo le ardían los pulmones, pero no podía volver atrás... No podía.

Se tambaleó, con los brazos extendidos, palpando la oscuridad en busca de algo, de su pequeña. Su niña estaba aquí. Había visto su sombra moverse entre los juncos. Tenía que estar aquí. Y no pensaba perderla otra vez..., no. Otra vez no. Entonces, al alzar la vista hacia la otra orilla, la vio. No era Ninbe, sino una silueta femenina que se alzaba recortada entre la espesura del bosque. Era oscura, alta..., imposible. Blanca se percató de cómo la neblina la rodeaba como un velo espectral, distorsionando los bordes de su figura... desnuda. Estaba desnuda. Su piel parecía fundirse con la noche y con el susurro de los árboles, que se agitaban danzantes a su alrededor. Estaba lejos, pero, aun así, su voz resonó dentro del río con claridad meridiana.

—Ahora está conmigo.

Blanca sintió el mundo desplomarse bajo sus pies.

—No… No…, por favor, no…

Se tambaleó en el agua, sintiendo cómo la corriente tiraba de ella. Poco a poco iba siendo arrastrada hacia lo más profundo, aunque nada de eso le importaba.

—No, por favor… —sollozó—. Devuélvemela… Devuélveme a mi pequeña…

La figura no se movió y Blanca, temblando, pudo sentir su mirada. No había ojos en su rostro o, al menos, no podía verlos. Pero los sentía, atravesándola, devorándola desde dentro. Y de pronto, sin previo aviso, la silueta se desvaneció entre los árboles. Blanca gritó, desesperada. Angustiada. Sus alaridos se fundieron con el gruñido salvaje del río mientras este la arrastraba cada vez con más fuerza, respondiendo a sus súplicas de esa manera, sumergiéndola por completo en su interior.

—¡DEVUÉLVEME A MI NIÑA! ¡DEVUÉLVEMELA!

32

Iker tamborileaba los dedos contra el escritorio con un ritmo irregular, casi ansioso. La luz del flexo estaba encendida e iluminaba los informes que había esparcido frente a él.

Ainhoa Larreta.

Su nombre aparecía una y otra vez en cada documento, en cada informe pericial, en cada declaración. Estaba a un paso de caer por el asesinato de Ninbe. El relato encajaba perfectamente, sí. Lo había repasado una y otra vez, sin descanso, y sabía que todo, absolutamente todo, la señalaba a ella. Una historia redonda para la acusación a pesar de que las pruebas no fueran lo suficientemente sólidas. En el fondo, sabía que en cualquier otro caso habría cerrado sin dudarlo, sin contemplaciones.

Cerró la carpeta y se pasó la mano por el rostro, arrastrando los dedos por su barba. Se inclinó sobre el escritorio, respirando hondo. Intentó apartar la sensación que lo atenazaba desde hacía días, pero estaba ahí, pegajosa y persistente.

No tenían pruebas sólidas. Solo indicios, presunciones. ¿Era eso lo que activaba su instinto? ¿Era eso lo que lo mantenía tan alerta? En un juicio, eso no era suficiente. Se sostendría en titulares, en suposiciones, pero no ante un buen abogado.

Joder, no. No era solamente eso. Su puto instinto le había salvado el culo tantas veces que lo mínimo que podía hacer ahora era prestarle un poco de atención. Además, estaba la conversación que había mantenido con Martín Goenaga... La había reconocido. ¿Cómo era posible? Se apretó la sien, procurando encajar aquellas piezas imposibles dentro del rompecabezas que tenía frente a él.

Resopló, se levantó de la mesa y cogió su chaqueta. Algo en su interior le decía que no encontraría nada nuevo, pero aun así debía intentarlo. Merecía la pena.

Amaia, sentada en su mesa, levantó la vista con una ceja arqueada.

—¿A dónde vas?

Iker ya tenía una mano en la puerta.

—Necesito aire. Respirar.

Ella ladeó la cabeza, estudiándolo con la mirada.

—Eso no suena a «voy a por un café y vuelvo».

Iker se encogió de hombros.

—No lo es.

Y, dicho aquello, salió sin añadir nada más y sin proporcionarle ningún tipo de aclaración extra a su compañera. Sabía que no contaba con el apoyo de su equipo. Amaia no estaba de acuerdo y Etxaniz…, simplemente no estaba.

El aire de la calle le golpeó la cara con crudeza. Se metió las manos en los bolsillos mientras caminaba hasta el final del aparcamiento y, después, apoyó los codos en la barandilla.

Sacó un cigarro del paquete arrugado que llevaba en el bolsillo, ese que había prometido que nunca volvería a tocar, y se lo llevó a los labios. El chasquido del mechero rompió el silencio mientras la brasa se encendía con un resplandor anaranjado. Aspiró profundo y soltó el humo por la nariz, sintiendo el ardor en la garganta. Ya dejaría de fumar cuando terminara con ese puto caso.

Sacó el móvil y marcó el número de teléfono, dispuesto a hacer una última comprobación.

—Dime, Ibarguren —respondió al instante el técnico informático.

—¿Puedes comprobar si tenemos el historial de llamadas de Blanca Gutiérrez?

—Deberíamos tenerlo.

Iker apretó los dientes.

—Mándamelo al correo. Necesito comprobar algo.

—¿Algo en concreto?

Iker miró la brasa del cigarro consumirse poco a poco.

—Solo mándamelo.

Colgó y se quedó pensativo dejando que la brisa fría le despejara la cabeza. No tardó en oír pasos detrás de él y no necesitó girarse sobre sus talones para confirmar que se trataba de Amaia. Un segundo después, se apoyó en la barandilla a su lado, en silencio, con los brazos cruzados sobre el pecho.

—No puedes evitarlo, ¿verdad?

Iker sonrió sin ganas.

—No sé de qué me hablas.

Amaia resopló.

—Sí lo sabes. No puedes dejarlo ir. Este caso…. —susurró en voz baja—. Sigues sin tener claro que la culpable es Ainhoa Larreta.

—No me gusta cuando las piezas no encajan.

—¿Y si no encajan porque simplemente estamos viendo lo que queremos ver?

Iker la miró de reojo. Amaia estaba observando la ciudad, los labios ligeramente fruncidos, pensativa.

—¿Tú crees que Ainhoa mató a Ninbe?

Ella tardó en responder.

—Creo que todo apunta a que lo hizo.

—Eso no es lo que he preguntado.

Amaia suspiró.

—Creo que es lo más lógico.

—Lo lógico no siempre es lo cierto.

—Y el instinto no siempre es fiable —le recordó—. Lo que realmente sirve son las pruebas. Es en eso en lo que nos tenemos que basar…

Se quedaron en silencio un rato. La brisa movía algunos envoltorios vacíos que alguien había tirado por el suelo, arrastrándolos por el asfalto.

—Te está afectando más de lo normal —le dijo con cierta cautela.

Iker se volvió hacia ella.

—¿El qué?

—Todo esto. No eres tú. Estás… raro.

Él entrecerró los ojos.

—¿Raro cómo?

Amaia sonrió de lado con esa sonrisa sarcástica que siempre conseguía desarmarlo un poco.

—Raro como cuando te metes tanto en un caso que empiezas a volverte un poco gilipollas.

Iker soltó una breve carcajada.

—Si yo me vuelvo gilipollas, ¿qué me dices de ti?

Amaia se encogió de hombros.

—Que debo de ser masoquista por aguantarte.

Hubo una pausa y, de pronto, algo cambió en el aire. Iker lo sintió antes de ser del todo consciente de ello. Era ese silencio tenso, esa manera en la que Amaia entrecerraba los ojos al dirigirse a él. Su proximidad y… Un pequeño escalofrío le recorrió la nuca.

Joder. Esa puta conexión que tenía con ella y que llevaba años intentando enterrar, ignorando y disfrazando
de cualquier otra cosa. Ambos se miraban fijamente,
inmóviles… Hasta que su teléfono sonó. Iker miró la
pantalla y una sonrisa automática le suavizó el rostro.
Era Maitane.

Respiró hondo y se odió un poco a sí mismo por
lo que había estado sintiendo un segundo atrás.

—Dime, laztana —respondió con voz tranquila.

Pero el tono de Maitane al otro lado de la línea
no tenía nada de tranquilo.

—Ven al hospital de Cruces.

Iker sintió que su estómago se encogía.

—¿Es Etxaniz?

—No —dijo ella—. Es Blanca Gutiérrez.

El cigarro cayó de sus dedos y se apagó contra el
suelo mojado.

—Joder.

Buscó a Maitane con la mirada, y la halló en el control de enfermería, revisando un informe en su tableta. Tenía cara de cansada y de pocos amigos, como si llevase un mal día a cuestas.

—¿Dónde está? —preguntó sin rodeos.

Maitane suspiró, dejando la tableta sobre la mesa.

—Habitación 314. La han tenido que sedar porque estaba... muy agitada —dijo, suspirando.

—¿Qué ha pasado?

Su mujer cruzó los brazos sobre el pecho.

—Un episodio disociativo.

—¿Un episodio disociativo?

—Cuando la trajeron, estaba en shock —continuó Maitane—. No reconocía a nadie, repetía las mismas palabras una y otra vez. Estaba histérica, fuera de sí. Y cuando intentaron calmarla, empezó a agredir al personal.

—Joder...

—No sabe dónde está. Su cerebro no procesa la realidad, Iker. Es como si una parte de ella se hubiera desconectado del todo.

Iker se pasó una mano por la cara mientras intentaba digerir lo que estaba escuchando. Suponía que aquella era la única manera con la que su cuerpo podía enfrentarse a la realidad.

—¿Qué estaba diciendo? —preguntó—. Cuando llegó al hospital... ¿Qué decía?

Maitane lo miró con seriedad.

—Que Basandere se ha llevado a su hija.

Iker se estremeció al oír aquello.

—¿Lo decía en serio?

—Totalmente. No paraba de gritarlo.

Iker cerró los ojos un instante. No sabía qué pensar. Blanca se hallaba en un estado extremo de duelo, eso era evidente, pero había algo en todo aquello que le ponía los pelos de punta.

—Voy a verla.

Maitane lo miró con una mezcla de cansancio y resignación, pero no dijo nada. Cuando entró en la habitación 314, un golpe de angustia le subió por la garganta. Blanca estaba atada a la cama. La habían inmovilizado con correas en las muñecas y en los tobillos. La repasó con la mirada, de hito en hito: tenía la piel pálida y el cabello húmedo y pegado a la frente. Sus ojos, rojos e hinchados, se movían frenéticamente por la habitación, de un lado a otro, inyectados en un pánico invisible.

—Quiero que me la devuelva... —gritó con la voz rota.

Iker tragó saliva.

—Blanca…

—Quiero que me la devuelva. Quiero que traiga de vuelta a mi pequeña…

Su mirada se clavó en él y, por un segundo, Iker sintió que no estaba viendo a una madre destrozada. No. Estaba viendo algo más. Estaba viendo una mujer que había perdido por completo la cordura.

—Basandere se la llevó… —susurró con labios temblorosos—. Se la llevó y no me la va a devolver. No quiere traerla de vuelta.

—Blanca… Soy el oficial Ibarguren… ¿Me recuerda? —musitó Iker intentando calmarla.

—No la volveré a ver… —repetía como una posesa.

El oficial permaneció de pie, inmóvil, con los nudillos apretados contra los muslos. La habitación estaba en penumbra y apenas quedaba iluminada por la luz azulada que entraba a través de la ventana. La escena era desoladora. Blanca, atrapada en algún oscuro rincón de su mente, sollozaba con los ojos cerrados. Las correas de sujeción se tensaban con cada espasmo de su cuerpo y la piel enrojecida de sus muñecas delataba la lucha desesperada que había mantenido antes de su llegada.

—Blanca… —dijo en voz baja, esperando que lo escuchara.

Ella entreabrió los ojos, pero su mirada pasó a través de él como si no lo viera. Como si fuera invisible, transparente.

—Se la llevó… —susurró.

—Ninbe está muerta, Blanca.

Ella negó con la cabeza violentamente.

—No. No lo entiendes. Basandere vino a por ella… Basandere la quiso para sí.

Iker sintió que su piel se erizaba.

—Blanca, Basandere no existe. Es solo un mito.

—Tú no la viste… —sollozó con voz entrecortada—. Yo sí… yo la vi.

—¿Qué viste, Blanca?

Ella tardó en responder, con los labios secos, con la garganta rota.

—Vi a mi hija… corriendo… en el agua… —explicó con la voz ronca y la respiración errática—. Salí tras ella… la llamé… pero no se giró. Y entonces… Vi a alguien más.

Al oírlo sintió como un golpetazo en el pecho. Uno que lo dejaba sin respiración.

—¿A quién?

—A ella… —respondió con los ojos llenos de lágrimas—. Estaba al otro lado del río. Alta… con el pelo largo… y su piel era… blanca como la luna…

—¿La reconociste?

Blanca negó lentamente.

—No… no sabía quién era… —dijo, ausente—. Pero me habló.

Iker tragó saliva.

—¿Qué te dijo?

Blanca cerró los ojos, tomándose su tiempo para contestar.

—Ahora está conmigo… —murmuró—. Eso me dijo. Ahora está conmigo…

Joder, pensó con una punzada de angustia en el estómago.

—¿Podrías volver a describirme a esa mujer?

Blanca no tuvo tiempo de responder porque, de repente, la puerta de la habitación se abrió de golpe y Marije apareció tras ella.

—¿Qué demonios está haciendo aquí, oficial?

Llevaba el abrigo perfectamente abrochado hasta el cuello y el cabello recogido con pulcritud en un moño. De pronto, Blanca se hizo un ovillo sobre la cama con los ojos desorbitados y la respiración entrecortada, como un animal acorralado.

—Estoy intentando ayudar —contestó Ibarguren con calma, pero sin apartarse de la cama.

—¿Ayudar? —escupió la mujer, incapaz de ocultar el desprecio que sentía hacia él—. Lo que está haciendo es empeorar las cosas. Mi hija necesita descansar, no que un policía la atormente con preguntas absurdas sobre cuentos de hadas.

Resultaba más que evidente que había estado escuchando tras la puerta.

—Su hija ha tenido un episodio disociativo, señora Gutiérrez. Necesitamos entender qué la ha llevado a este punto.

—¿Que qué la ha llevado a este punto? —repitió despectiva, dejando escapar una risita seca y afilada—. Se lo diré yo, oficial. El dolor. La pena. La muerte de su hija. ¿Le parece suficiente explicación o necesita que se lo dibuje?

Iker sostuvo la mirada de Marije en un duelo silencioso. No se inmutó cuando ella se cruzó de brazos, inclinando la cabeza con esa sonrisa tan falsa como vacía, como si su hija maniatada en la cama no fuera más que un inconveniente menor en su vida perfectamente ordenada.

—Lárguese —le ordenó en voz baja, sin elevar el tono.

Iker procuró mantener la calma en un intento de no tensar más la situación.

—Aún no hemos terminado.

—Sí, sí que hemos terminado —añadió, soberbia, con la barbilla levantada—. Mi hija necesita descansar y usted está interfiriendo en su recuperación. Lárguese.

Marije esperó a que se marchara. Luego, con la misma frialdad con la que había echado a Iker, se acercó a la cama y le apartó el cabello de la cara a Blanca.

—Ya está, cariño. Ya pasó.

Su tono de voz era suave, controlado, casi cariñoso. Pero sus ojos seguían siendo dos cristales opacos que no albergaban ni un atisbo de emoción verdadera. Blanca cerró los ojos. No porque creyera en sus palabras, sino porque sabía que no tenía fuerzas para luchar contra su madre.

Fuera, en el pasillo, Iker se apoyó en la pared y sacó el móvil de su bolsillo.

Desbloqueó la pantalla y abrió su correo. Joder. Odiaba con toda su alma a aquella bruja insensible. La detestaba con todas sus fuerzas, con todo su ser. Incapaz de esperar, abrió los documentos para repasar el historial de llamadas de Blanca. Ahí estaba. Tal y como Marije y Conchi habían contado, Blanca la había llamado unos minutos antes de marcar el 112. No había mentido. Iker resopló frustrado. ¿Y si en esta ocasión su instinto fallaba? ¿Y si solo era una puta corazonada sin fundamento? Puede que Amaia tuviera razón y que estuviera obsesionándose sin sentido o puede que, simplemente, el odio que le generaba aquella mujer estuviera conquistando el puto caso.

Iker conducía sin rumbo fijo. Sentía que la cabeza estaba a punto de estallarle y el dolor le martilleaba con tanta fuerza en la sien que no sabía si gritar o echarse a llorar. Alzó la mirada al cielo cubierto de nubarrones. Los limpiaparabrisas trabajaban a tope mientras él, simplemente, circulaba por la autovía. No quería volver a casa y tampoco sabía a dónde ir porque sentía la angustia reptándole por la espalda, engulléndolo.

Treinta minutos más tarde, estacionó su vehículo en el parking del Puerto Viejo. Apagó el motor y se quedó en silencio, allí, inmóvil, disfrutando del tamborileo de las gotas de lluvia que caían sobre la carrocería impecable del coche patrulla. Fuera, las farolas titilaban encendidas tras la cortina del aguacero. No parecía verano, no. Mucho menos, agosto. Hacía una noche de perros, pero aun así se bajó del coche. Se ajustó el chubasquero y hundió las manos en los bolsillos mientras descendía con paso lento hacia esa cala en la que, años atrás, le había pedido a Maitane que se casase con él. La brisa marina le golpeó el rostro con la fuerza de un bofetón, arrastrando el olor a salitre y a algas podridas, mientras el agua de la marea baja se arremolinaba en pequeños charcos oscuros sobre la arena.

Iker cerró los ojos y respiró hondo. No podía quitarse de encima la mala sensación, el presentimiento de que algo se les escapaba. Basandere. Los rituales. El simbolismo de los sacrificios... Nada de eso encajaba con la manera en que Ninbe había sido asesinada. ¿Estrangulación? ¿En un punto ritual? Era un método directo, sin elaboraciones. Un crimen impulsivo y sucio. Joder. Muy sucio. No seguía el patrón de los sacrificios rituales en los que las muertes eran cuidadosamente ejecutadas, con elementos simbólicos, siguiendo una estructura definida y pausada. No la habían trasladado a un lugar tranquilo, no se habían tomado su tiempo con ella. No. La habían cogido en mitad de un sitio bullicioso, la habían apartado a las rocas y la habían estrangulado. El asesino de Ninbe no era un fanático religioso. No era alguien obsesionado con la mitología vasca o con los antiguos ritos de Basandere. No. Quien mató a esa niña lo hizo con rabia, con una necesidad urgente de silenciarla. Y tenía que ser alguien que la pequeña conocía, alguien de su confianza.

Si Ainhoa Larreta hubiera asesinado a su sobrina siguiendo un ritual, habría preparado el escenario, habría hecho que su muerte tuviera un propósito dentro de su creencia del mismo modo en que habían preparado el altar en el jardín de los Gutiérrez Larreta. Pero no lo hizo. Se deshizo de ella como si fuera un estorbo. Rápido. Sin pensarlo demasiado. Sin limpiar la escena. Demasiado torpe.

Y eso le llevaba a otra pregunta: ¿a quién estorbaba Ninbe? Las gotas frías resbalaban por su rostro, pero ni intentó secarlas. Seguía dándole vueltas y más vueltas a lo mismo.

¿A quién estorbaba Ninbe? O, más importante aún… ¿quién querría hacerles daño a sus padres?

Ya habían explorado esa línea. Ya habían investigado a Víctor y Blanca. A los amigos cercanos y a cualquiera que pudiera tener una motivación personal para romperles la vida en dos. Y nada. Víctor no tenía enemigos conocidos, su entorno laboral era limpio, no tenía deudas, seguía saliendo con los amigos de toda la vida... Y Blanca tampoco. No había conflictos, no había deudas pendientes.

Era un caso sin sentido.

—¿Quieres venir a las rocas para ver los pececitos?

Se imaginaba a ese ser, a ese monstruo, engatusándola sin ningún esfuerzo para luego rodear su cuello con los dedos y estrangularla. Joder. Demasiado fácil, demasiado sencillo y rápido. Pero empezaba a tener más claro que nunca que el crimen de Ninbe no encajaba en la narrativa del sacrificio ritual y tampoco encajaba con la obsesión de Eneko Larrazabal ni con los correos que habían intercambiado sobre la pureza y el puto sacrificio.

Tenía que haber otra explicación. Tenía que haber mucho más.

Iker volvió a meterse las manos en los bolsillos mientras dejaba caer la cabeza hacia atrás, mirando el cielo.

No estaban enfocando bien el caso y ser consciente de ello le revolvía el estómago. Dio media vuelta y se dirigió al coche con pasos rápidos y decididos mientras su cerebro encajaba piezas de manera frenética. Había algo en la línea temporal que no cuadraba del todo. Algo que no habían cerrado bien.

Sacó el móvil del bolsillo del chubasquero y marcó un número. Amaia contestó al segundo tono.

—Dime, jefe.

—Quiero que revises de nuevo la coartada de Víctor. Que no se moviera de la mesa en ningún momento. Volver a repasar las cámaras, una a una… ¡Lo que sea!

Se hizo un silencio al otro lado de la línea.

—¿Víctor? —repitió Amaia, confundida—. ¿Crees que podría estar implicado?

Iker subió al coche y arrancó.

—No. No lo creo. Pero quiero estar seguro —resopló—. Algo no encaja, Amaia. Algo en esta historia no tiene puto sentido.

—Creo que deberías descansar, Iker…

Él no respondió. En lugar de hacerlo, cortó la llamada y comenzó a descender por la plazoleta de San Nicolás para aparcar en el garaje.

Unos minutos después, abrió la puerta de casa. Todo estaba en silencio, pausado. Últimamente siempre se marchaba demasiado pronto y regresaba demasiado tarde.

Maitane estaba sentada en el sofá, con una manta sobre las piernas y un libro abierto sobre su regazo. No parecía sorprendida de verlo llegar a esas horas.

—¿A dónde has ido? —preguntó en voz baja.

Iker se pasó las manos por el rostro, arrastrando la tensión del día con un suspiro.

—A pensar.

Ella dejó el libro sobre la mesita auxiliar que había frente al sofá y le hizo un gesto para que se acercara. Él obedeció, dejándose caer pesadamente a su lado. No había parado en todo el día. La cabeza le palpitaba con un dolor sordo, como si el caso de Ninbe estuviera grabado a fuego en su cerebro y no pudiera apartarlo ni por un segundo.

—¿Y ha servido de algo? —preguntó ella, acariciándole la nuca con los dedos fríos.

—No. Sigo con la sensación de que estamos en un puto callejón sin salida. Algo se nos está escapando…, pero no consigo verlo —dijo, resignándose a la realidad—. Y mientras tanto, todos quieren dar carpetazo al caso. La fiscalía, la alcaldesa, la prensa... Necesitan un culpable ya. Quieren a Ainhoa. Quieren a Eneko. Les da igual si la historia encaja o no.

Maitane se giró hacia él con gesto preocupado.

—¿Y tú? ¿Tú crees que es alguno de ellos?

Iker apretó la mandíbula y negó con la cabeza.

—No lo sé. Pero algo no encaja.

—Tienes que descansar —susurró Maitane, estrechándose con fuerza contra su cuerpo—. Si lo haces, estoy segura de que verás todo más claro.

—No puedo. Necesito que Ninbe descanse. Que Blanca, por fin, pueda respirar.

Cada vez que se ponía en la piel de esa mujer, notaba una sensación de angustia que le golpeaba el alma. No podía imaginar su vida sin sus hijas. Sin Maitane. Solo pensar en esa posibilidad le hacía sentir como si alguien le estuviera apretando el cuello con las manos.

—¿Quieres que te dé un consejo? —dijo, acariciándole el pecho con el pulgar—. Descansa y fíate de tu instinto. Nunca fallas, Iker. Has nacido para esto... así que confía en ti.

Iker no dijo nada. Solo la besó. Fue un beso lento, profundo. Aspiró su aroma, sintiéndose en casa. Su piel olía a jazmín y a noche.

Por un momento, solo por un momento, se permitió olvidar el caso mientras se preguntaba si realmente Maitane estaría en lo cierto. ¿Y si su instinto sí fallaba?

El sueño se aferró a él con fuerza para arrastrarlo con una violencia oscura y desmedida. Tenía la sensación de que se estaba hundiendo en unas arenas movedizas de las que no conseguía librarse por mucho que forcejeara. De pronto, abrió los ojos. Estaba en un bosque que no reconocía, aunque en el fondo tenía la sensación de que ya había estado allí con anterioridad. La niebla reptaba entre los troncos de los árboles, espesándose en espirales fantasmagóricas que apenas dejaban ver lo que había más allá. Y entonces la vio. Vio a la niña.

Estaba de pie, descalza sobre la hojarasca mojada, con el cabello lacio pegado a la cara como si acabara de salir del agua. Llevaba el mismo vestido con el que desapareció aquella noche en el puerto, pero estaba sucio, desgarrado y con restos de barro. Iker dio un paso al frente, reduciendo la distancia que los separaba. La pequeña tenía la piel amoratada, violácea en algunos puntos y pálida en otros. Su boca estaba ligeramente abierta dejando entrever algunos dientes pequeños. Un escalofrío le recorrió de pies a cabeza al contrastar que una línea oscura de sangre seca le caía por la comisura de los labios. Joder. De su nariz también goteaba algo. Parecía un hilo de agua negra, espesa, que se deslizaba hasta su clavícula y desaparecía en el escote del vestido. Pero lo peor eran sus ojos. Blancos. Vacíos. Dos pozos sin fondo que reflejaban la nada.

—¿Quién te ha hecho esto, Ninbe?

La niña ladeó la cabeza en un movimiento lento, antinatural, como si le costara sostener el peso de su propio cráneo. Sus labios se movieron, pero su voz no llegó de inmediato. Cuando lo hizo, sonó distante.

—Ella...

El viento silbó entre los árboles y una ráfaga helada azotó el bosque. Iker sintió que el aire se le atascaba en la garganta y que su cuerpo se tensaba como un animal acorralado.

—¿Basandere? —preguntó, tragando saliva.

La niña muerta inclinó la cabeza en un ángulo imposible, como si le hubieran cortado el cuello y su cabeza estuviera a punto de caer al suelo. Y, entonces, su tétrica voz volvió a romper el silencio.

—Ella...

—¿Quién es ella?

Ninbe alzó un brazo. Su mano temblorosa, helada, se tendió hacia él. Un instante antes de que pudiera tocarlo, algo estalló en su cabeza como un trueno y la oscuridad lo envolvió todo, engullendo en su interior a la pequeña.

Iker despertó de golpe, incorporándose en la cama con el corazón martilleándole el pecho. Su respiración era entrecortada, errática, como si hubiera corrido kilómetros sin detenerse.

La habitación estaba en penumbra y Maitane dormía profundamente a su lado. Iker la miró de reojo en busca de algo real con lo que regresar al mundo de los vivos y calmarse.

—Joder —gruñó, llevándose una mano a la nariz.

Estaba seguro de que encontraría sangre goteándole como en la visión de Ninbe, pero no. Todo había sido una pesadilla. Solo una puta pesadilla.

Respiró hondo, procurando calmarse mientras las palabras de Ninbe resonaban una y otra vez en su cabeza: ella.

Si algo tenía claro, es que él no creía en las casualidades.

36

El reloj del salpicadero marcaba las cuatro y tres de la madrugada. Afuera, la lluvia caía persistente. Los faros iluminaban la carretera vacía y él estaba ahí, dando vueltas, perdido. No podía dormir. Tampoco conseguía pensar con claridad porque la puñetera cabeza le dolía demasiado.

Marcó el número de Amaia mientras giraba en dirección al hospital de Cruces. No contestó a la primera, así que decidió insistir. Una señal. Dos. Tres.

—Joder, Iker... —la voz de Amaia sonó pastosa, ronca por el sueño del que su oficial acababa de arrancarla—. ¿Qué pasa?

—¿Has revisado las coartadas que te pedí?

Silencio.

—¿Estás bien? —preguntó ella, con un deje de preocupación.

Iker apretó la mandíbula y pasó una mano por su cara cansada.

—Dime si lo has hecho.

Amaia suspiró al otro lado de la línea.

—Joder, Iker, son las cuatro de la madrugada...

—¿Lo has hecho o no?

Un silencio se instaló en la línea.

—Mira, creo que deberías dejar el caso de lado —murmuró al fin, con la voz más firme—. Tenemos todo para procesar a Ainhoa Larreta y esto ya te está afectando demasiado. No estás bien.

Iker notó un tic en la sien. ¿Tenía razón? Sí. Tenía razón. Pero no podía dejarlo y no pensaba rendirse, no sin antes agotar todas las vías de investigación.

—¿Lo has hecho? —insistió.

—Sí —dijo Amaia, al fin, resignada—. Son sólidas. Ninguno de los cuatro se movió de la mesa. Los tenemos grabados por una cámara de seguridad del bar contiguo.

Iker aflojó los dedos del volante mientras el coche circulaba por La Avanzada.

—Sé quién mató a Ninbe Gutiérrez, Amaia —aseguró con voz grave—. Lo tengo muy claro. Lo que no sé es cómo cojones demostrar que lo hizo.

El silencio que se produjo al otro lado del teléfono no fue el de la sorpresa, sino el de la desesperación.

—Joder, Iker... Déjalo ya, por favor.

—No.

—Cógete unos días. Márchate con tu familia de vacaciones y desconecta. Es agosto.

Iker no respondió. En lugar de eso, colgó. No iba a desconectar. No iba a huir.

Su instinto le decía que no, así que lo único que podía hacer era llegar hasta el final. Fuera como fuese y costase lo que le costase.

Treinta minutos después, aparcó frente a la entrada de urgencias. Se quedó un ratito dentro del coche, con las manos aún sobre el volante, viendo cómo la lluvia golpeaba el parabrisas con una furia descontrolada. No debía estar allí. Lo sabía. Pero tampoco podía hacer otra cosa.

Salió y echó a correr bajo la lluvia mientras sentía su instinto palpitando cada vez con más fuerza en su interior. No, no era solamente su instinto. Martín Goenaga la había identificado… La había visto allí. Aunque de poco o nada le serviría un testigo que no estaba dispuesto a testificar y que dudaba de lo que había visto.

El agua le resbalaba por la cara cuando cruzó la puerta de urgencias, y apenas había dado unos pasos al frente cuando el guardia de seguridad se interpuso en su camino.

—Señor, ¿puedo ayudarle?

Iker parpadeó, confuso. Después se vio a sí mismo en el reflejo de la cristalera y lo entendió todo. Joder. Tenía una pinta horrible; el pelo le chorreaba, tenía la cara desencajada y su mirada estaba enmarcada por unas ojeras moradas. Parecía un puto loco que acababa de escaparse de la planta psiquiátrica del hospital.

—Oficial Ibarguren, de la Ertzaintza de Getxo—dijo, sacando la placa del bolsillo y mostrándosela.

El tipo, tras escanearlo brevemente, murmuró una disculpa mientras y se apartó de su camino. Iker no respondió, solo siguió adelante con el paso firme dejando un reguero de agua tras él.

Tomó el ascensor y subió hasta la planta de psiquiatría. Sabía que no tenía permiso para interrogar a Blanca sin un abogado delante. Sabía que lo que estaba haciendo era, como mínimo, cuestionable. Pero algo dentro de él lo empujaba a seguir, a hacerlo. Se le agotaban las opciones, así que lo único que le quedaba era quemar todos los cartuchos posibles.

Cuando entró en la habitación, el aire olía a medicamento rancio. Y Blanca, por supuesto, dormía —seguramente por efecto de los somníferos que le habían suministrado—. Se quedó de pie junto a la puerta durante un instante y luego se acercó a la butaca para tomar asiento. Después apoyó los codos en las rodillas y se frotó la cara con las manos, cansado. ¿Qué diablos hacía allí? ¿Por qué no estaba en su casa, en su cama, con Maitane? Tal vez Amaia tenía razón. Tal vez el caso le estaba afectando más de la cuenta. Tal vez... Tal vez era hora de dejarlo.

—Joder —murmuró, maldiciendo en voz alta mientras titubeaba.

Estaba a punto de levantarse de la butaca y de macharse a casa cuando, de pronto, Blanca se movió entre las sábanas, tensándose.

—¿Oficial Ibarguren?

Iker asintió y ella se incorporó ligeramente, aún aturdida. Tenía mejor aspecto que la última vez que la había visto.

—¿Qué hace aquí?

Buena pregunta, se dijo Iker. ¿Qué coño hacía allí?

—Necesitaba hacerte unas preguntas.

Ella hizo un gesto de desconcierto y se llevó una mano a la frente como si la cabeza le doliera.

—¿Sobre qué?

Iker tragó saliva.

—Sobre tu madre.

Blanca parpadeó, sorprendida.

—¿Mi madre?

—Sí. ¿Cómo era la relación de Marije con Ninbe?

Blanca tardó en responder. Acarició inconscientemente el dobladillo de la sábana, como si necesitara algo a lo que aferrarse mientras buscaba en su memoria.

—Eran cercanas —dijo, al fin—. Bueno, tan cercanas como mi madre puede serlo con alguien.

Iker no la interrumpió.

343

—No era una abuela convencional… Igual que no fue en su día una madre convencional. —se explayó sin andarse con muchos rodeos—. Nunca lo ha sido. No le gustaban los abrazos, ni las palabras dulces. No jugaba con ella. Pero… estaba ahí. Pero… ¿Qué hora es? ¿Por qué me hace estas preguntas?

Ibarguren sacudió la cabeza, ignorando sus últimas interrogantes.

—¿A Ninbe le gustaba estar con ella?

Blanca frunció los labios.

—Sí. Mi hija la adoraba. Era una niña, al fin y al cabo. Para ella, su amama era alguien fuerte, alguien en quien confiar.

Iker asintió lentamente.

—¿Y ella? ¿Cómo la trataba? —insistió Ibarguren, en busca de más detalles.

Blanca arrugó el ceño, visiblemente sorprendida por tantas preguntas. Estaba claro que aquel repentino interrogatorio la estaba pillando por sorpresa.

—Con paciencia… Siempre le decía que debía portarse bien, que no hiciera ruido, que no molestara… Ya sabe...

Iker tomó nota mentalmente de cada palabra.

—¿Estaba feliz con ella?

—A veces… —susurró en voz muy baja, como si temiera despertar al propio diablo con aquella confesión —. En algunas ocasiones, Ninbe llegaba de casa de mi madre como… No sé, como triste. Yo le preguntaba qué pasaba y ella me decía que nada, que amama solo estaba de mal humor.

Iker sintió un nudo en el estómago.

—¿De mal humor?

—¿Por qué me pregunta esto? ¿Qué ocurre?

El peso de la pregunta flotó entre ellos mientras Iker la miraba en silencio, sopesando qué debía decir a continuación.

—Porque necesito entenderlo todo.

Blanca no apartó la mirada de él.

—¿Entender qué?

Iker tragó saliva.

—Si la persona que realmente mató a tu hija va a estar entre rejas.

La mujer, inquieta, palideció mientras se revolvía entre las sábanas de la camilla.

—¿Qué quiere decir?

—Quiero decir que algo no encaja.

Apretó los labios, destapándose para inclinarse aún más.

—¿Cree que no fue Ainhoa? ¿Y el historiador ese?

Iker no respondió y ella, nerviosa, se tensó sobre la cama. Sus pupilas se dilataron y, de pronto, su respiración comenzó a acelerarse, como si el oxígeno hubiera desaparecido de golpe de la habitación. Iker vio cómo su pecho subía y bajaba con un ritmo frenético y cómo sus dedos se aferraban con agresividad a la sábana en un intento de anclarse a esa realidad que, de repente, se le escapaba de las manos.

—¿Crees que mi madre…? —comenzó, incapaz de formular la pregunta por completo—. ¿Por qué me pregunta esto? ¿Qué pasa?

Un temblor empezó a sacudirle las manos, y cuando Iker pensó en responder, en intentar calmarla, ya era demasiado tarde.

—Blanca, escucha…

—¡Dígamelo, joder! —gritó, histérica.

Las máquinas que la rodeaban comenzaron a pitar con un ritmo cada vez más frenético y el sonido se expandió como un zumbido insoportable, llenando la habitación de un caos ensordecedor.

—¡Mierda!

Iker se puso en pie de golpe, sintiendo un escalofrío al ver la manera en que los labios de Blanca se estaban tornando de un tono blanquecino. Y fue entonces cuando, de golpe, la puerta se abrió con violencia y una enfermera entró, seguida de otra auxiliar.

—¿Qué está pasando aquí?

—Ha entrado en pánico —intentó explicar Iker, aunque en realidad no tenía la respuesta.

Blanca seguía aferrada a la sábana mientras las lágrimas le resbalaban por las mejillas.

—Por favor, oficial Ibarguren… dígame qué está pasando…

El temblor en su voz le atravesó el pecho como una hoja afilada.

—Señor, tiene que salir —ordenó la enfermera, con la voz firme mientras revisaba la saturación de oxígeno de Blanca.

Iker la miró una última vez y dio un paso atrás. Luego otro. Y oponer resistencia, terminó cediendo a los empujones de la auxiliar que lo sacaba a la fuerza de aquella habitación.

—Joder —gruñó, sintiéndose culpable.

Había ido demasiado lejos. Se había pasado.

Se frotó la cara con las manos mientras sentía un sudor frío calándole la frente. Tenía que volver a comisaría y centrarse, para volver a repasar todo. Paso a paso, archivo a archivo, informe a informe. Tenía que fijarse en los detalles más insignificantes porque, a fin de cuentas, esos eran los que marcaban la diferencia y en los que se escondía la verdad.

Aspiró profundamente mientras intentaba mantener a raya el martilleo constante de su corazón, que rebotaba contra su pecho sin piedad. Joder, tenía la sensación de que le iba a explotar la cabeza. Se giró, a punto de dar media vuelta para salir del hospital, cuando entonces, la vio. Marije Gutiérrez caminaba con su porte impecable. Su paso era firme, seguro. Como si todo lo que estaba pasando le resbalara. Como si no tuviera una hija en estado de shock en una habitación de aquel puto hospital. Iker se apartó de la pared, sintiendo cómo la ira le subía por la garganta. Ella también lo vio, así que se detuvo en seco. Sin vergüenza, lo escaneó de arriba abajo con la misma mirada fría y calculadora con la que uno observa un objeto inservible que está a punto de tirar a la basura.

—¿Qué haces tú aquí?

Iker sintió que algo dentro de él se rompía. Ya no importaban los protocolos. Ya no importaba el procedimiento. Ya no importaba nada. Ni siquiera que lo expulsasen del puto cuerpo policial.

—Voy a por ti —la amenazó, enfurecido.

Marije lo miró, inmutable.

—Voy a por ti —repitió él, más bajo, con una seguridad absoluta.

Quería provocarla. Quería llevarla al límite. ¡Hostia puta! ¡Quería que aquella puta arpía reaccionase de una vez! Esperó cualquier cosa. Un grito. Una negación desesperada. Un arrebato de indignación. Incluso lágrimas. Pero, entonces, Marije hizo algo que le revolvió el estómago. Marije..., sonrió. Fue una sonrisa lenta, calculada, casi divertida. Una sonrisa cruel.

—Buena suerte con ello, oficial.

Y se marchó.

Él se quedó de pie en medio del pasillo mientras observaba cómo se alejaba con un andar pausado y con la puta barbilla en alto. Era una puta psicópata. Se revolvió en silencio, consciente de lo que acababa de presenciar: acababa de ver el verdadero rostro del mal.

37

Entró en la comisaría con los músculos en tensión y los dientes apretados. Estaba tan nervioso, que ni siquiera se quitó el chubasquero empapado. No. En lugar de eso se sentó en su silla y comenzó a revolver los papeles que ya había repasado en un sinfín de ocasiones. Le iba a explotar la cabeza, pero tenía la sensación de que el maldito reloj estaba llegando al final de su cuenta atrás y de que ella…, ella iba a ganar la partida. Ya había hecho el jaque.

—Ya la hemos trasladado a la sala —le dijo su compañero, distrayéndolo de sus pensamientos.

Iker se levantó de un salto, frotándose las manos para entrar en calor. Ainhoa Larreta estaba esperando en la sala de interrogatorios con los brazos cruzados y cara de pocos amigos. Iker arrastró la silla de golpe, sin ninguna delicadeza, para poder sentarse frente a ella. Amaia entró justo después, pero se quedó apoyada en la pared de atrás, observando en silencio. No tenía pensado participar.

—Dices que no mataste a Ninbe —empezó él, directo al grano.

Ainhoa alzó la vista y lo miró sin ocultar la sorpresa en su rostro.

—No lo hice —respondió con voz clara y tranquila.

—Pero querías hacerlo.

Ella se encogió de hombros.

—Querer y hacer son cosas distintas.

Iker se inclinó hacia adelante, apoyando los antebrazos en la mesa.

—Explícame eso.

Ainhoa esbozó una sonrisa ladeada.

—A veces la gente fantasea con cosas que nunca haría —dijo, con un tono casi burlón—. Yo fantaseaba con el sacrificio. Con la pureza de la sangre. Con la vieja religión.

Iker procuró mantener una expresión neutra mientras repasaba sus anteriores testimonios.

—En un interrogatorio pasado declaraste que nunca llegaste a tener la oportunidad de acercarte a la niña. ¿Por qué?

—Porque alguien lo hizo antes que yo.

El aire en la sala pareció espesarse. Amaia dejó escapar una exhalación casi imperceptible. Estaba claro que Ainhoa Larreta y Eneko Larrazabal se estaban inculpando el uno al otro, echándose barro encima.

—¿A qué te refieres? —presionó Iker, afilando la mirada.

Ainhoa bajó la vista, como si acabara de darse cuenta de que había hablado demasiado.

—Lo sé —murmuró, y alzó la vista de nuevo, clavándole los ojos con una intensidad perturbadora—. Lo sé porque vi la foto de la niña muerta en el agua. Me la enseñasteis en el interrogatorio…, y eso…, no fue un sacrificio.

—¿Qué quieres decir con eso?

Ainhoa tamborileó los dedos sobre la mesa, nerviosa por primera vez.

—Si yo lo hubiera hecho, lo habría hecho bien —dijo, con una sonrisa inquietante—. El sacrificio requiere precisión. La muerte de Ninbe no fue un sacrificio. Fue un asesinato.

El oficial sintió cómo la sangre se le helaba en las venas.

—¿Y quién la mató, entonces?

La mujer ladeó la cabeza, observándolo con curiosidad.

—Eso es lo que estás intentando averiguar, ¿no, oficial? —preguntó, aparentemente divertida—. ¿Necesitas que haga tu trabajo?

Iker sintió una punzada de ira contenida en la garganta. Apretó los puños bajo la mesa.

—Si sabes algo más, ahora es el momento de decirlo, Larreta. Después será demasiado tarde.

Ella se mordió el labio, pensativa, y luego negó con la cabeza.

—No sé quién fue. Solo sé que no fui yo.

Conteniéndose, Ibarguren se reclinó en la silla y dejó escapar un gruñido imperceptible antes de frotarse las sienes. Algo no encajaba.

—¿Por qué no quieres delatarla? ¿Por qué estás protegiéndola?

Ainhoa Larreta sacudió la cabeza de lado a lado.

—No sé de quién me hablas y tampoco sé quién mató a la niña —respondió con claridad, con calma—. Pero si lo supiera, tampoco te lo diría. Yo no pude llevar a cabo el sacrificio, pero lo importante de todo esto es que, aunque fue un asesinato, Basandere reclamó lo que era suyo. Reclamó la ofrenda y la aceptó.

El silencio que se formó después fue insoportable.

Iker se levantó bruscamente, haciendo rechinar la silla contra el suelo. Ainhoa Larreta estaba como una puta cabra y se alegraba de que estuviera entre rejas, al igual que Eneko Larrazabal. No, no sentía ninguna lástima por ellos. Eran dos putos chalados que en cualquier momento terminarían haciendo daño a alguien... El problema no era que estuvieran encarcelando a las personas incorrectas, sino que otra psicópata seguía suelta y campando a sus anchas.

Salió de la sala sin mirar atrás. Amaia lo siguió, cerrando la puerta con un golpe seco.

—¡Iker! —le gritó tras alcanzarlo en el pasillo.

Tenía el ceño fruncido, la mandíbula apretada y la mente hirviendo a borbotones. Cerró la puerta con más fuerza de la necesaria y se apoyó contra la pared, exhalando un suspiro tenso.

—¡Iker!

La voz de Amaia lo alcanzó en el pasillo. El eco de sus pasos resonó en la fría loseta mientras se acercaba con los brazos cruzados sobre el pecho y el gesto crispado.

—¿Qué coño ha sido eso?

El oficial cerró los ojos un instante y se pasó una mano por la cara.

—No lo hizo.

Amaia resopló, cansada.

—¿De qué hablas?

—Que no lo hizo —repitió con un tono más duro, girándose para mirarla de frente—. No mató a Ninbe.

—¿Y qué más da? Tenemos todo lo que necesitamos para que se pudra en prisión. Si no la mató, lo habría hecho tarde o temprano.

Iker negó con la cabeza, sintiendo un nudo formarse en su estómago.

—No podemos cerrar el caso con una culpable de conveniencia.

—¿Conveniencia? —repitió su compañera con una carcajada seca, incrédula—. ¿Conveniencia? ¡Joder,

Iker! Llevamos semanas con esto. Tenemos presión de la fiscalía, de la alcaldesa, de los medios... Todo el mundo quiere un culpable. ¡Y lo tenemos! ¡Tenemos dos!

—No tenemos al asesino.

Amaia puso los ojos en blanco y sacudió la cabeza.

—Dime una cosa, ¿tienes pruebas de que no lo hizo?

—No necesito pruebas para saberlo.

Amaia lo miró fijamente con una expresión endurecida. El peso del caso y el cansancio de los días empezaba a crisparle la paciencia y el humor.

—¿Ah, no? ¿Ahora nos guiamos por intuiciones?

—Mi instinto nunca ha fallado.

—¡Pues igual es hora de que lo haga! —le espetó ella, dando un paso adelante con los ojos encendidos—. ¡Nos estamos jugando el caso, Iker! ¡Joder! ¿Por qué coño tienes que complicarlo todo?

—Porque nos estamos equivocando, Amaia... Y la verdadera asesina sigue suelta.

Ella le sostuvo la mirada con una mezcla de rabia y pena.

—No te das cuenta, ¿verdad? Te está consumiendo.

No era la primera vez que se lo decían. Con el Asesino de la Flor le había ocurrido lo mismo, y entonces le costó una maldita suspensión en el cuerpo policial. Iker suspiró, cansado. En el fondo, no se arrepentía de nada. Absolutamente de nada.

—¿Y si fuera tu hija?

Amaia palideció.

—No es mi hija —dijo con voz gélida.

No, su compañera no tenía hijos. Pero, ¿tan difícil resultaba imaginar cómo debían de sentirse esos padres?

—Pero era la hija de alguien.

Amaia tragó saliva. Después apartó la mirada con los labios apretados.

—Haz lo que te dé la gana, pero no cuentes conmigo —murmuró al final con la voz tensa y rota—. Esto te va a consumir, Ibarguren.

Iker ya estaba girando sobre sus talones, dispuesto a recorrer el pasillo de vuelta a su mesa, cuando unas palabras golpearon su cráneo como un disparo directo: «salió corriendo y dejó el auricular descolgado...». ¿Cómo cojones dejas descolgado un teléfono móvil? No tenía sentido. Blanca no llamó al fijo de la casa de su madre, sino al móvil.

Se quedó quieto en medio del pasillo, con la respiración entrecortada, con el corazón martilleándole el pecho mientras sentía cómo el puto suelo se abría bajo sus pies. Se giró bruscamente y avanzó con pasos largos, pisando fuerte, directo hacia Amaia, que ya se alejaba echando pestes. Estaba tensa y agotada.

—Necesito el registro de llamadas de Marije. Ya.

Ella se quedó mirándole fijamente con los hombros rígidos.

—¿Perdona?

—Has oído lo que he dicho. El registro de llamadas de Marije.

—No.

Iker sintió que algo se encendía en su interior. Ya había comprobado en un sinfín de ocasiones las llamadas de Blanca y, por supuesto, también había repasado lo que se tardaba en llegar desde María Cristina —lugar donde residía Marije Gutiérrez— hasta el Puerto Deportivo de Getxo. Todo encajaba, todo encajaba demasiado bien… Todo parecía demasiado planeado, joder.

—Amaia, escúchame.

—No. Estoy harta, Iker. Harta.

Apretó los puños contra los costados y dejó escapar una maldición. Su compañera acababa de convertirse en un volcán a punto de estallar, uno que nunca antes había visto con anterioridad.

—Ainhoa es la culpable —insistió, con un tono de voz afilado como una navaja—. Lo es. Tenemos su ropa con restos de agua salada, tenemos la pulsera de la niña en su casa, tenemos sus putos correos sobre sacrificios. ¿Qué más quieres? Porque si lo que quieres es una confesión… —resopló—. Joder, Iker. Deberías saberlo. Tienes el culo pelado de ver culpables que guardan silencio, que al final nunca confiesan.

—Quiero la verdad —insistió, terco, él.

Amaia soltó una carcajada seca, sin una pizca de humor.

—La verdad ya la tenemos delante, joder. No podemos seguir perdiendo el tiempo con tus putas corazonadas.

—No lo entiendes, Amaia —murmuró con la voz ronca—. Tú no lo entiendes, pero…, ya la tengo… ¡La tengo, joder!

Su compañera entrecerró los ojos, hastiada.

—¿Cómo dices?

—Que todo esto parece colocado a propósito, pero hay un cabo suelto… ha cometido un error.

Amaia apretó los puños.

—¿Estás seguro de lo que estás diciendo?

—No.

—Entonces deja de joder.

Habían entrado en un tira y afloja absurdo. En realidad, él mismo podía llamar y pedir los registros de las llamadas de Marije Gutiérrez, pero…, ¡era su puto superior! ¿Cómo cojones podían considerarse un equipo si no confiaban el uno y en el otro? ¿Si a la hora de la verdad, se dejaban tirados en la estacada?

—Revísalo.

—No pienso malgastar más tiempo en esta mierda.

Iker avanzó hasta quedar a un paso de ella. Su voz descendió, grave, cargada de un peso que ella no podía ignorar.

—Si hay una posibilidad, por mínima que sea, de que estemos a punto de condenar a la persona equivocada, tenemos que asegurarnos —replicó—. Así que, como tu superior que soy, te ordeno que lo revises.

Amaia le sostuvo la mirada, rabiosa.

—¿Y si no encontramos nada?

—Te deberé una botella de txakoli.

Un músculo le tembló en la mandíbula.

—No me jodas, Ibarguren.

—No lo haría si no sintiera que estamos a punto de cometer un error.

Amaia cerró los ojos y despacio, muy despacio, comenzó a exhalar todo el aire que contenían sus pulmones.

—Voy a pedir los registros —gruñó—. Pero si esta mierda resulta ser una gilipollez, te vas a tragar esta puta obsesión con patatas.

Iker la siguió con el pulso acelerado, pero con la certeza absoluta de que acababan de dar un paso hacia el abismo. Estaba convencido de que se encontraban a minutos de abrir una puerta de no retorno. Una que, al parecer, nadie más que él quería abrir.

Amaia e Iker esperaban en completo silencio, ambos sentados uno frente al otro, sin decir nada. Aún no se había disipado la tensión entre ellos y parecía que ninguno de los dos estaba dispuesto a dar su brazo a torcer. Amaia tamborileaba los dedos sobre la mesa con impaciencia mientras Iker, simplemente, mantenía la mirada clavada en el teléfono.

Necesitaba respuestas. Y las necesitaba ya.

Llevaban casi veinte minutos esperando el informe del registro de llamadas de Marije Gutiérrez y, a esas alturas, los minutos empezaban a volverse demasiado incómodos, demasiado largos, demasiado lentos.

El sonido de la impresora rasgó el silencio y ambos se giraron de golpe cuando un agente entró en la sala con el documento recién salido del sistema. Iker se puso de pie antes de que lo dejara sobre la mesa para arrebatárselo de las manos.

—Joder… —susurró, apretando los dientes.

Amaia se inclinó sobre su hombro, leyendo con él.

—¿Qué? ¿Qué pasa?

Iker tragó saliva y levantó la vista.

—Marije Gutiérrez se llamó a sí misma a casa desde su móvil, exactamente una hora antes de que Blanca la llamara para decirle que Ninbe había desaparecido.

Amaia sacudió la cabeza sin entender nada de lo que él decía.

—¿Y qué? A lo mejor se olvidó algo en casa... O yo qué sé, Iker. No significa nada.

Él negó con la cabeza mientras su mente trabajaba a toda velocidad.

—Sí significa algo, Amaia —gruñó, con el corazón a mil por hora—. ¿No te das cuenta? ¡Joder! Significa que esa puta psicópata se construyó su coartada.

La ertzaina se quedó callada, analizando lo que este decía. No tenía ningún sentido, pero...

—Explícate.

Iker tomó aire.

—Sabía que Conchi nunca se pararía a comprobar a qué hora exacta desapareció la niña. ¿Por qué iba a hacerlo? No tenía sentido. Nadie lo haría —comenzó él, atropellándose con sus propias palabras—. Marije Gutiérrez sabía que, con el susto y la confusión, su testimonio serviría como una coartada perfecta. Así que una hora antes de todo, se llamó a sí misma. Dejó el teléfono fijo de casa descolgado y salió corriendo. Hizo el teatro perfecto y no dio explicaciones, simplemente se esfumó.

Tuvo una hora desde esa llamada hasta la desaparición de Ninbe para bajar al Puerto Deportivo, coger a la niña y estrangularla —comenzó a decir atropelladamente, relatando todo a máxima velocidad sin apenas concederle a Amaia el tiempo suficiente como para asimilar la información—. Cuando Blanca la llamó llorando, a su teléfono móvil, Marije hizo el paripé. Pero en realidad ya estaba allí... Ya estaba en el Puerto Deportivo.

Amaia se pasó la lengua por los labios, digiriendo la información.

—Espera, espera —terció, pensativa, procurando atar todos esos cabos sueltos que Iker ya había enlazado—. ¿Blanca la llamó al móvil?

Iker asintió con seguridad.

—Exacto. Y no al fijo. Pero Conchi dijo que Marije dejó el auricular descolgado al salir corriendo. ¿Cómo, si el teléfono nunca sonó? O, al menos, no con la verdadera llamada. La única llamada que entró en el fijo ese día fue la que ella misma se hizo antes de marcharse.

Amaia estaba totalmente perpleja.

—No... No puede ser.

—Sí puede.

La chica se llevó una mano a la boca.

—Joder, Iker... ¿Estás diciendo que...?

Él apretó los puños mientras sentía que, por fin, todo encajaba como debía de ser. Seguro que Blanca le había comentado a su madre que pasarían la tarde en el Puerto Deportivo... Fuera como fuese, sabía dónde encontrar a la niña y sabía que la pequeña se marcharía con ella sin dudar.

—Marije no solo construyó su coartada. Mató a su propia nieta —concluyó, sin andarse con rodeos—. Tiene sentido, Amaia. Piénsalo. La niña se fue con su abuela sin llamar la atención, pasando desapercibida. Confiaba en su abuela... La llamó, se la llevó, la bajó a las rocas y, después, la estranguló sin piedad. Ella confiaba en su amama.

Amaia parpadeó, intentando procesar la salvajada que Iker estaba detallando.

—Pero... Joder, ¿por qué? ¿Por qué lo hizo?

Iker cogió las llaves de la mesa y se las guardó en el bolsillo. «Porque es una puta psicópata», pensó. Pero no lo dijo en voz alta.

—Vamos a averiguarlo —ordeno, decidido, echando a caminar con paso firme a través del pasillo.

La lluvia no cesaba ni un instante y la humedad parecía haber impregnado para la eternidad cada rincón de las calles de Getxo. El mundo lloraba a Ninbe casi con la misma intensidad con que lo hacía su madre.

Iker condujo con las sirenas puestas, a toda velocidad, hasta introducirse en la autovía. Sentía el pulso acelerado mientras apretaba el acelerador a fondo. A su lado, en el asiento del copiloto, Amaia guardaba silencio intentando procesar toda la información que acababa de caer sobre ella como una losa pesada.

—Joder… —susurró de nuevo, frotándose la cara con ambas manos.

—Dímelo a mí —respondió Iker, sin apartar la vista de la carretera.

Habían resuelto decenas de casos, pero ninguno como aquel. Ninguno tan sucio y repugnante. ¿Qué clase de monstruo era capaz de hacer tanto daño a su propia hija? La imagen de Marije, siempre pulcra, siempre perfecta, organizando el funeral de su nieta con su porte impecable, servía ahora como un maldito retrato del horror. Habían tenido frente a ellos a aquella puta psicópata en todo momento mientras ella, simplemente, los manejaba a su antojo.

—¿Y si estamos equivocados? —preguntó Amaia, más para sí misma que para él.

Iker negó con la cabeza.

—No lo estamos. Confía en mí —respondió con total seguridad. Nunca había estado más seguro de nada en su vida.

Amaia apretó los labios, mordiéndose el interior de la mejilla.

—¿Y si lo niega?

—Lo hará.

—¿Y si nos falta algo?

—Si nos falta algo, lo encontraremos.

Su compañera suspiró.

—No va a confesar, lo sabes, ¿verdad?

Iker entrecerró los ojos, observando el reflejo de los faros sobre el asfalto mojado.

—No hace falta que confiese. Solo hace falta que se equivoque...

Amaia asintió, aunque en el fondo no era capaz de entender muy bien cuál era la estrategia de su superior. Fuera cual fuese, se merecía un pequeño voto de confianza después de lo mucho que había desconfiado de él los últimos días.

—Vamos a ver de qué está hecha.

El coche derrapó levemente al girar en la última curva, introduciéndose en El abanico. Pocos minutos después, la casa de los Gutiérrez Larreta apareció al fondo de la calle con su estructura impecable y sus luces encendidas. Como si nada hubiera pasado.

Iker aparcó de golpe y apagó el motor.

—Vamos.

Bajaron del coche y caminaron con paso firme hasta la puerta. Amaia temblaba por la mezcla de frío y tensión, pero Ibarguren estaba tranquilo. Sabía que por fin la tenía y que estaba a punto de caer en su red… Lo único que tenía que hacer en esa ocasión era mantener la calma, estar sereno y no entrar en su maldito juego. Tenía que ser más listo que ella.

La puerta se abrió pesadamente, sin prisa, y Marije Gutiérrez apareció al otro lado del umbral con un aspecto tan pulcro e impecable como siempre. Iker la repasó de hito en hito: no había una sola arruga en su blusa y estaba perfectamente peinada, sin un solo mechón fuera de lugar. Parecía la portada de una puta revista de moda.

Ella sonrió, pero no se sorprendió al verlos. Era una sonrisa leve, calculada, fría. Una puta sonrisa que a Iker le erizaba el vello de la piel.

—Oficial Ibarguren —sonrió con voz serena—. Qué visita tan inesperada.

Amaia miró a Iker de reojo. Estaba claro que los esperaba y fuera cual fuese la razón, se había preparado para ello. Aquella mujer no era capaz de dar una puta puntada sin hilo.

—Queremos hablar contigo, Marije —anunció Ibarguren, decidido a no andarse con rodeos.

La mujer ladeó la cabeza, fingiendo interés.

—Qué pena —respondió con calma—. Blanca acaba de llegar del hospital. No está en condiciones de recibir visitas y yo estoy agotada. Tendrá que ser en otra ocasión.

Iker vio la silueta de Blanca en el salón, sentada en el sofá. No se había movido desde que ella había abierto la puerta. Parecía como si estuviera…, ausente, como si no escuchara la conversación.

—No hemos venido por Blanca —respondió con firmeza—. Te repito, Marije, que hemos venido para hablar contigo —señaló, antes de avanzar un paso hacia ella, acortando las distancias—. Estamos aquí por ti.

La sonrisa de Marije se amplió, pero sus ojos seguían fríos, demostrando que el gesto se perdía antes de llegar a su mirada. Parecía estar disfrutando con la escena.

—Vaya. Qué honor —sonrió.

Amaia apretó los puños, consciente por primera vez de que aquella mujer no estaba bien de la cabeza y que parecía estar…, ¿vacilándolos? Estaba riéndose de ellos en su puñetera cara. Había pasado por alto la verdadera esencia de aquella loca, pero por fin podía ver en ella lo mismo que Iker Ibarguren había visto desde un principio.

—Tenemos que hablar —insistió el oficial, mirándola tan fijamente que apenas parpadeaba.

No pensaba marcharse.

Al final, Marije suspiró, teatral.

—¿Podemos hacerlo en otro momento? Os repito que mi hija acaba de volver a casa y necesita descansar.

—No tardaremos mucho.

—No creo que sea el momento…

—Yo creo que sí.

Marije cruzó los brazos mientras Iker se apretaba contra la puerta, acortando tanto la distancia que podía sentir el aliento gélido de aquella arpía contra su piel.

—Bien, si insisten —murmuró, resignada, haciéndose a un lado con gesto teatral.

Iker entró primero, Amaia tras él. La casa estaba en silencio y solo el eco de la lluvia golpeando los ventanales rompía la quietud del lugar. Blanca no se movió ni al verlos entrar. Tenía la mirada perdida en el suelo y el rostro demacrado, como si ya no quedara nada dentro de ella. Ibarguren imaginó que debía de estar medicada o que, después de todo, había terminado por consumirse por completo. Por desaparecer en su interior, por morirse en vida.

Marije señaló los sillones, pero ninguno de los agentes tomó asiento. La conversación no iba a ser tan larga como para precisar de ellos. O, al menos, eso esperaba Ibarguren.

—¿De qué queréis hablar? —preguntó con aire casual, como si estuvieran allí para tomar un café.

Iker no titubeó.

—De la llamada.

Marije enarcó una ceja.

—¿Qué llamada?

—La que hiciste a tu propia casa desde tu móvil una hora antes de que Blanca te llamara para decirte que Ninbe había desaparecido.

El silencio se volvió insoportable, pero Marije no perdió la compostura. Al final, unos segundos después, suspiró y respondió.

—No sé de qué hablas, oficial.

—Sabes perfectamente de qué hablo —contratacó, sonriente.

Ella le sostuvo la mirada, devolviéndole la misma sonrisa que él le dedicaba, pero mucho más macabra. Iker sintió un escalofrío y decidió que no pensaba darle mucha coba, pero sí la suficiente como para que se delatase a sí misma. Era plenamente consciente de que aquella mujer no tenía miedo, de que confiaba demasiado en sí misma. No tenía remordimientos. Joder, esa puta loca no tenía alma. Ambos sabían lo que había hecho y sabían que la verdad estaba a punto de salir a la luz. Solo necesitaba empujarla lo suficiente para que cayese en su propia trampa.

—No sé de qué hablas, oficial —dijo con una calma que solo hizo que Iker apretara más los puños—. Pero como ya os he dicho, no tengo mucho tiempo para atenderles… Mi hija…

—Sí lo sabes —interrumpió él, dando un paso al frente. Amaia, a su lado, estaba lista para intervenir en caso de ser necesario.

Iker mantuvo la mirada fija en Marije, esperando el momento exacto en el que su coraza se resquebrajara. Iba a caer. Tenía que caer. La mujer, impoluta como siempre, ni siquiera parpadeó. Se cruzó de brazos y ladeó la cabeza con una sonrisa burlona.

—No tengo la menor idea —insistió—. Si se han tomado la molestia de venir hasta aquí, al menos deberían explicarme de qué se me acusa. Aunque sospecho que todo esto no es más que un absurdo ensayo de cacería de brujas.

Blanca, sentada en el sofá, parpadeó, confundida. Parecía como si, de golpe y porrazo, algo la hubiera devuelto a la realidad, a la vida real.

—¿Qué llamada? —balbuceó con la voz quebrada—. ¿De qué estáis hablando?

Iker respiró, consciente de que no debía precipitarse si pretendía jugar bien sus cartas. Sabía que tenía que acorralar a Marije, pero si se equivocaba y dejaba algún orificio sin tapar…, entonces se le escaparía. Sólo tenían un registro de llamadas, nada más. Nada sólido. Mucho menos de lo que ya tenían contra Ainhoa Larreta o Eneko Larrazabal, así que… Si la detenían sin una confesión, el caso se tambalearía sobre sus cimientos y esa loca quedaría en libertad.

—El día que Ninbe desapareció —comenzó con voz pausada, calculada, mientras sacaba su móvil del bolsillo. Ibarguren deslizó el dedo por la pantalla, buscando el registro de llamadas—, Blanca te llamó al móvil para pedirte ayuda. Hasta ahí todo en orden. Pero aquí viene el problema, Marije: según el registro de llamadas, justo una hora antes, tú llamaste desde tu propio móvil a tu teléfono fijo. ¿Por qué?

Marije enarcó una ceja, pero no dijo nada. Blanca, en cambio, comenzó a agitarse en el sofá mientras la confusión en su rostro iba transformándose en algo más oscuro. ¿Incredulidad? ¿Temor? ¿Pánico?

—¿Qué significa eso? —susurró, confusa.

—Significa —intervino Amaia—que tu madre se llamó a sí misma para preparar su coartada. Conchi dice que la llamaste al teléfono fijo y que, cuando recibió tu llamada, tu madre salió corriendo, histérica, de casa. ¿Cómo es posible si tú nunca la llamaste a casa?

Un silencio espeso cayó sobre la sala. Blanca se llevó una mano a la boca, como si su propia respiración le resultara insoportable de sostener.

—Eso es ridículo —rio Marije—. ¿De verdad creen que una llamada lo prueba todo? A lo mejor marqué sin querer. A lo mejor fue una confusión.

—¿Durante más de cuarenta segundos? —la cortó Iker, clavándole la mirada—. No, Marije. No marcaste sin querer. Hiciste esa llamada porque sabías que necesitabas cubrirte las espaldas. Porque sabías lo que ibas a hacer.

Marije Gutiérrez parpadeó y, por primera vez, el brillo en su mirada se oscureció como si la duda hubiera empezado a colarse en su fachada de impasibilidad.

—No sé qué insinúa, oficial Ibarguren, pero está perdiendo el tiempo. No hay ninguna prueba de que yo haya hecho nada más que cuidar de mi hija en su peor momento.

Blanca dejó escapar un sollozo ahogado y sacudió la cabeza.

—No... No puede ser —tartamudeó ella, nerviosa, titubeante—. *Ama*, dime que no es cierto. Dime que no hiciste nada... Yo... llamé al móvil..., te llamé al móvil. Lo recuerdo perfectamente... Yo...

Pero Marije no respondió. Se limitó a girar el rostro hacia su hija con una expresión pétrea, gélida, sin mostrar ninguna emoción.

—¡Contéstame, joder! —gritó ella, nerviosa, levantándose del sofá con paso tembloroso—. ¡Dime que no fuiste tú!

Caminó hasta su madre y la sujetó por el cuello de la camisa con una violencia y una fuerza que, hasta el momento, no había dado muestras de poseer. Blanca, con las manos temblorosas y los labios apretados, miraba a su madre como si la rabia le quemara por dentro y no supiera cómo canalizarla.

—¡DIME QUE NO FUISTE TÚ! —chilló de nuevo, con la voz rota y la saliva entre los dientes —. ¿Por qué dice Conchi que te llamé a casa? ¿Por qué llamaste a casa tú?

La arpía no se movió. Ni siquiera parpadeó. No hizo ningún gesto, ni ninguna mueca. Parecía una puta estatua tallada en hielo, un puto maniquí sin conciencia ni sentimiento. Ibarguren dio un paso atrás, alejándose mientras la tensión entre madre e hija iba alcanzado un punto álgido, uno de no retorno. Podía ver cómo el corazón de aquella mujer, que ya estaba roto en mil pedazos, terminaba de estallar.

Y entonces, explotó. El tortazo resonó en toda la sala como un trueno seco en mitad de un funeral. Un segundo después, el semblante de Marije palidecía ante la bofetada, aunque su cuerpo se mantenía inmóvil, salvaguardando la compostura. No gritó. No se quejó. Solo volvió la cara con lentitud, como si aquello no hubiera sido más que una ráfaga de viento inesperada.

—Lo hice por ti —murmuró al final, después de una larga pausa.

Un silencio denso, sólido, cayó sobre la estancia. Blanca, con las manos en la cabeza, temblando, retrocedió un paso atrás. Su rostro estaba teñido de espanto, como si acabara de despertar de una puta pesadilla. Se llevó una mano a la boca, horrorizada, mientras el terror se adueñaba de sus ojos.

—No...

—Todo era por ti —continuó Marije con voz serena—. Desde que tuviste a Ninbe, te perdí. Dejaste de ser mi hija. Dejaste de venir. Dejaste de necesitarme. ¿Sabes lo que es pasar de ser el centro de tu mundo a convertirte en un segundo plano irrelevante? Yo sí. Y no podía permitirlo.

El cuerpo de Blanca comenzó a encogerse, a hacerse chiquitín. Parecía un animalillo herido que estaba desangrándose lentamente.

—Tú... —susurró con la voz ronca, llevándose una mano al pecho—. ¿Cómo pudiste...? ¡Era mi hija! ¡Tu nieta!

Marije chasqueó la lengua con una mueca de desaprobación.

—Ese hombre te envenenó. Víctor te convirtió en una sombra de lo que eras —explicó pausadamente—. Ninbe solo fue la excusa para alejarte de mí. Yo solo... hice lo que era necesario. Te liberé.

Blanca cayó de rodillas, sollozando, como si aquellas últimas palabras hubieran sido el tiro de gracia para acabar con ella. Iker tardó un segundo en reaccionar mientras Amaia sacaba las esposas y se adelantaba para sujetar a Marije Gutiérrez por ambos brazos.

—Marije Gutiérrez, queda detenida por el asesinato de Ninbe Gutiérrez —declaró con voz firme.

La mujer no opuso resistencia. Ni siquiera pestañeó. Solo alzó la barbilla con solemne dignidad hasta que, de pronto, su mirada se cruzó con la de Iker.

—Buena suerte cuando tenga que explicarle esto al mundo, oficial —comentó, con una sonrisa mordaz—. Solamente tiene una llamada para demostrarlo. Nadie le creerá.

El grito de Blanca se alzó por encima de cualquier otro sonido existente. Por encima del murmullo lejano de la lluvia y por encima del gruñido del cauce del río Butrón. Fue un alarido desgarrador, un rugido de dolor que estremeció a todos los presentes. Bueno, a todos no. A casi todos. De pronto, Blanca intentó abalanzarse sobre su madre, pero Iker reaccionó a tiempo de sujetarla con firmeza. Se debatió con fuerza, pero sus piernas flaquearon y se desplomó en el suelo con el rostro bañado en lágrimas y el corazón roto en mil pedazos.

—¡Te odio, te odio, maldita seas! ¡TE ODIO!

La puerta de la calle ya estaba abierta y Amaia trasladaba a la detenida en dirección al coche patrulla. En ese momento, el sonido de un motor deteniéndose bruscamente llamó la atención de todos los presentes. Víctor bajó del coche de un salto y corrió hacia la casa, sin entender qué estaba pasando. Sus ojos se posaron en Blanca, desplomada en el suelo, y luego en Marije, detenida y dentro del coche patrulla. Entonces, su gesto se contorsionó en una mezcla de incredulidad y rabia mientras intentaba procesar la escena que estaba teniendo lugar.

—¿Qué... qué ha pasado? —preguntó, con voz trémula.

Blanca alzó la vista hacia él con los labios temblorosos.

—Marije ha confesado. Ella mató a Ninbe —le comunicó Ibarguren, consciente de que la mujer se encontraba en un estado demasiado crítico como para ser capaz de explicar nada de forma coherente.

Víctor tardó unos segundos en procesar las palabras. Después, dio un paso hacia el coche patrulla, pero Iker le cerró el paso.

—¡Hija de puta! —bramó Víctor. —¡Hija de puta! ¡Era tu nieta, joder! ¡Una niña!

Marije giró el rostro con desdén y sonrió con frialdad.

—No tenía que existir... Ninbe destruyó a mi hija. Yo la salvé.

Víctor trató de avanzar, pero Iker y Amaia lo sujetaron a tiempo. Los agentes cerraron la puerta del coche patrulla y Marije desapareció tras los cristales tintados. Entonces se giró hacia Blanca, que continuaba en el suelo, temblando. Se agachó y la rodeó con sus brazos, meciéndola con desesperación. El viento les revolvía el cabello mientras la tensión se elevaba poco a poco en el ambiente.

—Siento no haber confiado en tu instinto —murmuró Amaia, apretándole al oficial el hombro en un gesto de apoyo.

Iker suspiró y sonrió, agotado.

—No pasa nada —susurró.

Aunque en su cabeza solo pensaba en una cosa: la única persona que siempre confiaría en él, sin dudarlo, sería Maitane. En él y, por supuesto, en su instinto. Incluso aunque él tuviera dudas, ella siempre apostaría por su corazonada. Siempre.

EPÍLOGO

El viento arrastraba el aroma húmedo de la tierra recién removida mientras Blanca, allí, de rodillas, sentía el frío de la piedra a través de sus vaqueros. Recorrió el nombre de Ninbe con lentitud, deslizando la yema de su dedo índice por cada letra. Ninbe Gutiérrez Larreta. Bajo él, la fecha de su nacimiento y de su muerte. La una demasiado cerca de la otra.

El silencio del cementerio la envolvió mientras las lágrimas se deslizaban por su rostro y el nudo de su garganta le impedía respirar con normalidad. Había pasado semanas sumida en una niebla densa, incapaz de distinguir el día de la noche, el ayer del hoy. Había pasado demasiado tiempo ausente, ida.

Se preguntó si algún día podría perdonarse por no haber visto las señales, por no haber protegido a Ninbe y por haber confiado en la mujer que la trajo al mundo. Había fallado como madre…, simplemente, había fallado.

—Perdóname, chiquitina… —susurró, llorando, rota—. Perdóname…

Recorrió con la mirada las flores que la gente había ido depositando en la base de la tumba hasta que, de pronto, su mirada tropezó con un sobre de papel crema que estaba perfectamente colocado sobre los pétalos. Lo cogió con cuidado y lo abrió con curiosidad. Dentro había una hoja con una caligrafía pulcra, demasiado meticulosa.

«El sacrificio ha sido aceptado. Ahora Ninbe pertenece a la naturaleza.»

Su corazón se detuvo un instante mientras el mensaje flotaba en su cabeza como un eco lejano y perverso. Giró el rostro con el sobre aún entre los dedos, mientras buscaba algo. Algo, o… alguien. Fue entonces cuando la vio. Entre los árboles, más allá de las últimas tumbas, la silueta de una mujer emergía de la penumbra. Alta, de piel pálida, completamente desnuda. Su cabello oscuro le caía enmarañado sobre los hombros y sus ojos, de un azul gélido, parecían perforarla a través de la distancia. Blanca sintió que la sangre abandonaba su rostro y que palidecía de golpe y porrazo. Intentó parpadear, pero cuando lo hizo, la figura ya no estaba.

Un sollozo escapó de sus labios. Apretó la carta contra su pecho y cerró los ojos con fuerza.

—Cuida de mi pequeña —susurró, dejando que las lágrimas rodaran por su mejilla y cayeran sobre la fría lápida—. Cuida de mi niña, por favor…

El viento sopló con más fuerza. Y, por un instante, Blanca creyó escuchar la risa lejana de una niña entre los árboles.

AGRADECIMIENTOS

Nire familia maiteari, nire indarra eta nire motorra izateagatik, (nik behera egiten dudanean ere).

A mis hermanas de crianza: Ainize, Ibon, Yasmina, Paula, Debs y Maia. No compartimos sangre, pero más de treinta años de amistad nos han hecho familia. *Bihotzez maite zaituztet.*

A Iratxe Rodríguez, la persona más todoterreno que conozco. Gracias por ser mi red de seguridad cuando salto sin paracaídas.

Y a Gonzalo. Mi Gonzalo, que no es nada y, al mismo tiempo, lo es todo. Gracias por cada llamada de emergencia, por hacerme *runner*, por cada salida a la montaña. Eres luz, amigo. Sigue brillando con tanta fuerza, porque nos alumbras el camino a los demás.

Y a ti, lector, lectora, gracias por acompañarme una vez más en esta aventura. Hace ya diez años que me dedico a la literatura, que escribo cada historia con la misma ilusión de que llegue hasta ti. Hace diez años que me ayudas a convertir esta locura de sueño en realidad.

*Eta zuri, irakurle maitea, mila esker berriz ere abentura honetan nirekin batera ibiltzeagatik. Hamar urte daramatzat literaturan murgilduta, istorio bakoitza ilusioz idazten, zugana heltzeko esperantzarekin. **Eskerrik asko, bihotzez, honi zentzua emoteagatik.***

Besarkada handi bat,

Haizea